U0124369

CHINA'S
LOW-CARBON TRANSITION

中国低碳转型

林伯强　著

科学出版社
北　京

内 容 简 介

气候变暖已成为全球共识和公众关注的焦点，低碳经济作为一种新型的经济增长模式，是人类实现可持续发展的必需选择。中国正处在城市化工业化的发展阶段，能源需求具有刚性。作为目前世界最大的二氧化碳排放国家，面临着降低碳排放的国际压力与发展经济的重任。低碳经济将对中国的能源消费、产业发展以及居民生活方式产生巨大的变革。

低碳经济要求开发、利用新能源来取代石油等传统能源。对中国来说，发展新能源具有减少石油对外依存和节能减排的双重意义。中国迫切需要一个有效的新能源发展战略。在低碳经济下，中国经济如何实现转型？能源产业存在哪些机遇与挑战？中国的能源补贴存在哪些问题？能源价格如何改革？煤电为何难以联动，解决方案有哪些？日益严峻的能源和环境问题需要中国仔细审视如何实现经济“又好又快”的增长。本书涵盖当前热点的能源环境问题，分析视角独特，解读观点深刻，对中国能源政策的实践具有较强的指导意义。

本书可供能源以及经济类相关专业的高等院校师生，从事与能源、经济相关的研究人员参考。

图书在版编目（CIP）数据

中国低碳转型／林伯强著. —北京：科学出版社，2011

ISBN 978-7-03-030360-8

Ⅰ.①中…　Ⅱ.①林…　Ⅲ.①气候变化－影响－经济发展－研究－中国
Ⅳ.①F124

中国版本图书馆 CIP 数据核字（2011）第 027982 号

责任编辑：林　剑／责任校对：刘小梅
责任印制：钱玉芬／封面设计：耕者工作室

科学出版社出版
北京东黄城根北街 16 号
邮政编码：100717
http://www.sciencep.com

骏杰印刷厂印刷

科学出版社发行　各地新华书店经销

*

2011 年 3 月第　一　版　开本：B5（720×1000）
2011 年 3 月第一次印刷　印张：12 1/2　插页：2
印数：1—3 000　　　　字数：252 000

定价：48.00 元

序

国际能源署[1]（IEA）2009年7月报告称2009年中国的一次能源消费量超过美国，成为全世界第一大能源消费国，引起争议。中国由于其人口接近美国的4.5倍，能源消费总量超过美国将是一个确定的事件，即使超过美国，中国的人均能源消费仍然只有美国的1/4以下。但是，中国的能源消费和碳排放将引起更多的国际关注。

二氧化碳引起的气候变化的影响是全球性的，无论在哪个国家排放都是没有区别的。但是，由于产出和能源效率的不同，在不同国家生产某一产品的排放量是有区别的。在发达国家生产某一个产品可能是一个单位的碳排放，而在发展中国家生产，由于生产工艺相对落后，能源效率低，可能超过一个单位的碳排放。这样，碳减排可能影响并改变传统的国际贸易模式，即“在低收入国家生产，在高收入国家消费”。因此，低碳全球化就是通过纳入碳减排这一约束，使得不同国家的市场和生产变得更加相互依存的过程，这是由对国际货物和服务贸易的发展以及在资本、技术的流动中加入碳减排考虑所造成的。

如果低碳全球化是人类发展的必由之路，那么，应对低碳甚至利用低碳，是各国的当务之急。毋庸置疑，低碳对一国而言，意味着推高能源成本，阻碍经济发展。而对于部分国家而言，低碳全球化意味着经济增长的新动力和促进就业的助推器。

近年来，在应对全球气候变化的浪潮中，低碳理念得到了各方响应，逐渐成为全球共识。发展低碳经济已经陆续进入各发达国家的战略规划。我们对此可以做崇高的理解，正如发达国家宣示的那样：应对气候变化，保护地球和人类的生存空间。但事情可能不是那么简单，发展中国家也可以这样理

---

① 国际能源署（International Energy Agency，IEA），在1973年石油危机发生后，由经济合作与发展组织（OECD）发起建立，总部设在巴黎，有26个成员国。它的成员国共同控制着大量石油库存以应付紧急情况，这些石油储存在美国、日本、韩国和欧洲。最近几年IEA成员政府控制原油战略储备已达13亿桶，此外还有25亿桶商业原油储备，这些储备油可以满足成员国114天的石油进口需求。

解：发达国家通过发展低碳技术和相应管理模式，形成低碳优势，继而在气候谈判中施加碳减排压力，同时逐步提高相关的碳标准，从而制造低碳壁垒，制定绿色标准，迫使发展中国家减排，借机向外输出低碳技术和管理模式。

当前，在低碳产业领域，发达国家和地区凭借技术、人才、资金以及公民环保意识等各方面的优势，积极发展领先的低碳技术和管理模式，并着力向全球输出。

欧盟[①]目前处于领先。在排放指标、科研经费投入、碳排放机制、节能与环保标准、低碳项目推广等各方面，欧盟引领低碳潮流。2005年欧盟启动限额与交易体系，总体减排指标被层层分配，逐一分配到各成员国、各行业和各公司，目前已经覆盖了地区内30%～50%的工业和能源行业。2007年年初，欧盟把低碳经济确立为未来发展方向，并将其视为一场新的工业革命。2009年，欧盟宣布在2013年前出资1050亿欧元支持绿色经济，促进就业和经济增长，保持欧盟在世界低碳产业的领先地位，接着又提出在未来10年内增加500亿欧元专门用于发展低碳技术，将在风能、太阳能、潮汐能、地热能、生物能源、二氧化碳捕获与储存等六个具有发展潜力的领域大力发展低碳技术。除了致力于在低碳技术领域保持全球领先之外，欧盟也开创了许多低碳发展机制，如排放交易体系。

美国相对落后。然而，美国在奥巴马成为总统后，对气候变化的态度明显改变，决心积极应对温室气体排放问题。美国众议院于2009年6月通过的《美国清洁能源安全法案》，用立法的方式将“碳排放额”逐级分配并进行市场交易。

为了给发达国家的低碳技术和管理模式创造新市场，发达国家给予发展中国家的减排压力与日俱增。关于这一点，我们在国际气候谈判中可以清楚地看到。美国最为直接，认为发展中国家也必须承诺采取行动削减温室气体排放。欧盟相对温和，提出欧盟到2020年将温室气体排放量在1990年的基础上减少20%，如果其他主要国家采取相似行动，欧盟可以将目标提高至30%。这种有条件的承诺，对发展中国家形成了巨大的减排压力。如果强制减排，主要发展中国家（如中国）应该是发达国家低碳技术和管理模式输出的最主要市场。

① 欧盟（European Union，EU），总部设在比利时首都布鲁塞尔，是由欧洲共同体（European Community，又称欧洲共同市场）发展而来的，主要经历了三个阶段：荷、卢、比三国经济联盟、欧洲共同体、欧盟，是一个集政治实体和经济实体于一身、在世界上具有重要影响的区域一体化组织。

无论出于何种动机，发达国家显然想把低碳全球化做成推动经济增长的机会。在金融危机的阴影下，奥巴马欲借碳减排及新能源开发计划促进美国经济增长。在最近一次有关环境政策的电视讲话中，他着重强调了碳减排和经济发展的关系，称“此举能够创造数十万就业岗位”，如生产太阳能板和电动汽车的工厂、环保建筑以及相关安装和服务行业等。2010 年 3 月，欧盟发布“欧洲 2020 战略”，提出打造一个绿色知识经济体，欧盟将在节能减排、发展清洁能源、发展高新技术产业、教育和培训等方面加大投入，将低碳产业培育成未来的经济支柱。其主要目标是以低碳发展转变欧盟的增长方式，领先未来全球低碳技术和管理创新，创造低碳就业机会。相关研究表明，到 2020 年欧盟仅可再生能源行业的就业人数就可达到 280 万。

值得注意的是，发达国家的低碳发展战略将对整个国际市场和贸易格局产生重大而深远的影响。发达国家是发展中国家外贸的主要市场，未来发达国家的低碳壁垒将多种多样，如低碳通行证、碳关税等。发达国家除了自己转变发展方式，也将通过贸易和投资影响发展中国家的经济增长与发展方式。事实上，我们已经看到发达国家碳相关的环保标准不断提高。例如，2009 年 10 月欧盟通过新法规，普遍提高了纺织品、鞋类及电器的环保标准，直接限制了部分低端产品进入欧盟市场。欧盟还提出到 2012 年将航空业排放的二氧化碳纳入排放交易体系，受影响的中国公司包括中国国际航空公司、中国南方航空股份有限公司、中国东方航空公司、海南航空股份有限公司。据估计，受影响的航空公司每年至少得掏出 24 亿欧元的过路费。

无论发达国家出于何种目的推进低碳全球化，无论发展中国家是否愿意，如果碳排放对气候变化的影响确定，低碳全球化确定，那么低碳将成为未来经济发展的必然模式。对于发展中国家来说，未雨绸缪，积极应对，才是治本之策。只有通过积极融入国际气候框架，积极参与国际气候变化对话，积极维护自由贸易，并在此过程中适应规则、利用规则、驾驭规则，方能趋利避害，实现互利共赢以及人与自然和谐发展。

低碳是一个政策选择。低碳相关的政策研究，中国的能源经济工作者拥有最好的实践和政策研究的地理优势。可以说，现阶段的能源和碳排放的增量主要来自中国和印度这两个发展中的人口大国。中国低碳经济的发展面临着能源稀缺和价格问题、温室气体排放问题和低碳转型问题等，现阶段中国是解决全球气候变暖问题的关键与主战场，各个国家都必须到中国来，帮助中国寻找低碳经济发展的解决方案，这也可以为解决今后的印度排放问题做好准备，因为中国的低碳解决方案应该是印度可以借鉴的。本书旨在从经济学视角分析低碳相关的能源政策，希望对那些愿意对中国能源环境问题作深入思考的读者，提供有益的启发。

感谢我的学生欧阳晓灵为本书编辑付出的努力。

林伯强

2010年8月于厦门

目　录

1 低碳转型

1.1 定义低碳经济

“低碳经济”[①] 这一名词首次出现在2003年英国政府发表的能源白皮书，题为《我们能源的未来：创建低碳经济》，从此成为引起全世界广泛关注的热门话题。当时，能源白皮书中并没有给出这一新名词的确切定义以及相关界定方法和标准。目前，虽然全球都在谈论低碳经济，但其概念仍然不是很明确，而且在不断地更新发展中。较为主流的理解是，低碳经济指尽可能最小量温室气体[②]排放的经济体。

正如英国首次提出低碳经济时的背景，科学界以及公众都比较信服的一个结论，就是目前大气中浓度过高的温室气体对正在上演的全球气候变暖有直接作用，并且证实这些浓度过高的温室气体是人类经济活动、生产生活活动的结果。因此，在全球范围内倡导低碳经济是避免灾难性气候变化的必要手段。几乎所有国家都已经认识到急需向低碳经济转型，寻求低碳经济发展已经变成各国缓解全球变暖长期战略的一个重要组成部分。与此同时，日益枯竭的不可再生型能源资源、不断上升的能源需求以及能源价格，也将推动全球向低碳经济转型。

全球气候变暖的严峻事实同时告诉我们，温室气体排放量必将成为全球经济增长的新约束，成为人类生存发展必须面对的限制。将碳排放量作为一种限定，其含义是“把大气中温室气体浓度稳定在防止全球气候系统受到威胁的水

---

① 低碳经济，是以低能耗、低污染、低排放为基础的经济模式，是人类社会继农业文明、工业文明之后的又一次重大进步。低碳经济实质是能源高效利用、清洁能源开发、追求绿色GDP的问题。“低碳经济”最早见诸于政府文件是在2003年的英国能源白皮书《我们能源的未来：创建低碳经济》。

② 温室气体（greenhouse gas，GHS），是指大气中能产生温室效应的气体成分。温室气体包括二氧化碳、甲烷和氧化亚氮等。燃烧化石燃料、农业和畜牧业、垃圾处理等都会向大气中排放温室气体。

平上”（《联合国气候变化框架公约》目标[①]），无论人类选择怎样的发展路径、发展速度和发展规模都必须考虑碳排放量这个约束。低碳经济旨在围绕整个经济活动，在生产和消费的各个环节全面考虑温室气体排放，主要体现在对能源生产和消费做出更加有效率的选择，以求达到最小的温室气体排放量。

具体来说，低碳经济作为一种高能源效率、低能耗和低温室气体排放的新型经济模式，与以往的高消耗、低效率和高温室气体排放的传统经济有本质上的区别。这主要体现在：工业方面，高效率的生产和能源利用；能源结构方面，可再生能源[②]生产将占据相当高的比例；交通方面，使用高效燃料，低碳排放的交通工具，公共交通取代私人交通，并且更多地使用自行车和步行；建筑方面，办公建筑与家庭住房都采用高效节能材料以及节能建造方式。归根结底，都将是通过系统地调整体制从而激励节能技术创新、低排放技术应用、提高能源使用效率。低碳经济，具体来说，就是随着经济的不断发展，逐步减少单位 GDP 的碳排放量，打破传统经济增长与温室气体排放总量之间的旧的高度相关关系，建立新的低碳生活环境和生活方式。低碳经济倡导的活动无所不在，还可以列出许多。

至此，对于发达国家来说，低碳经济的定义已经很清楚了。但是，对于发展中国家来说，可能还不够。尽管各国政府针对低碳发展的说法相似，但其背后含义却存在不同之处。发展中国家政府关注和担忧的问题，与发达国家不一样。发达国家政府只要能够保持目前的生活方式和水准，就应该算成功；可是，发展中国家政府的目标是要生存、求发展，因此，其未来是一个提高整体生活水平、向中等收入国家转变的一个过程。限制发展中国家的碳排放既不公平，还可能是不道德的。低碳经济是一个全球经济发展和人类活动的模式的革命，每个国家、每个人都应当对低碳做出相应的反应。但是，处于不同的发展阶段的发达国家和发展中国家的反应会不一样，这就是共同减排、不同责任的原则的基础。

同时，不同国家的人民对低碳做出反应也会不一样。理论和实践都证明，公众对环境质量和价值的评价与其收入高度相关，而减排所需要的支付能力更是取决于收入水平。以中国和美国相比，2007 年中国人均收入仅 2000 美元

---

① 《联合国气候变化框架公约》由二十六条条款构成，主要内容包括：第一，公约的目标和原则；第二，缔约方在共同但有区别的原则下的承诺（包括附件一、二所列的发达国家缔约方和其他发达缔约方为发展中国家提供减排所需要的资金以及技术转让）；第三，拟定有关气候变化及其影响的教育、培训和公众意识的计划；第四，设立缔约方会议及秘书处等机构；第五，规定资金机制，履行承诺和处理争端的原则。

② 可再生能源，是指原材料可以再生的能源，如水力发电、风力发电、太阳能、生物能（沼气）和海洋能等，可再生能源不存在能源耗竭的问题，因此日益受到越来越多国家的重视，尤其是能源短缺的国家。

多一点，美国人均收入达46 000美元，为中国的23倍；中国的平均电价是每千瓦时6.7美分，美国是每千瓦时9.1美分，仅为中国的1.4倍。也就是说，在美国动员公众支持二氧化碳减排比较容易，让公众对支付减排也比较容易，这就是二氧化碳减排所需要的资金基础。从这个意义上说，老百姓对减排的支付意愿和支付能力至关重要，因此，人均收入的巨大差别也从客观上决定了发达与不发达国家必须共同减排、不同责任。

全球变暖主要是由发达国家排放大量温室气体造成的，而不是发展中国家。即使不追究历史的排放，目前发展中国家的人均排放量还远远低于发达国家。而且，发展中国家目前的二氧化碳排放中，有西方发达国家的“转移排放”①。处于分工产业链最高端的发达国家，更倾向于把高能耗、高污染、高排放的生产行业转移到发展中国家。发达国家对于全球减排负有更大的责任，也符合环境的“谁污染，谁治理”原则。所以，发达国家的低碳经济意味着，除了降低自己的排放之外，还必须对发展中国家的减排负更大的责任。

碳减排是全球问题。然而，处于不同发展阶段的发达国家和发展中国家的反应会不一样，这是共同减排、不同责任的原则基础。既然碳排放是一个全球问题，那低碳经济就应该在全球范围内考虑。发达国家的低碳经济，如果不兼顾发展中国家的低碳发展，可能会导致更多的碳排放。

1.2 低碳经济发展是兼顾发展与可持续的发展模式

哥本哈根当地时间2009年12月7日，为期12天的哥本哈根气候会议拉开帷幕。会议前中国政府宣布，到2020年中国单位GDP碳排放（碳强度）要在2005年的基础上下降40%~45%，标志着中国从此走上低碳经济发展之路。

中国的低碳经济发展可以是兼顾社会和谐与可持续发展②的发展模式。中国的低碳发展的含义更接近我们一直在做的节能减排③，也就是说，低碳发展中“节能”优先，而不是简单地追求低碳的能源结构，因为低碳的能源结构通常会提高能源成本，而大幅度提高能源成本有碍经济增长。

---

① 转移排放，主要是指处于分工产业链较高端的发达国家/地区，更倾向于把高能耗、高污染、高排放的生产行业转移到欠发达国家/地区。

② 可持续发展，作为一种新的、日益重要的发展理念和战略，其概念来源于生态学。最早出现于1980年发布的《世界自然保护大纲》（*world conservation stratagy*）。当时可持续发展被定义为：“为使发展得以继续，必须考虑社会和生态因素以及经济因素，考虑生物及非生物资源基础。”

③ 节能减排，指的是减少能源浪费和降低废气排放。我国“十一五”规划纲要提出，“十一五”期间单位国内生产总值能耗降低20%左右，主要污染物排放总量减少10%。

中国现阶段目前处于城市化[1]、工业化[2]阶段，二氧化碳排放应该是一个渐进性的自我约束，而不是强制性减排，强制性减排可能会影响经济发展和社会稳定。自我的约束就是尽可能选择现阶段可以接受的，从经济上、从社会和谐等方面可以承受的低碳能源结构。这种自我的约束可以对国际社会表明：我们的确尽了最大的努力。

现阶段应对气候的中国经济转型的着手点是低碳经济发展，即通过低碳经济发展政策，引导经济结构改变和调整。中国的低碳经济发展需要更广泛的战略和政策支持，例如，经济增长方式和社会目标的转变。以目前的能源和环境情况看，中国不能援用西方国家的耗能方式，需要寻找适合国情的能源消耗方式，包括生活方式。中国还有几亿人口面临生活方式的选择，政府可以从战略和政策上引导他们的低碳选择。发展中国家对能源成本的敏感性决定了其解决二氧化碳排放问题，着重点应当是少耗能，而不是耗能了再去减排。因此，目前中国的许多经济发展政策和战略都需要重新考虑。

无目标的能源补贴是能源价格改革滞后的一个方面，它导致了中国的能源需求增长过快。中国现在面临着一个艰难的选择：较低的能源价格或是有效率的能源消费，这是一个必要的选择，并且还需要尽快确定。对于寻找一个与中国能源和环境实际情况相适应的、合理的工业结构和经济增长方式，无论是理论还是发展经验都证明，市场的无形之手（能源价格）要比政府的有形之手有效得多。因此，我们有必要加速能源价格改革，包括能源补贴的设计。如果没有真正切入到能源价格问题上，中国的低碳经济发展将非常困难。

中国不可能为了应对能源和环境问题而人为地减缓城市化进程。但是，可以把城市化进程作为低碳经济发展的机会。在不同经济增长方式和能源环境政策下，能源消费显然会具有不同特征，导致不同的经济碳含量。通过制定和执行积极的能源战略和政策，可以使能源供给的效率更高、能源结构更为清洁。在能源的需求方面，城市化进程也是一个选择生活方式的过程，而生活方式直接影响能源消费。通过政策引导来提倡节能生活方式，也是中国经济可持续的一个重要方面。作为一种发展道路，低碳经济发展的核心是，在保证经济增长的前提下，能源利用效率的提高（节能）和能源结构的转变，意味着更清洁、更有效和尽可能低的温室气体排放。

发展经验表明，让发达国家和发展中国家在环境治理上承担相同的责任是不现实的。如果正确认识了全球二氧化碳排放的增量和平均问题，我们就

① 城市化，是由农业为主的传统乡村社会向以工业和服务业为主的现代城市社会逐渐转变的历史过程。

② 工业化，通常被定义为工业（特别是其中的制造业）或第二产业产值（或收入）在国民生产总值（或国民收入）中比重不断上升的过程，以及工业就业人数在总就业人数中比重不断上升的过程。

可以更理智地来处理二氧化碳排放问题。尤其是美国，必须改变“我做，你也必须做”的态度，建立“我做，你也尽量做”，或者更进一步“我做，我还尽量帮你做”。例如，发达国家可以通过免费提供技术加上财务激励来鼓励中国企业使用清洁煤技术。此外，在寻找清洁能源方面，发达国家也有必要向发展中国家提供财务激励。对于宏观的能源和环境问题，这些肯定都是高回报的投资。2009 年在哥本哈根举行的联合国气候变化会议，仅达成了一些效力较低的协议。2010 年 11 月 29 日至 12 月 10 日在墨西哥坎昆举行的联合国气候变化会议，需要对事关人类生存和发展的气候变化问题做出抉择，应当是国际社会携手合作应对挑战的重要机遇。

在二氧化碳排放问题上，发展中国家对外要争取公平，对内需要自我约束，通过各种途径减排，走低碳经济发展之路。中国 2020 年前，3 亿人口的城市化进程是一个巨大挑战，也是一个重大机遇。在城市化进程中，为城镇新增人口提供高能效的住房和交通设施，将大大有利于能耗的降低。政府完全可以主导城市和郊区建设规划，按照国际最优节能惯例，加强城市规划、建筑设计并提高能效标准。中国作为发展中国家，在世界各国都面临相同的能源和环境压力的情况下，其低碳经济发展模式对其他后起的发展中国家将具有很强的借鉴意义。如果我们可以探索出一条中国低碳经济发展之路，就可以为今后解决印度和其他发展中国家的碳排放问题提供可借鉴的模式、经验和教训。

1.3 中国低碳经济发展的含义

对于现阶段的中国，低碳经济发展还必须强调发展速度，这其实也符合发展中国家的基本定义。现阶段，中国处于经济快速增长的城市化、工业化进程中，面临经济快速增长以及转型中的种种社会、经济问题，使得中国难以像发达国家一样来考虑低碳约束。实际上，在发达国家处于这个发展阶段时，也同样遭遇过这些问题。如此，中国的可持续发展不能否定现阶段经济快速增长，低碳经济发展也不能否定经济的快速增长。

目前中国是二氧化碳排放量和增量最大的国家，至少到 2020 年经济仍将快速增长，能源消费以及二氧化碳排放也将持续上升，这使得中国不得不面对巨大的国际压力。如果没有中国参与，就无法解决全球变暖问题。日益严峻的能源和环境问题需要中国仔细审视如何实现快速经济增长。对于目前的中国来说，更确切的低碳经济发展是：既要保证适度的经济增长，又要保持资源的可持续利用和碳排放的减少。这既符合低碳经济的基本思想，也符合中国政府的“又好又快”原则。

尽管有许多人试图说明，向低碳经济转型并不一定要付出高成本的代价，不会以当前的经济发展为代价，但是，事实是否如此，这取决于低碳的度（多低的碳）和如何计算经济效益。在能源价格上涨的背景下，低碳技术所倡导的高能源效率，使用现有的最优商业化技术，转变高碳密集的基础设施，的确有其不菲的经济效益，但是，更大的低碳效益来自于环境保护，那就是长期的效益。

短期内，我们更多看到的是低碳的成本。现实生活中我们常常需要考虑的是如何以及谁来为低碳发展买单的问题。而各国实施的各项相应的减排政策，如温室气体排放权贸易、碳税等，既是为了促进减排，也是为了解决买单的问题。对此，我们必须有所准备。对于政府来说，将面临长期与短期的艰难选择，基本上是经济增长方式和经济增长率的问题。对于老百姓来说，那就是为低碳发展买单的问题，可能需要放弃一些“高碳”的活动，以及比对发达国家生活方式，而做出的生活方面的一些“牺牲”。

本质上讲，低碳经济发展是一种新型的经济增长模式。对于中国来说，如果低碳不会阻碍经济发展，那么，减少碳排放量就不是简单地减少能源消费量，也不是一刀切地叫停高能耗企业，而是进行“尽可能”的高效的、低能耗、低排放、低污染的经济活动。这种“尽可能”如果要真正有效减排，除了政府行动之外，还需要调动每个人的参与。

公共意识对于发展低碳经济有至关重要的作用。需要通过宣传温室气体排放可以导致灾难性气候变化的事实和威胁，呼吁社会中的每个人都应当培养自己的低碳节能意识，包括低碳节能的消费意识、消费习惯，并形成低碳生活方式。因此，这种“尽可能”是协调经济增长和保护环境的新思路，呼吁人们自觉地维护环境。

低碳经济作为中国经济发展的方式，无疑将对我国的能源消费方式，以及生活方式带来一次变革。大道理是它将全方位地改造建立在化石能源基础上的现代工业文明，而转向生态经济发展，这是对现代经济运行与发展进行的一场深刻的能源经济革命。对于中国来说，发展中的经济将面临更大的挑战，也具有更大的意义，因为，中国的低碳探索和实践将为今后发展中国家解决排放问题提供经验和教训。

低碳经济发展在中国各个层面正受到日益关注，的确也是中国必须走的一条路。但是，目前在低碳发展，如可再生能源发展方面面临的种种问题，提醒我们应该以最小成本来做。因此，除了选择适宜的能源结构外，还应当根据市场情况因地制宜地跟进相应的配套政策，推动产业的良性快速发展。

1.4 能源强度到碳强度：一个质的改变

中国政府在2009年9月的联合国气候变化峰会上提出，争取到2020年，中国的单位国内生产总值二氧化碳排放（碳排放强度[①]）比2005年显著下降，这是中国节能减排政策的一个质变。中国在“十一五”规划中，明确提出“能源强度”[②] 目标，要求每单位国内生产总值的能耗要比2005年降低20%，以应对经济社会发展中日益凸显的能源约束，以及日益严重的环境问题。

GDP能源强度是计算一个国家在一定时期内单位国内生产总值的能源消耗量，是衡量能源利用效率的指标，可指降低一定GDP产出的能源使用量的减少（节能），或者一定量的能源生产出的GDP，当然，节能意味着减排，客观上有降低能源对环境影响的作用，但该政策主旨还在于为满足经济发展提供稳定和可持续的能源供给量，基本上是一个能源使用量的问题。

2009年9月中国政府首次提出降低“碳强度”，体现了国家能源战略为了应对气候变化的一个转变。GDP碳强度计算一国在一定时期内，二氧化碳排放量与国内生产总值的比，即单位GDP的二氧化碳排放量。相对于能源强度而言，碳强度也受能源效率[③]的影响，但主要受能源结构的影响，因此，是一个能源质量（清洁能源在能源结构中的比例）问题。

与GDP能源强度一样，GDP碳强度还受宏观因素的影响，包括经济发展阶段、产业结构[④]、技术水平、能源和环境政策等。从能源强度到碳强度的目标约束变化，体现了中国能源政策将面临一个战略性的转变，即从“十一五”时期以提高能源利用效率为主，今后将气候变化因素引入能源战略规划作为约束目标。

温室气体带来的全球变暖问题，与人类的生产生活密切相关，这一点已基本在全球范围内达成共识。随着该问题的日益严峻，如何实现低碳发展成

---

① 碳排放强度，是指单位国内生产总值的二氧化碳排放量。该指标主要是用来衡量一国经济同碳排放量之间的关系，如果一国在经济增长的同时，每单位国民生产总值所带来的二氧化碳排放量在下降，那么说明该国就实现了一个低碳的发展模式。

② 能源强度，亦称单位产值能耗，是指一个国家或地区、部门或行业单位产值一定时间内消耗的能量源，通常以吨（或公斤）油当量（或煤当量）/美元来表示。一个国家或地区的能源强度，通常以单位国内生产总值耗能量来表示。它反映经济对能源的依赖程度，受一系列因素的影响，包括经济结构、经济体制、技术水平、能源结构和人口等。

③ 能源效率，即减少提供同等能源服务的能源投入。

④ 产业结构，也称国民经济的部门结构，是指国民经济各产业部门之间以及各产业部门内部的构成。

为各个国家都不得不面对的棘手难题。中国作为目前世界最大的二氧化碳排放国家，在哥本哈根谈判中面临着来自国际社会，尤其是来自发达国家要求发展中国家承担减排义务的巨大压力。

对于一些发达国家来说，由于它们的能源结构相对“清洁”，低碳与节能关联也比较密切。基于中国目前所处的城市化与工业化共同推进的经济发展阶段，其能源需求具有明显的刚性特征，即与经济快速发展同步增长的高能源电力需求。对于中国以煤为主的能源结构，降低单位 GDP 碳强度很大程度上就是通过增加清洁能源[①]，减少单位 GDP 煤炭消费量，这就需要改变以煤为主的能源结构。

任何积极的能源和环境政策都将有助于降低碳强度，但是，对于中国现阶段来说，如果清洁煤技术不能大规模商业化推广，那么，降低碳强度的关键就是改变以煤为主的能源结构。降低能源强度，强调的是一定的经济生产总量基础上，减少能源使用总量，其量的降低并不必然意味着碳强度的降低，由于各能源资源种类的碳排放系数不尽相同，但如果更多、更集中地采用高排放的化石能源，如煤炭，即使能源利用效率提高，那也会带来单位 GDP 生产碳排放量的增加而非降低。正如中国政府所提出的，如果能在“十一五”期间实现节能 20%，相当于实现 15 亿 t 二氧化碳减排量，这是相对于某个假定能源结构而言的，如果能源结构中的碳排放大的煤炭比例增加了，能源强度对于二氧化碳减排的影响就会打折扣。

显然，中国应对气候变化，以降低碳强度为节能减排目标的意义更为深远，它需要通过增加清洁能源在能源消费结构中的比重来实现。在清洁能源中，受到资源和建设期等因素约束，目前成本相对比较低的水电和核电的发展规模相对确定，到 2020 年实现中国水电装机达到 3 亿 kW，核电 8 千万 kW，是业内专家相对认同的量。在应对气候问题上，比较有想象空间的，未来可能大幅度发展的应该是风力发电和太阳能。

除了水电面临长距离输送提高成本外，核电燃料成本也可能走高，然而，清洁能源的成本问题主要来自于研发和利用所需的巨额的资金投入。中国可再生能源资源如风能、太阳能[②]等主要在中国西北地区，这些可再生能源的使用，从前期的技术研发，到中期的发电生产，再到后期的并网和向华东、华北等高能源电力需求地区进行长距离输电，都需要巨额的资金投入。因此，清洁能源发展中最大的“瓶颈”在于，同传统化石能源相比，其研发和利用

---

① 清洁能源，是指不排放污染物的能源，如可再生能源中风能、太阳能、水能、海洋能、地热能和生物质能。

② 太阳能，一般指太阳光的辐射能量。在太阳内部进行的由“氢”聚变成“氦”的原子核反应，不停地释放出巨大的能量，并不断向宇宙空间辐射能量，这种能量就是太阳能。

成本比较高，那么，解决碳强度问题的关键也在于解决能源成本问题。

作为一个城市化、工业化进程中的发展中国家，中国选择直面碳强度，随之而来的就是需要直面清洁能源的成本问题。有一点必须明确，中国的低碳经济发展和碳强度是有前提的，即保证现阶段经济高速发展的能源供给，这个前提将使清洁能源成本问题更为棘手。相比之下，发达国家处于更高的经济发展阶段，技术水平更先进、高收入水平下公众的环境支付意愿及支付能力都更高，使得他们更倾向于选择支持政府的清洁能源政策；对于发达国家政府来说，因为其经济发展压力较缓和而具有更大的选择空间。只有世界各国共同合作致力于温室气体问题的研究与解决，在一个合理公平、合乎实际的国际气候框架下统筹减排，兼顾发展中国家的能源成本问题，才有望使全球气候变暖问题得到有效解决。

1.5 探索低碳经济发展模式成为气候变化背景下的必须选择

当气候变化问题成为全球最关注的热点时，经济发展就直接与二氧化碳减排挂钩。人类发展过程中由于大量消耗化石能源，近百年来全球气候的显著变暖。联合国气候变化专门委员会于2007年发布的第四次评估报告指出，如果各国不采取进一步的减缓措施，未来几十年全球温室气体排放将持续增加，这将导致全球气候进一步变暖，甚至引发全球气候系统和生态系统出现不可逆的变化。当应对气候变化为国际社会普遍认同时，探索低碳经济发展模式也就成为气候变化背景下人类的必须选择，经济可持续发展意味着必须是低碳发展。

中国是一个经济快速增长的发展中国家，经济发展是保证社会和谐的关键，也是政策的核心。然而，社会和谐与可持续发展在很多情况下是一个长期战略和短期战略的选择。例如，调高能源价格会担心社会不稳定，影响社会和谐；但是不调高能源价格，又影响可持续发展。因此，在短期与长期之间，在社会和谐与可持续发展之间如何找一个平衡点，就是中国经济发展的科学发展观。从低碳发展的角度探讨科学发展观，也是讨论社会和谐问题和可持续的问题，中国的低碳经济发展应该是兼顾社会和谐与可持续发展的发展模式。

可持续发展，最早出现于由国际自然保护同盟起草并于1980年3月5日在世界大多数国家同时公布的《世界自然保护大纲》(*World Conservation Strategy*)。《世界自然保护大纲》中定义的可持续发展的概念为："人类在追求经济增长的过程中，必须考虑社会和生态因素以及经济因素，考虑生物及非生物资源基础。”（Human beings, in their quest for economic development and enjoyment of the riches of nature, must come to terms with the reality of resource limitation and the carrying capacities of ecosystems, and must take account of the needs of future generations）1987年，世界环境与发展委员会主席、挪威首相布伦特兰夫人提交联合国《我们共同的未来》的报告提出，人类需要走一条资源环境保护与经济社会发展兼顾的道路，即可持续发展道路。该报告所给出的可持续发展定义是：可持续发展是既满足当代人的需求，又不对后代人满足其自身需求的能力构成危害的发展。

可以将对可持续发展的定义归纳为下面几个方面：1991年国际生态学联合会和国际生物科学联合会从生态学角度将其定义为“保护和加强环境系统的生产和更新能力”，即不超越环境系统再生能力的发展。1991年国际自然保护联盟、联合国环境规划署、世界野生生物基金会共同编写的《保护地球：可持续生存战略》，从社会学角度定义为在生存不超出维持生态系统承载能力的情况下，改善人类的生活质量，发展的最终落脚点是人类社会。

更多的可持续发展定义是从经济属性方面提出的。这类定义虽有不同的表达方式，但共同点是认为可持续发展的核心是经济发展。也就是说，即使是将来的低碳发展，尤其对于发展中国家来说，还是需要保证经济发展。从经济发展的角度，可持续发展定义为在保护自然资源质量的前提下，使经济发展的净利益增加到最大限度。相应的可持续增长政策应寻求在不耗尽自然资源资本存量的条件下，维持一种可接受的人均实际收入增长率，今天的资源使用不应减少未来的实际收入，是一种不降低环境质量和不破坏自然资源基础的经济发展，并且这种发展能够保证增加当代人的福利，又不减少后代人的福利，尽量使每一代人平等地享受资源和环境。

虽然可持续发展的思想已为世界各国所普遍接受，但由于源于不同的基础与角度，可持续发展至今没有一个被广泛接受的定义。但是，可持续发展有两个鲜明的特征为大家所认可的：一是发展的可持续性，即发展应能持续满足现代人和未来人的需要，达到现代人与后代人利益的统一；二是发展的协调性，即经济和社会发展必须充分考虑资源与环境的承载力，强调社会、经济与资源、环境的协调发展，追求的是经济高效率、社会公平、代际兼顾、人和自然的和谐。基于这两个特征，可持续发展问题归结为经济增长、社会公平、资源可持续利用和环境保护。

由于能源的特性和在生产与消费中的作用，以及能源与环境的高度相关性，可持续发展问题实际上集中地反映为能源利用和选择问题。对于耗竭性能源资源而言，可持续发展要求尽量节约能源资源、保护环境、维护能源和环境的社会公平，从而对人类实现经济增长目标的制约，或在这种制约下实现经济增长的过程。这也是可能用于政策实践的一种可持续经济发展的定义。

因此，经济可持续发展的能源解析也主要表现在资源、环境与社会三个层面。在资源层面，随着对煤和石油等不可再生能源开采利用，能源资源耗竭日趋严重，价格上涨，现代经济和社会发展对能源的依赖使得能源价格成为经济发展的一个主要约束；在环境层面，能源尤其是化石燃料的开采利用是导致区域性乃至全球环境压力的主要来源；在社会层面，能源是满足现代人的基本需要和服务的前提，能源供应和质量的均衡配置是反映社会公平和和谐的重要因素。

现阶段中国处于经济快速增长的城市化工业化进程中，种种社会经济因素使得资源和环境无法得到战略性的保护，其实发达国家处于该发展阶段也遭遇到同样问题。对于现阶段的中国，可持续发展不能否定经济快速增长，低碳发展也不能否定经济的快速增长。日益严峻的能源和环境问题需要中国仔细审视如何实现快速经济增长，更进一步地说，低碳发展对中国而言，不是简单地改变能源结构，而是把节能放在首位，也就是我们所说的节能优先。之所以如此，是因为中国正处于经济快速发展的阶段，强制性地把能源结构朝低碳方向转变，必将提高能源成本，从而导致经济增长速度放缓。因此，中国的低碳经济应该是，在保证适度的经济增长的条件下，优先发展节能，促进能源资源的可持续利用，并努力降低温室气体的排放和减少环境污染。这与政府提倡的“又好又快”的经济增长的原则是一致的。

由于能源和环境问题，中国经济快速增长是一个可持续增长的命题，也是一个低碳发展的命题。前 30 年的经济增长，得到的和失去的我们都看见了。总结起来就是：收入大幅度提高，能源稀缺凸显，环境污染严重。最近几年，中国的能源电力需求在短短的几年内增长了一倍多，虽然部分排放物受到控制，但包括二氧化碳的整体排放大幅度上涨，上了一个比较高的台阶。能源电力的刚性需求[①]是城市化、工业化进程中的一个典型特征，意味着中国的能源电力需求还将大幅度增长，如果以目前的能源结构和消费方式，二氧化碳排放也将同比大幅度增长。那么，二氧化碳排放会不会再上一个更大的台阶？以发达国家经验看来，一国的二氧化碳排放上去容易下来难，因此，需要在能源刚性需求的前提下，探索低碳经济发展之路。对于中国的能源和环境，“十二五”应该是一个关键时期。也就是说，对于经济可持续增长，“十二五”是一个关键时期，在“十二五”探索低碳经济发展，事关重大。

---

① 刚性需求，相对于弹性需求（多为对奢侈品的需求），指商品供求关系中受价格影响较小的需求，这些商品包括日常生活用品、家用耐耗品等。也可理解为人们日常生活中常见的商品和必需品。

1.6 探索中国低碳经济发展模式

现阶段中国经济快速发展，能源需求将相应增长，排放也将继续增大。中国有走低碳经济发展模式的必要性和迫切性，也有低碳经济发展的空间。那么，中国有低碳经济发展模式需要解决哪些方面的问题？

第一，中国的低碳经济发展模式，需要确定中国现阶段经济发展处于工业化、城市化进程，以及这个经济发展阶段的经济增长和能源需求的规律性特征。与发达国家相同的是，中国必然经历城市化进程，这一进程中具有高能源消费、高排放的特征；与发达国家不同的是，中国城市化进程面临着气候变化、粮食安全、能源稀缺等诸多挑战。国际金融危机会影响中国短期经济增长，然而，中国经济还将保持较高增长，城市化进程将不可阻挡地向前推进，能源需求也将保持较高的增长。研究经济阶段性发展的能源需求既是探索低碳经济发展的起点，也是确定低碳经济发展目标的起点。

第二，应当研究确定低碳经济发展概念、内涵和路径。中国现阶段经济发展应当通过低碳经济发展引导经济结构改变和调整。中国正面临着资源稀缺、环境污染和日益增加的国际碳减排压力，因此，中国不可能再走西方国家在相同经济发展阶段所走的“先污染后治理”的老路。中国需要寻找适应国情的能源消耗方式以及生活方式。中国拥有十几亿人口，在如此庞大的人口下，哪怕是生活方式的微小改变，都会带来巨大的变化。所以，政府需要从战略和政策上，引导人民选择低碳的生活方式，许多经济发展政策和战略都需要重新考虑。例如，中国需要如此庞大的汽车工业吗？在城市规划中是不是还应该有自行车道？中国应当重点发展大城市，还是中小城市？低碳路径包括，工业化、城市化进程中以低排放、高能效、高效率为特征的城市规划和设计（低碳城市）；地方政府和金融业通过政策激励与融资支持，驱动技术创新和资本流动，推广有效的低碳技术等两个方面。

第三，调整能源战略。厦门大学中国能源经济研究中心最近的一项研究认为，中国的低碳经济发展的关键在能源生产和消费，要求能源战略做出相应的调整。以往的能源战略只是简单地从能源供给方面考虑满足能源需求，低碳经济发展要求改变这一传统模式，结合能源需求方面管理，通过对能源供给投入或者对节能投入的选择，将满足一定能源需求的碳含量最小化。还需要改变以往仅由资源约束的能源供需增长和能源结构规划，将二氧化碳排放作为满足能源需求的约束，从而对能源结构的含碳量进行约束。以往从能源供给方面考虑能源安全，即石油战略储备的能源安全观念应当改变。随着能源价格日益走高，中国经济的稳定发展将越来越多地受到能源价格的冲击，而经济的不稳定直接影响节能减排，因此，应当更广义地考虑中国的能源安全，研究能源价格对中国经济的影响。中国的低碳经济发展必须站在整体能源的高度，考虑能源在不同种类之间的替代性、能源价格的联动性以及能源约束的相关性。

第四，中国的低碳经济发展显然需要广泛的政策支持。低碳经济发展集中反映为能源问题。能源的主要特性包括外部性、不确定性、公平性和不可再生性，围绕着这些特性，低碳经济发展模式要求制定相应的政策原则。解决外部性的原则是政府如何确立市场为主、政府为辅观念，即政府除保证能源市场有效运行，应尽量使用经济手段对解决外部性问题。而应对不确定性的原则要求低碳经济发展充分估计能源稀缺、相应的价格上涨和环境影响，并且使中国的能源消费不过度依赖国际能源市场。保证能源公平性的政策原则是在保证国内能源公平的同时兼顾能源效率，在国际上应当争取能源和环境公平的权利，强调发达国家承担更多的能源价格和环境污染的责任，要求他们必须因环境问题而降低能源需求，保证代际公平则应该尽可能考虑后代利益。与能源的不可再生性相适应的政策原则是推动能源价格改革，这是低碳经济发展最重要的动力之一。

第五，能源补贴是发展中国家宏观经济政策的一个重要方面，也是低碳经济发展必须正确面对的。由于能源在经济中的重要地位和行业本身的特殊性，政府对能源干预较多，通常以补贴形式出现。对于发展中国家，经济转型的过渡性的能源消费补贴是合理的，有时候是必需的。但是，能源补贴对碳排放的影响不能低估。发展中国家的能源补贴问题，常常是补贴过多和补贴方式不当，主要采用压低能源价格的消费者补贴，这种补贴通常没有特定目标群体。能源价格管制（能源补贴）降低了能源产品的终端价格，导致比没有补贴时更多的能源消费和更大的排放。因此，中国低碳经济发展模式包括改革能源补贴方式，以及在低碳经济发展中考虑取消能源补贴会对经济、社会和环境产生什么影响，特别是考虑取消能源补贴对贫困人群的影响。

第六，不同的碳排放量相对应的能源结构不同，不同的能源结构会有不同的能源成本，需要对不同的能源结构成本进行分析，研究其对经济增长、就业等的影响，从经济社会角度考虑一定量的碳排放约束是否可以接受，从而确定和选择与低碳经济发展目标相适应的能源结构。

在全球金融危机加剧、经济增长放缓的背景下，从低碳经济发展入手推动绿色产业发展，还可以作为刺激经济增长的一个手段。中国政府在为应对危机而提出的扩大投资计划中，已经明确提出，要推动产业升级整合、提高能效和可持续发展。地方政府则需要在危机中寻找新的经济增长点。因此，低碳经济发展与中国政府目前调整产业结构的要求基本一致。

1.7 GDP 碳强度和 GDP 能源强度的联系和区别

在 2009 年 12 月 9 日召开的哥本哈根气候变化大会召开前夕，中美两国作为世界上最大的两个碳排放国家，几乎同时宣布了各自的减排目标。中国提出到 2020 年单位 GDP 碳排放（碳强度）要在 2005 年的基础上下降 40%~45% 的目标，标志着中国从此走上低碳发展之路。美国宣布将在哥本哈根气候变化大会上承诺 2020 年前实现温室气体排放量在 2005 年的基础上减少 17% 的临时性目标。

中美两国的碳减排目标引发了两个问题的讨论。一个是，中国政府在“十一五”规划中提出要在 2010 年实现单位 GDP 能耗（能源强度）在 2005 年的基础上下降 20% 的目标，现在又提出到 2020 年单位 GDP 碳排放（碳强度）要在 2005 年的基础上下降 40% ~45% 的目标，那么，这两种目标之间的关系是什么？有何联系？是完全一致的，还是有所区别？另一个是，中国的碳强度目标与发达国家（如美国）减少碳排放的承诺目标的区别和联系各是什么。

我们先来讨论中国政府能源强度和碳强度两个目标之间的联系和区别。

从定义上来看，GDP 能源强度，是指一个国家在一定时期内，单位国内生产总值的能源消耗量；GDP 碳强度，是指一国在一定时期内，单位国内生产总值的二氧化碳排放量。因此，GDP 能源强度，是衡量能源利用效率的指标，即降低一单位 GDP 产生的能源使用量的减少，或者使用同样单位能源能够产生更多的 GDP。相对的，碳强度虽然也受能源效率的影响，但主要还是受能源结构的影响。因此，碳强度衡量的是能源质量，也就是清洁能源在能源结构中的比例的问题。另外，与碳强度不同的是，能源强度指标虽然能够体现能源使用效率，但是在政策上，它主要还在于为了满足经济发展提供稳定和可持续的能源供给量。

一方面，由于一次能源中的化石能源是有限的，人类发展依赖化石能源是不可持续的，因此，我们要降低单位 GDP 的能耗。另一方面，中国目前一次能源结构中约 93% 是化石能源，二氧化碳主要是化石能源燃烧造成的，降低单位 GDP 的能耗可以减少二氧化碳排放，因此，这两个目标基本是一致的。

一般来说，降低单位 GDP 的能耗可以降低单位 GDP 的碳排放。但是，由于化石能源中，各种能源的碳排放系数不相同，因此，这两个目标又不完全一致。举个极端的例子，如果一个国家一次能源消耗总量减少了，但是，能源结构却从以油气为主的结构转变为以煤炭为主的结构，其结果是单位 GDP 能源强度变小了，但是，单位 GDP 碳排放可能没有发生变化，还有可能增加了。如果在保持能源总量不变的前提下，能源从煤炭转变为清洁能源，单位 GDP 的碳强度也可以减小，因此，降低单位 GDP 的能耗与降低单位 GDP 的碳排放有所区别。

我们可以分三种情况来讨论二者的联系和区别：第一，如果 2005 ~ 2020 年中国的能源结构没有发生变化，单位能源的碳排放不变，那么这两种目标基本相同。第二，如果 2005 ~ 2020 年中国的能源结构走向清洁多元化，增加了清洁能源的比重，单位 GDP 碳强度减小，那么这两种目标便发生了偏离，意味着完成单位 GDP 能耗降低 40% 的目标的同时，可以超额完成单位 GDP 碳排放降低 40% 的目标。第三，如果 2005 ~ 2020 年中国的能源结构发生了反向变化（如增加煤炭消费比例），单位能源的碳排放增加，那么这两种目标也会产生偏离，意味着即使完成了单位 GDP 能耗下降的目标，也无法完成单位 GDP 碳排放下降的目标。

为了应对气候变化，中国制定了单位 GDP 碳强度下降的目标，那么，在“十二五”规划中，单位 GDP 能耗下降的目标还要不要继续存在呢？人类经济的发展主要受到两个方面的约束：一方面是能源需求无限和能源资源有限性的约束，另一方面是环境容量①的约束。当这两个约束同时起作用的情况下，中国的可持续发展要求通过节能来减排，同时需要通过改变能源消费结构减排，降低对化石能源的依赖，发展清洁的可再生能源。为了同时应对能源和环境的双重约束，“十二五”规划应当同时设定能源强度和碳强度目标。

在讨论了两种指标的联系和区别后，我们对 2020 年是否可以完成单位 GDP 碳排放要在 2005 年的基础上下降 40% ~45% 的目标，可以有如下三种预测。

第一，如果我们完成或基本完成了“十一五”规划中提出要在 2010 年实现单位 GDP 能耗在 2005 年的基础上下降 20% 的目标，在今后十年规划中，单位 GDP 能耗下降的目标至少 20%，而且能在 2020 年按时完成，那么，即使现有的能源结构不变，单位 GDP 碳强度在 2005 年基础上下降 40% 的目标

---

① 环境容量（environment capacity），是在人类生存和自然生态系统不致受害的前提下，某一环境所能容纳的污染物的最大负荷量，或一个生态系统在维持生命机体的再生能力、适应能力和更新能力的前提下，承受有机体数量的最大限度。环境容量包括绝对容量和年容量两个方面。前者是指某一环境所能容纳某种污染物的最大负荷量，后者是指某一环境在污染物的积累浓度不超过环境标准规定的最大容许值的情况下，每年所能容纳的某污染物的最大负荷量。

基本可以完成。

第二，如果能源结构进一步清洁了（煤少一些，清洁能源多一些），那么，碳强度在2005年的基础上下降40%～45%的目标就可以实现。而且，降低碳强度还可以有其他方面的努力，如降低农业碳排放和增加森林面积等。

第三，如果我们不能完成“十一五”规划的能源强度目标，而且，今后十年规划的能源强度目标完成低于20%，那么，要完成2020年单位GDP碳强度目标就需要加大能源结构的低碳化（清洁化）力度。反之，如果我们大力发展清洁能源，但不注重节能，那么，即使可能完成2020年单位GDP碳强度目标，也不能完成节能的目标。这也说明了“十二五”规划应当同时设定能源强度和碳强度目标的重要性。

我们再来讨论中国的GDP碳强度目标与发达国家减少碳排放的承诺目标的区别和联系。

首先需要说明的是，就减少碳排放来说，中国的碳强度目标与发达国家减少碳排放的承诺目标是一致的。但是，二者之间还是有区别的。发达国家是减少碳排放的绝对量（如现在排放60亿t，2020年只排放50亿t），与GDP增长没有直接关系。而中国碳强度目标与GDP直接相关，达到某个碳强度目标，可以通过做小碳排放，或做大GDP，或两者都做的办法，GDP是一个直接变量。因此，中国的低碳经济发展是有前提的，即以保证现阶段经济GDP增长为前提。所以，碳强度目标是一个碳排放的相对量的减少，实际上是减少碳排放的增量（如现在排放60亿t，如果没有碳强度目标，2020年可能排放80亿t，有了完成目标的努力，使得排放只有70亿t）。

对发达国家而言，其减排的压力要小于发展中国家。这主要来自三个方面的原因：第一，发达国家的人均收入水平要远远高于发展中国家，高收入水平的公众，其对环境的支付意愿和支付能力更高，在这种情况下，政府的清洁能源政策更容易被支持和实施；第二，发达国家处于更高的经济发展阶段，其拥有更好的研发水平和资金实力；第三，发达国家相比较发展中国家，其发展经济的压力较小，因此具有更大的选择和减少碳排放的空间。

现阶段中国还无法做到碳排放的绝对量的减少。中国目前正处于城市化和工业化进程之中，能源需求具有刚性，并且预计未来10年，中国经济增长仍将保持在8%的水平，因此，伴随着经济快速发展的高能源电力需求将不可避免。中国的能源结构以煤炭为主，煤炭最便宜，但是二氧化碳排放也最多。要降低单位GDP碳强度，必须要增加清洁能源，或者减少单位GDP的煤炭消费量，这就意味着中国必须要改变现有的能源结构。而如此一来，中国必须面对清洁能源成本的问题。在能源结构上，发展中国家的选择极为有限。提

高经济竞争力和促进经济增长需要廉价能源为支撑，减轻社会负担也需要廉价能源。煤炭最便宜，同时它的二氧化碳排放也最多，而中国保证 GDP 增长的前提使清洁能源成本问题更为棘手。

中国的低碳发展不可能回避成本问题。低碳发展的成本微观说是增加消费者的能源成本，宏观说则是对 GDP 增长的负面影响。要使全球减排有意义，发展中国家和发达国家都必须参与，发展中国家尽量控制增量，而发达国家减少排放总量，这就是中国的碳强度目标与发达国家减少碳排放的承诺目标的一致性和区别。这其实也反映了共同减排、不同责任的基本原则。温室气体是一个超越国界的问题，但解决问题却必须考虑不同国家的实际情况。全球气候变暖问题的解决是一个渐进的过程，需要世界各国共同的研究与合作。然而，由于二氧化碳减排关系到发展中国家的能源成本乃至经济发展的问题，因此，全球减排任务的分配，需要在一个合理公平、合乎实际的国际气候框架下来进行统筹安排。

节能需要投入，清洁能源需要投入，碳减排需要投入，而且是巨大的投入。发达国家除了提供经济和技术支持之外，从历史和公平的角度还应当承担更多减排责任。发达国家必须改变态度，应当理解和处理发展中国家的能源需求增长、二氧化碳排放增量和人均排放问题。除了自己减排之外，也应当从资金和技术上帮助发展中国家减排，这也符合“谁污染，谁治理”的环境原则。共同拥有一个地球，发达国家帮助发展中国家应对环境挑战，事实上也在帮助它们自己。

最后，就降低中国 GDP 的碳强度而言，既是能源结构的问题，也是能源总量的问题，还是经济增长的问题。

1.8 中国经济转型可以从低碳经济发展入手

应对能源和环境问题，我们都同意中国的经济应当转型，有关转型的讨论很多。人们往往将经济转型简单理解为调整经济结构，对调整经济结构作为一个降低 GDP 能耗的基本手段，寄予很大的期望，具体表现在，几乎所有中央和地方的战略规划中都会提出调整经济结构。

理论上，调整经济结构对于降低 GDP 能耗的作用是无须争议的。例如，降低高耗能生产，增加第三产业，就可以降低 GDP 能耗。但是，一个国家在某个时期的经济结构与一个国家的经济发展阶段高度相关。对于中国现阶段的经济发展，强调经济结构调整，特别是行政强制式经济结构调整，必须谨慎。现阶段中国经济结构调整不是一个以我们意愿为转移的过程，原因至少有两个方面。

第一个方面，厦门大学中国能源经济研究中心一项研究说明，一国经济结构受本国资源禀赋[①]，以及经济发展阶段性的GDP和能源需求增长规律性的约束。目前中国处于城市化工业化经济发展阶段，高GDP增长、高能源需求增长和高耗能的工业结构是一个典型特征，把降低单位GDP能耗完全寄望于调整高耗能工业结构是不现实的。事实上，中国各级政府调整经济结构的呼声已久，但中国的高耗能的产业结构并没有得到改变，这就是经济发展的阶段性现实。

现阶段整体经济结构调整的困难很多，例如，发展低耗能产业，比较可行的是发展服务行业，这与学界的中国经济增长[②]应从投资推动型增长模式向消费驱动型转变的呼声一致。但是，发展服务行业，首先必须增加收入水平，这是消费需求增长的决定性因素。中国居民过高的储蓄率（超过40%）在某种意义上是强迫性的。对普通民众来说，住房、教育、医疗费用高不可及，不储蓄如何应付？今后随着收入水平的提高，服务业可以有一个大发展，但目前大喊大叫，似乎用途不大。因此，调整经济结构是一个慢工细活的过程。

对于经济结构调整，能源价格是一个见效快的工具。能源价格对单位GDP能耗有两个方面影响：一是产出效应，在一个有效的市场中，能源价格上升会使需求减少。二是替代效应，如果能源相对于其他生产要素[③]变得更贵，生产者会寻求替代或选择能效更高的技术，从而促使能源强度下降。提高能源价格是短期抑制高耗能产业[④]、促进节能和降低能源强度最有效的手段。但是，能源价格有社会经济影响大的问题，能源是关系国计民生的重要基础产业和公用事业，既是生活资料又是生产资料，社会经济和公众对能源价格上涨十分敏感，既影响经济发展又影响社会和谐。因此，能源行业的国企垄断使得政府可以有效控制能源价格，将能源价格作为一个宏观经济工具。政府在考虑能源价格时常常左右而顾之，举棋不定，既影响了能源价格改革进程，又影响了能源价格促进经济结构调整的有效性。如果不能通过提高能

① 资源禀赋，又称要素禀赋，是指生产要素的素质和状况，即一国拥有各种生产要素，包括劳动力、资本、土地、技术和管理等的丰富程度，是对一个特定地区或国家所拥有的生产要素的综合评价，要素禀赋状况是一个国家或地区发展经济的基本依据之一。

② 经济增长模式分为投资推动型和消费驱动型。投资推动型经济增长模式，指依靠资本积累推动经济增长，用资本积累投资发展资本密集型的重工业，是赶超型、发展型和传统计划体制下的经济增长模式；消费驱动型增长模式，指以消费需求拉动为主导的发展模式。

③ 生产要素，是指进行社会生产经营活动时所需要的各种社会资源，它包括劳动力、土地、资本、技术和信息等内容，而且这些内容随着时代的发展也在不断发展变化。

④ 高耗能产业，主要依靠廉价资源生存，离开了低价格的水、电、煤和气支撑，高耗能很难“活”下去。而高耗能产业主要集中在经济相对落后的中西部地区，那里有丰富的煤矿、铁矿，有过剩的廉价电力，加上地方政府大力扶持，高耗能产业便有了膨胀的条件。

源价格改革来抑制高耗能，调整经济结构就非常困难。

第二个方面，在经济贸易全球化导致的全球经济分工中，中国目前的定位很明确。“中国制造”标记无所不在，已经成为这个时代的一种象征，但是，短期改变中国的低端、高耗能的出口可能性不大，中国当前的就业形势也不允许这样做。我们也一直呼吁改变出口贸易结构，但事实证明这也不容易。我们可以努力，但国际贸易分工重新调整也是一个缓慢的过程。

长期而言，中国的经济结构肯定要改变，但是，短期行政强制式经济结构调整会影响甚至阻碍经济增长。所以，不能把节能减排的希望太多地寄托在短期经济结构调整上。

然而，对于中国来说，降低 GDP 能耗、节能减排不能等。我们可以通过提高能源效率、发展低碳经济去降低 GDP 能耗。也就是说，现阶段中国经济转型的着手点不是行政强制式经济结构调整，而是在保证经济增长的前提下探索低碳经济发展，即通过低碳经济发展模式和政策来引导经济结构改变与调整。目前的经济增长结构和能源消费是中国经济发展增长目标和过程的必然要求，调整经济结构不是中短期能做到的，因为能源需求仍会快速增长。中国的能源和环境问题已经到了关键时期，需要探索低碳经济发展。

低碳经济发展是在保证经济增长、承认经济发展阶段性的产业结构和能源刚性需求的前提下，提高能源生产、消费效率和鼓励清洁能源发展的发展模式。将低碳经济作为一个发展模式，当大多数人用低碳思考时，就可以有效推动经济结构调整。低碳经济发展主要包括两个方面：一方面是通过提高能源效率和需求方面节能，另一方面是通过调整能源结构减排。

在经济结构一定的情况下，能源强度问题可以通过供给和需求两方面的节能来解决。政府在节能领域有很多其他事情可做：例如，鼓励各级各部门提高能源效率，制定和实施严格的工业技术标准、建筑标准和污染排放标准，以及加强监管和实施机制。有效的节能环保必须与企业个人的财务相联系。因此，除了政策支持之外，还要有反映在运行成本中的财务上有意义的罚与奖，建立一个能使环境成本内部化①的恰当机制，严格执行环境标准，使那些造成环境污染的人在法律上和财务上负起责任。

在能源消费水平一定的情况下，减排需要调整能源结构，可以通过提高清洁能源技术、开发清洁能源来解决。高煤炭消费，对煤炭生产和运输的巨

① 环境成本内部化，是指产品的价格包含环境成本。

大需求，仍将是中国经济发展的主要特征。由于石油和天然气①储量有限，进一步开发水电资源的潜力也有限，中国中长期内不可能改变以煤为主的能源结构，但是，中国远没有发挥利用清洁能源的潜力，包括核能和其他可再生能源，这都是可以进一步努力的。

1.9 中国低碳经济发展的必要性及其国际意义

中国低碳经济发展之所以必要，除了应对全球气候变暖外，也与中国本身的能源稀缺和环境污染直接相关。中国的环境问题有目共睹，这里不需要进一步说明。但是，如何认识中国的能源稀缺，却值得讨论。

中国的能源需求问题首先是相对于储量和人口而言的。中国能源资源总量比较丰富，但人均能源资源拥有量低。尽管32年前中国总人口已近10亿(1978年年底总人口9.6亿)，但人均能源消费水平低，能源资源储备可以说相对充足，因此过去我们总说“地大物博，资源丰富”。然而，十几亿规模的人口一旦开始增加能源消费，资源稀缺性逐渐显现。按人均拥有指标来衡量，中国是一个能源资源储备较低的国家。从2007年人均能源可采储量的国际比较来看，中国的人均煤炭、石油和天然气可采储量都远低于世界平均水平。

中国人均能源储备情况比日本好。但是，中国经济增长过程中的能源问题可能比日本大。在日本工业化时期，资源价格很低，环境要求也不紧迫。可以说，由于资源稀缺和环境问题，经济后起国家在城市化和工业化进程中将受到更多的能源和环境约束。除了已经很高之外，而且还会更高的能源价格，环境空间也已经很小而且还会更小。并且，治理环境也意味着增加能源成本。对于中国来说，21世纪最具挑战性的问题不是当前的金融危机，而是将来的能源与环境问题。

中国的能源需求问题也是相对于国际市场而言的。简单地说，相对于中国需求，国际市场太小。通过主要国家一次能源需求比较，整体情况是，中国能源需求上涨快，但人均能源消费水平很低，印度则是非常低。从2009年到2030年，中国能源需求增长将近一倍，印度的能源需求增长3倍以上。日本和美国等完成工业化和城市化的成熟发达国家，能源需求也将保持小幅增长。即使中国和印度的能源需求大幅增长，人均能源需求仍将远低于发达国

---

① 天然气，是古生物遗骸长期沉积地下，经慢慢转化及变质裂解产生的气态氢化合物，具有可燃性，多在油田开采原油时伴随而出。广义的天然气是指产出于地下的有用气体，因此，在某些研究中也包括CO_2、H_2S和He等特种气体资源。但一般情况下，它仅指其主体烃类气体，主要成分为甲烷(CH_4)，比重0.65，比空气轻，具有无色、无味、无毒的特性。

家。2030年，中国人均能源需求略高于美国的1/3，印度只有美国的1/10。一个小国家如果缺乏能源资源或能源相关产品，可以在国际市场购买，但不会对国际价格造成影响。然而，中国规模巨大的需求量无疑将对国际市场价格造成显著影响。从历史经验看，往往是中国买什么，什么就贵。反过来，中国经济增长也将更大地受到国际市场的影响。

再通过2007年世界主要国家的能源消费结构①来比较，中国一次能源消费结构以煤炭为主，是环境污染最关键的原因。近年来，虽然对石油、天然气、水电及其他可再生能源②的利用逐渐增加，但煤炭消费在能源结构中的比重依然非常高。2007年，中国一次能源消费结构中煤炭比重高达69.5%，石油20.1%，天然气3.3%，核电仅占0.7%。印度的能源结构同样以煤炭为主，煤炭消费占51.5%。美国和日本的煤炭比例都不到25%。

当一个国家处于从贫穷向富裕过渡的阶段，需要最快速的经济增长，最快速的就业扩张，最快速的财富积累。因此，短期选择通常比长期选择更重要，从而能源资源与环境无法得到战略上的考虑与保护。这时阶段的特点是人们竭尽全力使用能源，主要是煤炭资源，如果有政府的帮助，就会竭尽全力使用低价能源。中国是目前世界上第二大能源生产及消费国，经济正处于以资源密集开采和快速消耗为特征的城市化和工业化加快的进程中，能源资源的有限性与经济增长的可持续性之间的矛盾日趋尖锐，中国本身的节能日益迫切。一般的印象是中国的节能空间很大。据估计，中国的整体能源利用效率是33%左右，比发达国家低十个百分点。常有人以此为证，说明中国能源利用效率很低，这不完全对。

首先，厦门大学中国能源经济研究中心最近的一项研究对中国和国际阶段性能源需求进行比较研究，结果说明，在达到相同人均收入水平时，中国人均能源消费远低于美国和日本。例如，美国和日本分别于1951年和1970年达到人均2000美元左右，根据预测，当中国人均GDP达到2000美元时，人均能源消费可能只有美国的1/4、日本的1/2，也略低于中国台湾省可比阶段（台湾省1979年人均GDP达到2000美元以上）的人均能源消费2.1t标准煤③。从这个角度看，指责中国现阶段能源特别浪费似乎不对，只能说时代不同，对能源和环境的要求不同。

① 能源消费结构，各种能源的消费量占能源消费总量的比重。

② 可再生能源，泛指多种取之不竭的能源，严谨地说，是人类有生之年都不会耗尽的能源，如风能、太阳能、潮汐能和地热能等。

③ 标准煤，亦称煤当量，是将不同品种、不同含热量的能源按各自不同的含热量折合成为一种标准含量的统一计算单位的能源。标准煤的计算目前尚无国际公认的统一标准，1kg标准煤的热值，中国、原苏联、日本按7000kcal计算，联合国按6880kcal计算（1cal≈4.2J）。

其次，对比不同国家相同发展阶段的能源利用效率，也不能说明中国目前的能效低。事实上，中国工业化阶段的能源利用效率不低于处于工业化阶段时的美国和日本。其中有技术进步的影响，也有环境与资源约束的影响。在美国、日本工业化时期，能源价格低廉，气候环境也不是一个问题，美国、日本基本可以不受制约地消耗消费能源。所以从阶段性比较看，中国能源效率不低。技术进步的影响更明显，从电力行业的煤耗可见一斑，中国整体火电的煤耗比美国低，因为中国绝大多数的火电装机是近5年（2004～2009年）发展起来的，无论是技术水平还是设备都是国际一流，与美国整体运行年限长得多的火电老机组相比，整体燃煤效率当然更高。

然而，目前中国的整体能源利用效率低于发达国家的现状也说明低碳经济发展空间比较大。以现在的技术水平，进一步提高能源效率是可能的，几个百分点的节能量就是一个很大的数字。以中国庞大的人口基数，低碳生活方式的选择也意味着巨大的节能空间。

1.10 中国发展低碳经济所面临的机遇和困难，该如何作为

中国作为世界上最大的发展中国家，正处于经济快速发展，并向中等收入水平国家过渡的阶段。因此，经济发展是政府政策的核心，更是保证社会和谐、稳定的关键。然而，经济的可持续发展与社会的和谐，在许多情况下，面临短期和长短期目标的抉择。最明显的例子，如果调高能源价格，政府就会担心群众反对的声音，以及其对社会稳定的影响；而不调高能源价格，就无法达到促进节能减排，提高能源使用效率，以及长远来说，经济的可持续发展。因此，政府“科学发展观”所倡导的经济与社会的可持续发展，正是对长短期目标的一种权衡。从能源的角度来探讨“科学发展观”，其讨论的不仅仅是社会稳定与和谐的问题，也是可持续发展的问题。低碳经济发展，从某种意义上来说，正是兼顾社会和谐与经济可持续发展的发展模式。

能源是一国经济发展的命脉。能源消费与环境保护以及资源的耗竭高度相关，因此，从根本上来说，可持续发展问题集中反映在对能源的选择和有效利用上。对于耗竭性能源资源，可持续发展要求尽量在开采过程中保护环境、提高能源资源的使用效率、维护能源和环境的社会公平的约束下，实现经济的增长。

当气候变化问题日益严峻，并成为世界各国共同关注的焦点，经济的可

持续发展就与二氧化碳减排紧密的联系在一起。大量化石能源的消费，导致全球气候显著变暖。2007年由联合国气候变化专门委员会发布的第四次评估报告中指出，如果世界各国不采取更进一步的减排措施，温室气体的排放将在未来几十年当中继续增加并累积，可能引发全球气候和生态系统的不可逆变化。当应对气候变化问题，成为全球社会的普遍共识，探索低碳经济发展模式，就成为人类实现经济和社会可持续发展的必然选择。

中国能源的刚性需求，突出表现为对电力的刚性需求。由于中国正处于城市化、工业化快速发展的阶段，能源需求，尤其是电力需求仍将大幅度增长。如果保持目前的能源结构和消费方式不变，那么，中国未来的二氧化碳排放将大幅度上升。对比发达国家经济发展和排放的经验，一国的能源消费结构一旦形成，降低二氧化碳排放将非常困难。因此，中国需要在能源刚性需求的前提下，探索适合中国的低碳经济发展之路。可以说，“十二五”应该是中国探索低碳经济发展的关键时期。

至此，我们已经明确了中国低碳经济发展的必要性和迫切性。研究中国低碳经济发展模式，首先，中国目前正处于经济快速发展的阶段。以重工业为主导的产业结构，以及大量农村人口向城市的转移，导致中国的能源需求具有刚性，这是中国在这一经济发展阶段所必然呈现的能源需求的规律性特征。然而，中国不可能再走西方发达国家的老路，因为中国所处的国际环境已经发生了巨大的变化，当代气候变化、粮食安全以及能源资源稀缺等诸多挑战都迫使中国必须选择低碳经济的发展之路。未来中国城市化、工业化进程必然相伴着经济的高增长而向前推进，因此，能源需求将不可避免地保持较高增速。

其次，应当研究确定低碳经济发展的概念、内涵和路径。以目前的能源和环境情况，中国显然不可能援用西方国家在工业化时期的高耗能方式，而需要从战略和政策上引导企业和居民选择低碳的生产、生活方式。

再次，中国的低碳经济的发展要求能源战略在兼顾能源供给方面的同时，侧重生产和消费方面。以往从能源供给方面，即石油战略储备，考虑能源安全①的能源安全观念应当转变。随着中国石油对外依存日益增大，中国需要从低碳的能源多元化和开发新能源②方面保障能源安全。

最后，不同的碳排放量将对应不同的能源结构，从而产生不同的能源成

① 能源安全，其内涵包括能源供应安全（经济安全）和能源使用安全（生态环境安全）。其中，能源供应安全是指以合理的价格满足经济发展的需要，又包括供给安全和价格安全。供给安全指能源供应的可靠性，即利用国内、国外两个市场，获得满足国民经济持续发展所需的稳定可靠的能源供应；价格安全则强调获得能源资源的成本，即利用市场化手段，化解国际油价大幅上涨和剧烈波动对国民经济的冲击。

② 新能源，又称非常规能源。是指传统能源之外的各种能源形式，指刚开始开发利用或正在积极研究、有待推广的能源，如太阳能、地热能、风能、海洋能、生物质能和核聚变能等。

本，因此我们需要确定和选择与低碳经济发展目标相适应的能源结构。能源具有其特殊性，主要表现为外部性[①]、不确定性、公平性和不可再生性。因此，与低碳发展密切相关的能源问题，使得低碳经济的发展模式必须依据能源特性做出相应的政策选择。为了促进经济的发展，发展中国家通常把能源补贴纳入宏观经济政策，然而，却常常存在补贴过多或者补贴方式不当的问题。政府试图通过能源价格管制[②]即能源补贴的方式，来降低能源产品的终端价格，然而却导致了更多无效率的能源消费以及更多的碳排放。中国应当在考虑取消能源补贴对贫困和低收入人群影响的情况下，对能源补贴方式进行改革，从而更好地实现低碳经济的发展。

1.11 中国城市化进程也是低碳发展的机会

世界大约有一半人口生活在城市，城市化程度是经济由贫困向中等收入转型的一个重要标准。国际经验表明，发达国家在城市化过程中，即城市化率[③]为20%～70%时，产业结构经历了从以农业为主向以工业为主的转变过程，人均耗能和能源强度在同时期快速上涨。当城市化完成以后，产业结构转为以第三产业为主，能源强度也随之下降，人均能源需求进入相对缓慢增长甚至平稳的阶段。

2007年，中国GDP占世界总量的6%左右，而钢材消费量占世界钢材消耗的30%以上，水泥消耗大约占世界水泥消耗量的55%。上述事实切实说明，中国正处于城市化进程之中。2008年、2009年中国的能源发展动态也表明能源消费在快速增长。2003～2008年，各年能源消费总量以近双位数的速度增长，究其原因是高耗能产业的快速增长，也说明城市化进程在加速。城市化引起的能源需求大幅增长是能源可持续问题的关键。各国社会条件不同，经历的城市化进程会有所不同，但这一进程是每个发达和中等收入国家都经

① 外部性，是指由于市场活动而给无辜的第三方造成的成本。或者说，外部性就是指社会成员（包括组织和个人）从事经济活动时，其成本与后果不完全由该行为人承担，即行为举行与行为后果的不一致性。经济外部性是经济主体（包括厂商和个人）的经济活动对他人和社会造成的非市场化的影响。分为正外部性和负外部性。正外部性是某个经济行为个体的活动使他人或社会收益，而受益者无需花费代价，负外部性是某个经济行为个体的活动使他人或社会受损，而造成外部不经济的人却没有为此承担成本。

② 价格管制，是指政府对处于自然垄断地位的企业的价格实行管制，以防止他们为牟取暴利而危害公共利益。

③ 城市化率，是指市镇人口占城市总人口的比率。中心城区、县（市、区）及建制镇，凡列入城镇建设规划且城区建设已延伸到乡镇、居委会及村委会并已实现水、电、路“三通”的，都纳入市镇人口计算，这样能客观反映城市化进程。

历过的。厦门大学中国能源经济研究中心的一项研究说明，如果没有出现大的灾难性问题，中国进入中等收入国家的城市化进程大概还需要 10 年（到 2020 年）。真正理解这一阶段的能源消费增长和能源消费刚性问题，是制定有效的能源战略和政策的必要前提。

2008 年全国城市化率为 46%，与中等收入国家 61%、高收入国家 78% 相距甚远。经济快速增长推动城市化进程，城市化进程会提高整体能源消费水平，城市化进程中的工业化特征是高耗能产业的迅速发展。预计中国快速的城市化进程在 2020 年左右告一段落，进入中等收入国家。到 2020 年，估计中国大约有 3 亿人口（相当于目前美国人口）将迁移进城市居住和工作。城市人口的能源消费是农村人口的 3.5 ~4 倍，城市化进程推动大规模城市基础设施和住房建设，所需要的大量水泥和钢铁只能在国内生产，因为没有任何其他国家能够为中国提供如此大规模的钢材和水泥，因此，中国的城市化对高耗能产业的需求是刚性的。即使技术进步有可能提高能源使用效率，为满足经济增长和社会现代化的需要，中国能源消费总量仍将经历一段刚性的高增长阶段。

国际经验表明，在城市化进程中，一国经济往往呈现出工业化的特征。劳动力逐渐从农村脱离进入城市，呈现出明确的专业化分工特征。专业化生产意味着生产者不能为自己提供全面的商品和服务。专业化分工的转变促进了市场和交换行为。城市化进程通过集中各种生产要素以获取相应规模效益。城市化进程使大量人口从农村脱离，集中到城市。在工业化过程中，生产要素不断在城市进一步集中，这就是城市化进程。然而，现代工业分工需要将各种要素运输并集中在城市，完成生产后再将产品送至消费地。因此，需要为市场供需双方提供一个高效、便利的运输体系。

可以肯定的是，中国的经济发展进程必然会呈现出一些发达国家曾出现过的能源需求特征。首先需要为新增城市人口提供足够的住房，对交通运输、医疗卫生、城市绿化等公共设施都提出了更高要求，这些城市基础设施的建设、运行和维护都需要消耗更多能源。

其次就是生活方式的改变。随着城市化推进和收入水平的提高，能源消费特征会发生转变，导致能源消费结构转变。农村人口移居城市后，将以电力替代煤炭、木材等传统能源，收入水平提高使人们更倾向于消费清洁、方便的电力。最为显著的是城市交通发展会导致更多化石燃料及电力消费。中国私人轿车拥有量随收入水平提高而快速增加，2007 年轿车产量（480 万辆）是 2000 年的近 8 倍。另外，劳动力从农村流向城市后，收入提高，特别是更具流动性的现金收入增加，因而购买力提高，刺激家用电器需求增加，意味着更高的人均能源消费，如果家电由国内生产，又会带动制造业的能源消耗增加。

经济的发展有其规律性特征，中国不可能人为地减缓或阻碍城市化进程。

然而，为了更好地应对和解决环境问题，中国可以将城市化进程作为中国发展低碳经济的契机。政府可以通过制定并执行积极的能源政策，提高城市化进程中的能源使用效率，并促使能源结构向更加清洁的方向转变。不同的能源环境政策，将导致截然不同的能源消费的结果。居民生活方式的转变，直接影响能源的消费量。中国经济的可持续发展，可以通过引导人们转变生活方式，以及倡导更加绿色的消费理念来实现。政府试行的“低碳城市①”，正是在城市化进程中倡导节能减排的一个实例。对中国而言，低碳经济发展的核心是提高能源使用效率和转变能源结构，意味着发展更多的清洁能源，以及尽可能地降低温室气体排放。

通过在“低碳城市”探索并建立低碳经济发展模式，可以降低二氧化碳排放。“低碳城市”的内容包括：在城市化进程中以低排放、高能效、高效率为特征来进行“低碳城市”的规划设计与建设；通过产业结构调整和发展模式转变，使低碳经济最低限度地影响经济增长，平衡经济增长，增加就业机会；制定生态城市建设战略规划，推动地方政府、金融企业通过政策激励和融资支持，驱动技术创新和资本流动，在城市中推广节能减排的低碳技术。除了在北京、上海等大城市寻找机会之外，建设“低碳城市”的机会应当是在中国的二、三级新兴城市，因为这些城市的机会更多。

在全球金融危机加剧和经济增长放缓的背景下，从低碳经济入手推动绿色产业发展，也可以作为刺激经济的一个手段。中国政府应对危机的投资已经明确了推动产业升级整合、提高能效和可持续发展，地方政府则需要在危机中寻找新的经济增长点，发展“低碳城市”与调整产业结构的要求基本一致。相信“低碳城市”的探索在中国城市化进程中一定会有作为。

1.12 集中力量优先发展的低碳行业

目前，低碳经济已经成为实现未来可持续发展的必然选择。虽然哥本哈根会议只得到一个没有法律约束力的协议，但是，今后人类的每项活动都将受到减少碳排放的影响，低碳经济本身所涉及的范围和深度成为发展的重要制约因素。2009 年 11 月中国政府决定到 2020 年单位国内 GDP 碳排放比 2005 年下降 40%~45%，非化石能源占一次能源消费的比重达到 15%左右。因此，从行业的角度看，低碳行业泛指任何伴随低碳排放以及旨在减少碳排放量的

① 低碳城市（low-carbon city），指以低碳经济为发展模式及方向、市民以低碳生活为理念和行为特征、政府公务管理层以低碳社会为建设标本和蓝图的城市。2008 年年初，中华人民共和国住房和城乡建设部与世界自然基金会（WWF）在中国内地以上海和保定两市为试点联合推出“低碳城市”。

行业，这样，集中力量优先发展那些低碳行业就显得格外重要。

低碳行业发展需要新技术的支撑以及国家政策的扶持。作为率先受到政策推动与资金支持的低碳行业，应当具备以下几个特征：一是可以较大力度减少碳排放量；二是对 GDP 有较大贡献；三是就技术与成本而言，可以接近大规模商业化和产业化。也就是，先挑拣影响大和容易的做。针对中国的具体情况而言，有实质性政策推动的主要低碳相关行业包含清洁煤技术①（integrated gasification combined cycle，IGCC）、核电、新能源汽车、智能电网、风能、太阳能、光伏发电等。

清洁煤发电在循环效率、废物利用、碳减排、节水等方面优势明显，最有可能成为清洁煤发电技术的主流。IGCC 整个系统大致可以分为煤的制备、煤的气化、热量的回收、煤气的净化、燃气轮机和蒸汽轮机发电等几个部分。主要设备包括气化炉、空分炉、煤气净化装置、余热锅炉、燃气轮机等。在整个 IGCC 系统的设备中，燃气轮机和余热锅炉设备系统均已经商业化多年并且已经成熟，目前的问题主要还是成本较高。

世界范围内，核电已经成为低碳能源供应的支柱而将发展迅速。至少从目前的情况看，核电在运营稳定性、盈利能力方面都有较大优势。我国核电起步晚，目前装机容量仅为 906 万 kW，预计到 2020 年核电运行装机容量可能达到 8000 万 kW，在建 3000 万 kW。10 年增长 10 倍左右。核电设备制造商、核电材料、核电厂等相关公司将充分享受行业发展带来的收益。一方面，政府扶持力度大，国家产业政策从“适度发展核电”转变为“加快推进核电发展”。另一方面，国内核电技术经过这些年发展，日益成熟。最后，由于行政垄断和较高的行业准入壁垒将使该行业的收益相对较好。

新能源汽车是 2009 年出台的实质性扶持政策较为集中的领域。鉴于交通业占全球碳排放量 13% 的比重，无论是考虑到碳减排，还是拉动消费，新能源动力汽车都符合政策扶持的条件。中美启动电动汽车②倡议中就明确表示，两国未来数年中将有几百万辆电动汽车投入使用。新能源汽车尤其是混合动力汽车的技术相对成熟，具有可大规模产业化的基础。用于新能源汽车的动

① 清洁煤技术，是指在减少污染和提高效益的煤炭加工、燃烧、转换和污染控制等新技术的总称。为了减少直接燃烧煤产生的环境污染，世界各国都十分重视洁净煤技术的开发和应用。我国是烧煤大国，70% 以上的能源依靠煤炭，大力发展洁净煤技术有更重要的意义。清洁煤技术包括两个方面：一是直接烧煤洁净技术；二是煤转化为洁净燃料技术。

② 电动汽车，是指以车载电源为动力，用电机驱动车轮行驶，符合道路交通、安全法规各项要求的车辆。电动汽车的组成包括电力驱动及控制系统、驱动力传动等机械系统、完成既定任务的工作装置等。电力驱动及控制系统是电动汽车的核心，也是区别于内燃机汽车的最大不同点。电力驱动及控制系统由驱动电动机、电源和电动机的调速控制装置等组成。电动汽车的其他装置基本与内燃机汽车相同。

力电池未来发展方向可能是发电储能电池。预计2010年~2015年，该行业在政策的支持下可能表现出行业容量爆发式增长。

目前传统电网存在着种种缺陷，例如，不支持大规模间歇性电源与分布式电源接入、输电损失巨大、用户无法互动等，这些都不能适应低碳经济发展要求。在节能和新能源发展的推动下，智能电网[①]是未来电网发展的趋势。根据国家电网公司的三阶段规划，2009~2010年试点阶段，主要是制订发展规划、技术和管理标准，进行技术和设备研发；2011~2015年开始全面建设阶段，仍是集中力量于特高压输电的建设，以数字化变电站为代表的二次设备为重点；2016~2020年为引领提升阶段，高级调度系统、全数字化变电站成为标准配置，智能电表将逐步全面覆盖。智能电网是节能减排和清洁能源接入的纽带，是最具有低碳政策一致性的领域。

我国风电行业处于高速增长期，风电市场容量不断扩大。2009年上半年国内新增装机443.98万kW，累计装机达1659.26万kW。国内风电制造企业竞争激烈，中国本土风电设备制造企业的累计市场份额首次超过外资。风电入网已经成为风电发展的一个“瓶颈”，近期国家对风电设备进行了控制。价格方面，国家发展和改革委员会（以下简称发改委）发布《关于完善风力发电上网电价政策的通知》，将风电标杆上网电价最低定为0.51元，最高定为0.61元，风电企业的利润空间依然不大。

光伏发电[②]是根据光生伏特效应原理，利用太阳能电池[③]将太阳光能直接转化为电能，有独立运行和并网运行两种方式。独立运行的光伏发电系统需要有蓄电池作为储能装置；并网运行用于有公共电网的地区，与电网连接并网运行，省去蓄电池。理论上讲，光伏发电技术可以用于任何需要电源的场合，上至航天器，下至家用电源，大到兆瓦级电站，小到玩具，光伏电源无处不在。太阳能光伏发电的最基本元件是太阳能电池（片），有单晶硅、多晶硅、非晶硅和薄膜电池等。光伏产业在我国还属起步阶段，2009年年初至今，政府对于光伏产业出台了一系列较大扶持力度的相关政策。《太阳能光电建筑

---

① 智能电网，就是电网的智能化，也被称为“电网2.0”，它是建立在集成的、高速双向通信网络的基础上，通过先进的传感和测量技术、先进的设备技术、先进的控制方法以及先进的决策支持系统技术的应用，实现电网的可靠、安全、经济、高效、环境友好和使用安全的目标。其主要特征包括自愈、激励和包括用户、抵御攻击、提供满足21世纪用户需求的电能质量、容许各种不同发电形式的接入、启动电力市场以及资产的优化高效运行。

② 光伏发电，太阳能发电分为光热发电和光伏发电。通常说的太阳能发电指的是太阳能光伏发电，简称“光电”。光伏发电是利用半导体界面的光生伏特效应而将光能直接转变为电能的一种技术，这种技术的关键元件是太阳能电池。太阳能电池经过串联后进行封装保护可形成大面积的太阳电池组件，再配合上功率控制器等部件就形成了光伏发电装置。

③ 太阳能电池，是通过光电效应或者光化学效应直接把光能转化成电能的装置。太阳能光伏电池（简称光伏电池）用于把太阳的光能直接转化为电能。

应用财政补助资金管理暂行办法》明确了补贴额度每千瓦20元，增加了市场竞争力。目前，原油价格上涨的预期，促使世界各国加大对光伏产业的政策支持和经济补偿。

对于发展中国家来说，碳减排与经济增长之间的确存在矛盾。但是，在哥本哈根会议形成的低碳减排约束下，中国只能将有限的资源有所侧重地分配，政策上支持重点低碳行业是促进低碳经济发展的关键。

1.13 应对气候变化的企业生存之道

在丹麦哥本哈根会议上，发达国家和发展中国家特别是世界主要经济体在减排量，以及发达国家帮助发展中国家的义务上，还存在比较大的分歧。毫无疑问，要达成各方面满意同时又切实可行的减排协议并非易事。

从发达国家发展过程可以看出，工业化国家经济发展与碳排放关系，一般都需要先后经历碳排放强度、人均碳排放量和碳排放总量的三个倒“U”形曲线，不同的国家碳排放高峰所对应的经济发展水平存在很大差异，说明了经济发展与碳排放之间不存在确定性。从那些跨越了碳排放高峰的发达国家或地区来看，碳排放强度高峰和人均碳排放量高峰之间所经历的时间，有人估计为24~91年，平均为55年左右。这说明即使有了减排措施，如果没有外部条件支持的情况下，发展中国家可能需要很长的时间才能达到碳排放的拐点，而发展中国家包含人口大国如印度和中国，全球的碳排放的拐点可能需要很长的时间才能达到。

厦门大学中国能源经济研究中心最近的一项研究说明，根据KAYA恒等式，一个国家（或地区）二氧化碳排放量的增长，主要取决于四个因素：人口、人均GDP、能源强度（单位GDP能耗）和能源结构。从人口因素看，全球范围内，根据当前出生率、人口自然增长率、婴儿死亡率，总和的生育率都远远高于任何时期的历史水平。人口因素是未来温室气体排放增长的重要贡献者之一。从能源结构因素来看，虽然各国都在积极通过各项政策，包含全球化的清洁发展机制[①]（CDM），以及大量开发可再生能源，但是，能源需

① 清洁发展机制（clean development mechanism，CDM），是《京都议定书》中引入的灵活履约机制之一。CDM允许《京都议定书》的附件1缔约方与非附件1缔约方联合开展二氧化碳等温室气体减排项目。这些项目产生的减排数额可以被附件1缔约方作为履行他们所承诺的限排或减排量。对发达国家而言，CDM提供了一种灵活的履约机制；而对于发展中国家，通过CDM项目可以获得部分资金援助和现金技术。但是，CDM只能作为全球减排和技术转让的手段之一，实现真正意义上的减排和技术转让还需要发达国家作出更多的努力。详细资料可参考中国清洁发展机制网。

求的快速增长决定了以煤炭等化石燃料为主的能源结构，在今后相当长的一段时期内不会发生根本性改变。因此，通过改变能源结构对控制温室气体排放的增长作用有限。从人均收入因素来看，全球贫困线以下人口基数仍然庞大，减少贫困和发展经济仍然是世界经济面临的最大任务。

提高能源效率，降低能源强度的最大挑战是减排所涉及的范围和规模。现代社会中，人类的所有活动基本上都涉及碳排放。碳减排从宏观上涉及整体经济能源政策的转变，微观上则涉及人们日常使用的灯泡、空调和汽车等技术革新以及能源消费观念的转变。因此，从理论上看，人类发展的任何一个方面，都可能是温室气体减排面临的巨大障碍。

上面说明了碳减排的艰难和长期性，在气候变化的压力下，政府的低碳经济政策肯定是多样而且针对性强，首当其冲的是企业。目前国际上的低碳政策主要都是针对企业，只不过是方式不太相同。一方面通过气候变化税费向企业施加压力，但是另一方面也考虑到企业的不同特点和能源密集型企业可能面临的困难，制定了针对特定技术以及特定部门的税收减免政策，同时为企业留出足够的空间执行政策。对于发展中国家的企业来说，只不过是压力可能小些，发展空间大一点。

政策引导和利益驱动，外部压力与自身需求将会成为企业提高能源效率和主动减排的内在动力，同时，气候变化协议将成为企业减排动力不稳定的补充措施。政府将通过与企业间的约定，将双方权利和义务合同化，从而加固企业减排动力。这样，企业根据自身情况，降低履约成本，企业可以参与排放贸易机制，也可以争取节能投资补贴等。此时，企业必然对节能减排技术、产品、服务以及排放交易市场等有高度关注和强烈需求，政府提供的制度性安排以及机会都会受到企业的欢迎。

低碳经济推进的过程中，将在全球经济领域产生新的胜利者和失败者。从企业角度来看，除了政府应对气候变化的政策给出了强烈信号之外，气候变化还成为媒体和公众高度关注的问题，而国际社会的激烈讨论增加了问题分量，市场逐渐会对企业低碳性的估值有一个转变，这是企业面临的一个至关重要的经营战略问题。就是说，企业必须把应对气候变化作为企业经营战略的一部分。体现低碳成本是持续上涨的能源价格，这将使得企业不得不面临控制和降低生产成本。

企业应对气候变化既有压力和风险，又蕴藏着巨大的商机。例如，排放贸易市场，完成目标的企业可以出售剩余排放权获得收入。企业创新型节能设备可以通过申请专利，占有更大的市场份额。在今后的日子里，企业生存与发展，都可能与低碳相关。

1.14 哥本哈根会议的思考

于2009年年末举行的哥本哈根气候大会，国际社会予以很大的关注并抱有极高的期望。哥本哈根气候大会上，各国代表商讨了在《京都议定书》第一个承诺期结束后，全球如何应对气候变化的合作与减排机制。谈判的过程必然是复杂而困难的，会议最终形成了《哥本哈根协定》，并约定于2010年年末在墨西哥坎昆举行进一步的会谈。但是，如果发达国家不能正确理解二氧化碳的历史排放，不愿意承认人均排放是解决二氧化碳排放的一个基点，当前的国际合作将无法有效解决全球二氧化碳减排问题。

1.14.1 发达国家必须改变对发展中国家减排的态度

解决二氧化碳排放引起的环境问题，发达国家尤其是美国首先必须改变态度。以往美国的态度是：不是我不想减排，我减排，你也得减排。虽然现在美国的态度有所转变，但这种态度仍是解决二氧化碳问题的一大障碍。

这种态度是基于错误的假定。对于公众来说，理论和实践都证明，环境价值①与人均收入高度相关，公众对环境质量的评价与他们的收入是高度相关的。不能假定，人均收入仅2000多美元的中国人与人均收入近5000美元的美国人对环境的整体意识相同，对于单位排放的愿意支付相同。此外，对于减排所需要的支付能力，更是相去甚远。美国动员公众支持二氧化碳减排比较容易，让公众对支付减排也比较容易，但在中国显然就很困难，而公众支付是二氧化碳减排的资金基础。

对于政府来说，发展中国家政府关注和担忧的问题，与发达国家不一样。尽管各国政府针对二氧化碳减排的说法相似，背后含义却大不相同。美国政府让美国人维持现有的生活水平，应该就不会引起太大的争议；然而，作为发展中国家，其政府必须致力于经济发展，努力提高人民的生活水平，并实现向中等收入水平国家的过渡。目标不同，导致政府对能源政策的选择会很不相同。在能源结构上，发展中国家的选择极为有限。提高经济竞争力和促进经济增长需要廉价能源为支撑，减轻社会负担也需要廉价能源。煤炭最便宜，而它的二氧化碳排放也最多。以煤为主是中国能源和电力结构的主要特征。中国经济快速发展需要大量低廉能源，煤炭的资源和价格优势使其成为

① 环境价值，传统经济学的价值观认为只有劳动才可以创造价值，这已不适应现代经济的发展。环境价值的构成有多种分类方法，如将环境总价值划分为使用价值和非使用价值；而使用价值又分为直接使用价值和间接使用价值；非使用价值又分为存在价值和遗赠价值等。

首选。发展中国家选择以煤炭为主的能源结构，便宜就是一个充分的理由。煤便宜，就有便宜的电价，有竞争力，就能提供就业；电价不涨就不会影响社会稳定，不会影响生活水平的提高。

今后，支撑印度经济发展的能源结构也会是以煤为主，其经济增长同样需要低价能源支持，选择煤炭也是因为便宜。不要期望印度能够自觉地走清洁能源之路，使印度改变以煤为主的能源结构，唯一途径就是为它提供资金和技术，发展风能、核能等新能源。

要使全球减排有意义，发展中国家必须参与，尽量控制增量。但是，减排需要投入大量的资金用于技术研发。对于发展中国家而言，一方面技术研发的成本高昂；另一方面，在经济增长的特定阶段，发展中国家的能源需求具有刚性，减排将减缓甚至严重阻碍经济的增长。由于二氧化碳排放的影响是全球性的，基于“共同但有区别的责任”，发达国家的历史排放量很高，并且经济发展水平已经处于较高的阶段，其应当更多地承担起减排的责任，并努力从资金和技术上帮助发展中国家减排。

对于全球来说，探索中国的低碳经济发展有重大深远的意义。发达国家目前为减排二氧化碳所做的种种努力，对发展中国家有借鉴意义，但不是十分相关。除了公众的环境支付意愿不一样，支付能力差异大以外，发达国家和发展中国家的发展阶段和发展目标不同，导致了政府对能源政策的选择不相同，可以选择的空间也不相同。发展中国家基本处于相同的经济发展阶段，其面临同样的经济发展和环境保护的抉择问题。因此，中国低碳经济发展的探索和发展模式，将为其他发展中国家提供借鉴。这对于气候变化的解决以及低碳经济在全球范围内的发展，都起到了很好的推进作用。

在二氧化碳排放问题上，印度是一个不容忽视的因素。印度人口很快就会赶上和超越中国，由于印度能源结构也是以煤为主，因此今天中国二氧化碳的增量问题，将是今后印度的增量问题。探索中国低碳经济发展，不仅是中国的任务，也是全球的任务。因为，如果我们可以在中国的经济发展进程中走出一条低碳经济发展之路，就可能为今后解决印度和其他发展中国家提供可以借鉴的模式、经验和教训。

1.14.2 发展中国家的发展模式也需要改变

由于二氧化碳的排放增量主要来自于发展中国家，解决二氧化碳排放问题，发展中国家举足轻重，发展中国家的发展模式也需要改变。在人类面对地球生态环境日益脆弱的共同威胁时，所有国家应有的态度是同舟共济、各尽所能、共同应对。除了应对气候变化之外，发展中国家如中国还必须应对本身的能源稀缺和环境问题，因此，探索低碳经济发展模式，与发展中国家本身的利益相符合。

美国总统奥巴马已经承诺，“全身心”参与气候变化对话，美国环境政策已经开始转向。在应对全球气候问题上，中国的国际压力将日益增大。以前在二氧化碳减排问题上，美国是“坏孩子”，有比较好的减排条件，但不积极参与。随着美国态度的转变，在二氧化碳减排问题上，全球的注意力将开始转移到中国。目前，中国不但二氧化碳排放总量最大，排放增量也最大，二氧化碳增量大部分来自中国。发展中国家似乎有充分的理由进行排放：处于经济高速发展阶段，同样发展阶段的能源效率进行比较，发展中国家并不比发达国家在相同发展阶段时候更浪费能源。对历史数据的比较表明，中国现在的很多能耗指标，好于美国和日本工业化和城市化时期。因此只能说，新的时代，有新的要求。

除了总量问题以外，发展中国家的二氧化碳排放更重要的还是增量问题。对于中国和印度这样的发展中国家，城市化和工业化进程是一个必要的、不可逾越的经济发展阶段，关键是城市化进程中怎么办。发展中国家的城市化进程既意味着刚性增长的能源需求，又意味着节能减排的重大机遇。可以将城市化进程作为一个节能减排的过程。如果在城市化进程中能为这些人口提供能效更高的住房和交通设施，将有利于节省大量的能源消耗。在按照国际最好节能惯例来提高和加强城市规划、建筑设计和能效标准方面，政府可以起主导作用。将住房和公共交通能源效率纳入城市和郊区建设规划中，就是节能的一个很有前景的领域。

另外，就是生活方式的改变。2008 年中国的城市人口占 46%，大约为 6 亿人。也就是说，中国绝大多数的人口还面临着生活方式的选择。政府可以通过政策来引导生活方式的选择，将城市化作为中国人民选择与本国能源和环境相适应的生活方式的机遇。厦门大学中国能源经济研究中心的一项研究说明，伴随着经济发展，人均收入水平将大大提高；城市化进程的推进，将使得大量农村居民向城市转移。这两个方面的因素，将导致能源消费量大大上升；转移到城市的农村居民，其能源消费结构也将发生改变，主要体现在电力需求和交通消费方面的比重大大提高。最突出的表现，就是中国私人汽车拥有量的快速增加。例如，2007 年中国轿车产量为 480 万辆，是 2000 年的近 8 倍。

在二氧化碳排放问题上，发展中国家必须自我约束。中国在政府层面已基本上确立了这个态度。中国政府承诺，要把应对气候变化、降低二氧化碳排放强度纳入国民经济和社会发展规划，采取法律、经济、科技的综合措施，全面推进应对气候变化的各项工作，为国际社会合作解决气候变化问题作出积极贡献。

中国目前是二氧化碳排放量和增量最大的国家。未来经济仍将持续快速增长，能源消费以及温室气体等的排放也将持续上升，这使得中国不得不面对巨大的国际压力，其二氧化碳减排将成为国际关注的焦点。虽然中国“十一五”节能减排的目标很明确，尽管减排目标不包括二氧化碳，但节能本身就会减少二氧化碳排放。中国迟早要面对二氧化碳减排，准备得越早，到时就越主动，因此，需要从现在就开始探索低碳经济发展模式。

1.14.3 全球行动

环境经济学的排放权理论认为，环境容量是一种财富，这种环境资产产权与一般经济学意义上的产权（如土地所有权、资产所有权等）类似，可通过交易实现转移。如果可以从公平角度确定人均排放权，就可以要求发达国家承担更多的能源环境责任，或通过交易，或通过援助。因此，在国际上，争取能源和环境公平应当是发展中国家的政策和战略要点。除了强调发达国家对于能源价格和环境污染的责任以外，还应当要求这些国家由于环境问题必须调低它们的能源需求。

要减少全球的碳排放，需要付出巨大的减排成本，发展中国家的资金和技术困难需要得到充分的考虑。目前中国在可再生能源如风机、多晶硅等方面的大规模投资，并没有达到相应的减排目的。中国除极少数企业外，多数项目的技术水平相比国外企业仍然有较大差距，能耗、污染水平偏高，技术缺乏核心竞争力，由于成本高昂，其商业利用也缺乏市场，既造成了资金的浪费，也造成了宝贵的可再生资源的浪费，还导致了环境污染和过度排放。发达国家如果不能尽快转让足够的资金和技术，如果不考虑发展中国家减排中的技术和效率，以及相关设备生产的碳足迹①，那么，减排的努力可能无法到达预期的目的，甚至可能造成更多的排放，这与发展新能源的目标是相悖的。中国的低碳发展不可避免，但是需要选择一个最低成本的发展方案。二氧化碳排放是一个全球性的问题，同样，应该在世界范围内来考虑减排问题。

1.15 焦点问题是界定共同但有区别的责任

好像大家都很失望，哥本哈根气候大会仅达成一个非常弱的协议，其实不应该，但这个结果符合预期。如先前所预见的，各国对谁来减排和减排多

---

① 碳足迹，英文名称为“Carbon Footprint”，是指个人在生活或者能源消费过程中，企业生产产品的过程中所产生的二氧化碳排放量，即指个人或企业的“碳耗用量”。

少而互相指责。大会的争吵基本围绕四个焦点问题。第一，发展中国家要求坚持《联合国气候变化框架公约》[①]、《京都议定书》双轨谈判，主要是体现“共同但有区别的责任”的原则。第二，确定发达国家2012～2020年的中期减排目标。第三，对于发达国家为发展中国家提供应对气候变化的资金和技术支持，和建立一个怎样的机制来达到相关要求，发达国家应当做出实质性承诺和切实行动。第四，发达国家提出发展中国家要做出“可衡量、可报告、可核实”的减排承诺或行动。

其实，这些焦点问题可简单化为一个，即如何界定“共同但有区别的责任”。如果不能正确理解二氧化碳的历史排放，不愿意承认人均排放是解决二氧化碳排放的一个基点，国际合作就无法界定共同但有区别的责任，也不能有效解决这四个焦点问题。

首先，国际合作会陷入长期减排承诺的恶性循环之中。包括发达国家在内，由于短期减排存在各种问题，特别是减排成本和经济增长问题，因此各国一般都会设立长期减排目标，但短期减排目标却很不明确，或者很低。因此，对国际减排谈判结果不能乐观。

其次，由于所处经济发展阶段不同，发达国家与发展中国家的减排成本和对经济增长的影响也不同。目前的状况是，在减排问题上，谁也说服不了谁。解决二氧化碳排放问题，比较直接的说法是既要控制总量，也必须关注增量。对于发达国家来说，是总量控制问题；对于发展中国家，是增量控制；但是，问题远没有这么简单，对于气候变暖，还有一个历史累计排放量的问题。

毫无疑问，从历史排放的角度，发达国家是导致气候变暖的罪魁祸首。即使不讨论历史排放，发达国家的二氧化碳排放量仍旧高于发展中国家。基于“谁污染，谁治理”的原则，发达国家应该就气候变化问题承担更多的责任。因此，发达国家不仅需要降低自己的碳排放量，还需要理解发展中国家在其经济发展过程中的能源需求刚性，为发展中国家的碳减排提供必要的资金和技术支持。二氧化碳排放的影响是全球性的，发达国家和发展中国家处于不同的发展阶段，其对于减排的技术、资金和承受能力是不同的，应当加以区别对待，这也是共同减排、不同责任的一个原则基础。进一步说，发达国家的减排活动，如果不兼顾发展中国家的能源效率，导致的可能是更多的排放。这不是说发展中国家不需要努力减排，而是说现实中可能出现的问题。

---

① 《联合国气候变化框架公约》，由于温室气体的大量排放导致全球气候变化的问题日益严重，154个国家在1992年联合国环境与发展大会上签署了《联合国气候变化框架公约》，于1994年3月21日开始生效。到2004年5月为止，《联合国气候变化框架公约》有189个缔约方，其最终目标是将大气中温室气体浓度稳定在防止发生由人类活动引起的、危险的气候变化水平上。

以上种种问题，加上经济社会发展的阶段性问题，使二氧化碳减排的国际谈判十分艰难。而且，有效解决二氧化碳减排问题，国际社会必须有一个制度性安排。例如，如果从公平角度确定人均排放权，可以通过交易或者其他方式，体现共同但有区别的责任。

因此，除了界定共同但有区别的责任以外，还需要以公平为基础的制度性安排。人均排放权有其理论基础。环境经济学的排放权理论认为，环境容量是一种财富。经济活动主体拥有排放一定量污染物的权力（即人均排放权），就等于对一定环境容量资源拥有了产权（即环境产权）。环境资产产权，可以通过交易来实现转移。具体的例子，就是排污权交易。此前部分发达国家和发展中国家通过设定企业的污染排放量以及排污权的价格，使得排污权在企业间通过交易实现转移。这与经济学意义上的产权类似，如土地所有权、资产所有权等。如果不解决发展中国家的二氧化碳排放的增量问题，就无法解决全球减排。因此，发达国家应当给予发展中国家更多的理解，正视历史排放和愿意承认人均排放，并相应做出制度性安排。

由于涉及的问题重大，利益也重大，一次气候大会完成所有目标是不切合实际的，把哥本哈根气候大会说成是人类的最后一次机会是夸张了。哥本哈根气候大会没有失败，至少大家的底线都知道了，哥本哈根气候大会把气候问题真正国际化、公众化了。

1.16　当前的国际合作无法解决减排问题

《京都议定书》第一个承诺期即将结束，世界各国试图通过2009年年末的哥本哈根气候大会以及2010年年末的坎昆气候大会，在全球二氧化碳减排方面达成合作，并分配全球减排目标。需要注意的是，如果发达国家不能正确理解“历史排放”，不愿意承认人均排放是解决二氧化碳排放的一个基点，不愿意在减排方面承担更多的责任，不愿意在资金和技术方面帮助发展中国家减排，那么：

将导致的第一个问题就是，减排承诺将陷入长期的恶性循环，国际合作根本无法建立。由于减排目标具有长期性，对于发达国家而言，由于减排会影响其经济发展，因此政府短期减排目标的设定通常较为模糊，或者把减排量设定的很低。短期积累的没有实现的减排目标，将导致越来越长期的减排承诺。对于可能出现的长期承诺，我们必须问这样一个问题，我们还有很多时间吗?

第二个问题就是，各国将继续推诿减排责任。就历史排放量而言，发达国家比发展中国家排放了更多的二氧化碳。就人均排放量而言，发达国家的人均排放水平远远高于发展中国家。就经济发展阶段而言，发达国家和发展中国家面临不同的减排成本，具备不同的减排能力。然而，在减排责任上，发达国家却不愿意承担较多的责任，并极力要求发展中国家共同承担减排责任。在减排问题上，发达国家和发展中国家应当区别对待。发达国家应当控制总量，发展中国家由于正处于经济增长的阶段，能源需求具有刚性，因此，发展中国家应当控制增量。由于二氧化碳具有累积的效应，这就有必要讨论：全球气候变暖最主要的制造者是谁？应当如何从公平的角度定义排放？谁应该承担更多减排任务？

从西方工业革命开始的1750~1950年的两个世纪内，因人类利用化石燃料而产生的二氧化碳中，发达国家占了95%。从1950~2000年一些发展中国家开始实现工业化的半个世纪里，发达国家的排放量仍占到总排放量的77%。据估计，1950~2002年，中国二氧化碳排放只占世界同期累计排放量的9.3%。所以，全球变暖主要是由发达国家排放大量温室气体造成的，而不是发展中国家。二氧化碳在大气层中最长能够停留3000年，也就是说，全球气候变暖主要是发达国家长期的、毫无顾忌的历史排放造成的。因此，发达国家对全球变暖负有不可推卸的责任，也应该承担更多历史和现实责任。

厦门大学中国能源经济研究中心的一项研究说明，目前和今后很长一段时间，发展中国家的人均排放量都会远低于发达国家。2009年中国人均排放5.6t，美国19.3t，印度则只有1.3t。即使到2020年，发达国家在减排目标顺利实现的情景下，人均二氧化碳排放仍将高于发展中国家。假定美国2020年比2005年能够减排20%，其人均排放仍高达15.7t；而中国即使在较高经济增长情形下，届时人均排放也只有8.8t。

目前，发展中国家二氧化碳排放中，部分属于西方发达国家的“转移排放”。处于产业链分工最高端的发达国家，更倾向于把高能耗、高污染、高排放的生产行业转移到发展中国家。例如，作为全球制造业中心，中国生产了其他国家特别是发达国家需要的大部分高耗能产品。

从技术的可行性看，除了发展清洁能源之外，碳捕获和储存技术（CCS）是目前比较可行的二氧化碳解决办法。目前，“碳捕获”至少有三个问题：第一，成本高昂。2020年国家能源技术实验室估计采用现行的化学吸收法，碳捕捉将使发电费用上升70%。第二，“碳捕获”过程耗能量巨大。MEA法的“能源罚单”达到燃煤电厂总供能的25%~37%，占天然气发电厂总供能的15%~24%。也就是说，捕获中的耗能比较大，如果捕获增加了能源的稀缺，就会推动能源价格进一步走高。第三也是最重要的，“碳捕获”的巨大储存体积和成本。如果按2050年排放控制在2005年的50%计算，届时可能需将数百亿吨二氧化碳注入地下，除了要有合适的储存地之外，还要保证无泄漏。众所周知，把几百亿吨煤从地下挖出来，尚且工程浩大、成本高昂，何况把几百亿吨二氧化碳往地下埋？它必然是过程更复杂、风险更大、成本更高。其高昂的成本，即使发达国家可以承受，发展中国家却难以消受。除了技术本身高风险和高成本之外，“碳捕获”还将进一步加速能源短缺，调高能源价格，进一步提高能源成本。发展中国家之所以选择以煤为主的能源结构，造成更大的二氧化碳解排放，就是因为煤炭的廉价。除非有实质性的技术突破能很快降低成本，否则，“碳捕获”是一个高成本而不可实施的办法。总之，解决二氧化碳排放问题，着重点应当是在经济发展中少耗能，而不是耗能了再去解决减排。

低碳经济，对于发展中国家和发达国家的含义不同。在发展中国家发展低碳经济，意味着提高能源使用效率，努力降低二氧化碳排放的增量；在发达国家发展低碳经济，意味着不仅要降低自己的二氧化碳排放总量，还意味着要帮助发展中国家降低排放。这不仅考虑到发达国家和发展中国家处于不同的经济发展阶段，更体现了“共同但有区别的责任”。

基于上述讨论，二氧化碳减排的国际谈判必定是艰难而渐进的过程。要有效解决气候变化问题，世界各国必须就碳排放形成一个制度性的安排。比如，如果要从公平角度确定人均排放权，可以要求发达国家通过交易或者援助方式，承担更多能源环境责任。因此，在国际上，争取能源和环境公平应当是发展中国家的政策和战略要点。除了强调发达国家对能源价格和环境污染应承担的责任以外，还应当要求这些国家由于环境问题而调低其能源需求。

发达国家很难说服发展中国家必须减排。因为，历史排放主要来自发达国家，当今发达国家人均排放也远远高于发展中国家。问题在于，如果不解决发展中国家的二氧化碳排放的增量，就无法解决全球减排。为什么二氧化碳问题如此困难？因为其中既有排放不平等问题、历史排放的遗留问题，还有现阶段经济发展目标不一致的问题。当前的国际合作无法解决减排问题，发达国家应当正确理解二氧化碳的历史排放，愿意承认人均排放，并相应做出制度性安排。

2 低碳转型与能源政策

2.1 假如让世界承受中国增长之重

自1978年改革开放以来，中国经济已历经30多年近10%的高增长。在未来30年，中国经济仍有高速增长的动力。许多专家学者都认为，中国在技术发展方面具有“后发优势”，并拥有巨大的国内市场，未来城市化进程与人力资本投资加快。因此，中国经济能够继续保持另一个30年快速增长。中国的经济增长对世界的影响是多方面的，但是，不容置疑的两个重要方面是能源和环境。

通过对国际上经济发展经验的比较，我们可以观察到，不同国家在经济的发展历程中，由于所处历史阶段以及国情的不同，表现出了各自的经济增长和能源需求特性，而且城市化工业化阶段的高能源消费增长基本不受资源禀赋不同的影响。但是，由于经济发展基本规律，如城市化与工业化过程同步、阶段性能源消费刚性问题等，体现了许多共性，这些对中国今后经济和能源增长都有很大的借鉴意义，如果没有其他非经济因素的影响，如社会政治不稳定等，中国也必将遵循国际经济发展与能源消费的基本规律。

发展规律首先是城市化与工业化过程同步，这一阶段经济增长率高，能源需求大。厦门大学中国能源经济研究中心的一项最新研究说明，目前中国正处于城市化进程和工业化加快的阶段，城市化进程和工业化加快至少需要到2020年才基本完成。中国需要有足够的、价格合理的能源支撑现阶段的经济快速增长。那么，中国经济快速增长需要多少能源？如何保证足够能源来支持经济快速增长？环境污染、资源稀缺与能源安全既是中国可持续发展的主要约束，同时也是中国经济增长对世界影响的重要方面。

发达国家的城市化进程中的经济发展都带有重工化特征，即大规模基础设施建设对高耗能产业的要求。中国的基本国情是人口多，城市化所需的大量高耗能产品只能在国内生产满足。目前中国GDP占世界总量的6%左右，而钢材消费量大约占世界钢材消耗的30%，水泥消耗大约占世界水泥消耗量的54%，这说明中国城市化进程在加快。只要城市化进程不变，金融危机带来的短期需求波动不会影响长期的能源需求增长态势。首要原因是经济增长推动城市化进程，所需大量水泥和钢铁只能在国内生产，对高耗能产业的需求是刚性的；次要原因是国际贸易分工使中国产业结构很难改变，粗放型高耗能生产仍将是主要出口形式。

基于国际经济发展经验和中国国情，该研究还对中国的城市化的时间进行了估计，对能源需求做了预测。结果是：如果中国经济保持年均9%增长，2020年一次能源消费将达到55亿t标准煤，约为2006年的2倍；如果按年均7%增长，能源需求也需要45亿t标准煤。显然，较高的GDP增速需要更多能源作为支撑。除了能源需求增长外，中国的一次能源消费结构也会是国际社会关注的一个重点。预测说明，如果按照目前的发展态势无约束发展，2020年中国一次能源消费中煤炭将占到72%；如果以发展可再生能源规划和战略为约束条件，到2020年，煤炭的比例可以降到能源消费结构的63%以下。

对能源需求的预测结果进行的国际比较说明，在达到相同人均GDP时，中国人均能源消费远低于美国和日本。例如，美国和日本分别在1951年和1970年达到人均2000美元的水平，而中国在这个阶段，人均能源消费却只有美国的1/4和日本的1/2，因此，指责中国特别浪费能源似乎并不正确。

世界著名自然灾难专家、英国政府的自然灾难问题顾问、英国伦敦大学地球物理学教授比尔·麦克古尔在其《7年拯救地球》提出：人类只剩7年时间来拯救地球和人类自己，如果温室气体在这7年中无法得到控制，地球将在2015年进入不可逆转的恶性循环中，包括战争、瘟疫、干旱、洪水、饥荒、飓风在内的各种灾祸将席卷地球，使人类遭遇“末日式劫难”。麦克古尔教授说人类可能很快就将被迫减排二氧化碳。国际能源署（IEA）的《能源技术展望2008～2050年的能源情景与战略》报告则回答了，减排二氧化碳所需要的可能是人类不可承受的巨大成本。

即使有很多人认为麦克古尔教授过于夸张，但是，在短短的几十年，我们的确亲身体会到了气候变暖。因此，我们还必须问自己，万一麦克古尔教授说的成为事实，怎么办？环境的风险和成本的确太大了。因此，所有国家现在就必须联合起来，共同面对减排二氧化碳问题。减排是国际共识，但是，目前国际上所有减排的承诺却基本上都是长期的，这是一个无奈的现实。问题是：我们还有那么多时间吗？

目前解决问题的关键是什么？厦门大学中国能源经济研究中心最近的另一项研究，详细地计算了在2020年的二氧化碳排放的增量和人均排放量。结合世界各国目前的承诺和对2020年二氧化碳减排设定的目标，我们假定全球

2020年应当在2005年的基础上减排20%，意味着应当减排53.2亿t。如果都达到目标，发达国家也只能减排35.8亿t。而发展中国家的排放增量远多于35.8亿t。根据IEA的预测，2020年印度二氧化碳排放将比2005年增加10.6亿t。而即使是在减排政策的推动下，中国2020年的二氧化碳排放至少还要比2005年水平增加43.1亿t。所以，2020年全球的二氧化碳排放会增加，而不是减少。

很明显，今后二氧化碳排放的增量主要来自发展中国家，包括中国。世界如何认识这个增量问题，是世界承受中国增长之重的一个重要方面。

世界承受中国增长之重，首先必须认识到中国正处于城市化和工业化的能源高需求阶段。这一阶段发达国家也曾经历过，历史的数据还说明当时的发达国家能耗很高，能效也很低。发展中国家作为今后的二氧化碳排放增量的主要来源，其减少全球二氧化碳排放的增量将面临几个不容忽视的难题。中国现阶段对能源的高需求必然会导致二氧化碳排放增加。而发达国家则早已走过了这个阶段，两者在同时间的减排影响是不具有可比性的。如果目前对发展中国家强制限排，必将以牺牲经济增长和城市化进程为代价，对于发展中国家，这既不可行，也不可能。

其次必须认识到谁是二氧化碳的排放主体。回顾自西方工业革命开始的18世纪中期，直至20世纪中期的两个世纪里，发达国家占据了人类因利用化石燃料而产生的二氧化碳的95%份额。甚至再过了半个世纪，1950~2000年，虽然发展中国家开始了各自的工业化进程，但发达国家的二氧化碳排放量仍占到总排放量的77%。数据显示，自1950~2002年，中国的二氧化碳排放总量仅占到世界同期累计二氧化碳排放量的9.3%。因此我们可以说，尽管现今二氧化碳排放的增量主要是来自于发展中国家，但归根结底全球变暖主要还是由于发达国家在实现其工业化过程中排放大量温室气体所造成的，而不是由于发展中国家。进一步说，美国2007年的人均二氧化碳排放是19.4t，日本是9.8t，中国是5.1t。即使根据计算的2020年美国和日本减排后的人均排放比较，美国和日本的人均二氧化碳排放仍然高于中国，美国的人均排放为中国的两倍多。

节能减排事关全球，要想其有意义要求发展中国家与发达国家的同时参与。一方面发展中国家要尽量控制增量。而另一方面，减排是需要投入的，这就对经济和技术实力雄厚的发达国家提出了要求。从历史和公平的角度看，发达国家也应承担更多的减排责任，不但要自身贯彻节能减排，还应从资金和技术上帮助发展中国家减排，这也符合“谁污染，谁治理”这一环境原则。2008年12月，来自全球的8000名代表齐聚波兰的波兹南市参加全球气候变化新一轮对话，大约100个国家的环境部长出席了会议。联合国政府间气候变化专门委员会认为，如果要避免气候变化带来的种种严重后果，就需要大幅削减温室气体排放。尽管许多国家仍然承诺将全力应对全球变暖，目前很少有国家达到大量减排的要求。

世界必须有准备地承受中国增长之重。煤炭作为中国的主要能源在相当长一段时期内不会改变。发达国家不可能要求发展中国家在经济发展中不要烧那么多的煤炭，但可以帮助他们以更有效、更清洁的方式来烧煤和提高能源效率，这是解决排放增量问题的关键。煤炭清洁利用在技术方面没有障碍，但必须有行政和财税的有力措施去推广使用，关键是如何利用一个足够的环境成本（税收或补贴）去鼓励使用，发达国家有许多成功的经验值得借鉴。但是，清洁煤技术却不能在发展中国家迅速推广，因为它比较贵，拥有技术的发达国家只惦记着到发展中国家卖清洁煤技术，而不考虑为什么发展中国家的企业要买。

因此，解决二氧化碳排放的增量问题必须有一个制度上的安排，即通过确定人均排放权。如果可以确定人均排放权，就可以要求发达国家承担更多的能源和环境责任，或通过交易，或通过援助。

的确，波兹南会议审议了新协定草案，讨论了一些新的措施，例如，在中国、印度这样的发展中国家开发新的清洁能源科技，给热带国家提供资金以减缓森林砍伐，帮助贫困国家适应气候变化，等等。但是，确定人均排放权很重要。如果不这么做，我们会陷入减排长期许诺的恶性循环中，会为解决谁来减排和减排多少而相互指责，争论不休。确定了人均排放权，发达国家的节能减排技术的无偿转让和资金援助就会成为合理的补偿机制，而不是随机的援助。

事实上，发展经验告诉我们，让发达国家和发展中国家对环境治理承担相同的责任并不现实，这是由于没有对全球二氧化碳排放的增量和平均问题有深刻的认识。发达国家应当更理智地与发展中国家来合作以处理二氧化碳排放的问题。尤其对于美国，应及早将“我做，你也必须做”的态度调整为“我做，你也尽量做”，或者甚至应当调整为“我做，我还尽量帮你做”。

让世界承受中国增长之重，中国的能源和环境战略对外必须减少能源对外依存和争取排放空间，对内必须有效地节能和减排。发展中国家不可能完全依靠发达国家的帮助来减排，而且发展中国家在发展进程中的能源效率和减排空间都很大。如果不能减缓城市化进程，我们可以将城市化进程作为节能减排的一个重要机会。相比发达国家的工业化进程，中国的能源和环境约束强，将迫使中国不得不承受更高的能源价格和环境成本。也就是说，中国在工业化高速发展时，不能像发达国家当时那样毫无顾忌地耗能，必须努力减慢能源消费的增长速度，提高能源效率，将对环境的损害减少到最低，这些矛盾在中国工业化阶段体现得最为明显。

厦门大学中国能源经济研究中心的研究结果说明，尽管中国以煤为主的能源长期无法改变，但是，不同的能源结构下，煤炭需求的差异显著，因此，政策是有为的。增加清洁和可再生能源的比例，优化能源结构，可以有效减少煤炭的需求和二氧化碳排放。

共同拥有一个地球，发达国家帮助发展中国家应对环境挑战事实上也在帮助他们自己。所有的国家在地球生态环境日益脆弱的威胁面前，应有的态度是同舟共济，各尽所能，共同应对。但是，仅有态度是不够的，如果我们不能正确认识和处理发展中国家的能源需求增长和二氧化碳排放的增量和平均问题，那么，我们最好祈祷麦克古尔教授所说的不会成为现实。

2.2 未来30年我们有足够的能源吗

近几年除了石油疯狂之外，铁矿石也是疯狂的石头，今后煤炭会不会成为疯狂的煤炭？一个被广泛传播的乐观预测是，考虑到城市化、工业化仍未完成，即使保守估计，中国经济还可以再快速增长30年。不过这个预测中没有回答：未来快速增长的30年，我们有足够的能源吗？也没有回答：未来30年，环境还允许我们以目前的发展模式去追求增长吗？

2.2.1 中国发展正处怎样的状态？

国际经验表明，发达国家在城市化过程中，产业结构从以农业为主转向以工业为主，人均耗能会同时期快速上涨。也就是说，城市化和工业化进程是同时进行的。当城市化完成以后，产业结构转为以第三产业为主，人均能源需求也随之下降，进入相对缓慢增长甚至平稳的阶段。

我国正处在什么样的发展状态呢？在2007年中国GDP还仅占到世界总量大约6%的时候，其钢材消费量已经占到世界总消耗量的超过30%了，而水泥的消费量约占到世界总消耗量的55%。2003~2008年，每年能源消费总量以近双位数的速度增长。上述事实说明，城市化是引起能源需求增加的主要原因，中国的情形并不是特例。

中国当前面临许多发展问题，如高耗能、高排放、重工化经济结构等。根据发达国家的经验，一旦完成经济发展阶段转换，上述阶段性相关的问题也可能比较容易解决，但今天能源资源的稀缺程度已与美国、日本当年不可同日而语，不允许中国再走它们的老路了。

2.2.2 能源环境制约到什么程度?

研究中国的能源需求问题需要同时考虑储量和人口两个方面。数据显示,中国1978年年底总人口为9.6亿。尽管中国人口在过去就已经很多,但由于当时的人均能源消费水平低,因此能源资源的储量是相对充足的,我们几乎感觉不到能源环境的制约。然而,当我们十几亿规模的人口开始增加各自的能源消费,那么所谓的“地大物博、资源丰富”也就不复存在了。综合考虑人口与储量,按照人均拥有指标来衡量,中国是一个能源资源储备较低的国家。事实上,中国的人均煤炭、石油和天然气可采储量都远低于世界平均水平。

中国的能源需求问题也是相对于国际市场而言的。一些人认为,能源短缺可以向其他国家购买。但是,考虑到人口基数及其能源消费规模,中国的能源短缺可能对世界能源市场造成巨大影响。近年来能源消费的迅速增长把中国的能源需求基数推上了一个新台阶。从现在起,即使是一个小幅的能源消费增长率也会导致巨大的绝对消费增量。如果8%的经济增长率不变,能源高消耗的增长方式不变,预计到2015年,中国需要消耗31亿t煤,石油进口依存度[①]将达到65%。以现在的消耗速度来看,在迈向中等收入国家的进程中,无论是预期的能源储量还是技术进步,都无法打消人们对中国是否有价格合理并且供给充裕的能源的担忧。更何况,往往是中国买什么,什么就贵。美国有很多煤炭,但不知道会以什么样的价格卖给中国。

中国一次能源消费结构以煤炭为主。2007年,中国一次能源消费结构中煤炭比重高达69.5%,石油20.1%,天然气3.3%,核电仅占0.7%。而美国和日本的煤炭消费比例都不到25%。2006~2009年的4年中,国内原煤价格涨幅达29%,是历史上增长最快的时期,但同期国际市场却上涨了79%。煤价上涨并未能使煤炭需求得到有效抑制。未来15年煤还不会用完,但中国可能用不起。

对比人均能源储备情况,中国是要比日本好的,然而中国经济增长过程中所面临的能源问题却可能比日本更大。这是由于两国在工业化进程中所处的全球大环境发生了变化。在日本工业化时期的资源价格还是很低的,当时对环境的要求较为宽松。而由于之后的资源稀缺和环境问题,经济后起的发展中国家在其城市化和工业化的进程中将受到更为严格的能源和环境约束。一方面,它们面临的能源价格已经很高并且还会进一步增加,另一方面,环

① 石油进口依存度=(进口量-出口量)/石油的表现消费量。表现消费量指产量加上净进口量或减去净进口量。由于表现消费量不反映库存的变化,只有当库存没有变化的时候,才等于实际消费量。

境空间也已经变得很小而且还会更小，治理环境的同时也就意味着增加能源成本。可以说，对于中国而言，21 世纪最具挑战性的问题并不是金融危机，而是将来无法避免的能源与环境问题。

除了能源以外，中国经济发展还受到环境约束。尽管很难对环境污染的影响进行量化，一些粗略的估计可以说明中国的污染已经多么严重。根据世界银行 2003 年的估计，中国环境污染和生态破坏造成的损失与 GDP 的比例高达 15%，相当于 4400 亿元。由煤炭燃烧形成的酸雨造成的经济损失每年超过 1100 亿元人民币。自 20 世纪 90 年代中期以来，中国经济增长中有 2/3 是在环境污染和生态破坏的基础上实现的。全国流经城市的河流中，90% 的河段受到比较严重的污染，75% 的湖泊出现了富营养化问题，酸雨的影响面积占到国土面积的 1/3。

再从国际看，在应对气候变化问题上，中国的国际压力日益增大。中国的二氧化碳排放不仅是总量大，增量也很大。2007 年的二氧化碳排放总量是 2000 年的两倍，2007 年的增量占同期世界排放增量的 64%。中国二氧化碳排放量超过美国居世界第一位，中国成了世界上最大的“黑猫”。

过去我们讲，“不管白猫黑猫，抓住老鼠就是好猫”，就是说经济增长，提高人均收入，不管采取哪种手段都可以，因此，“猫的颜色”是不重要的。实际上，过去几十年，我们的发展可以称为“黑色发展”——高的资本投入，低的产出效率，高的资源消耗，高的污染排放。这无疑激化了人口与资源、发展与环境之间的矛盾。现在，“猫的颜色”是重要的，就是要从“黑猫”变成“绿猫”，要从“黑色发展”向“绿色发展”转型。

2.3 现阶段中国经济发展的能源需求刚性

中国的基本国情是人口多，城市化所需的大量高耗能产品只能在国内生产满足。如果政府力争保证 8% 的经济增长，城市化进程就不会中断。只要城市化进程不变，短期的需求增长波动不会影响长期的能源和电力需求增长态势。各国在不同发展阶段，其能源消费都呈现出很强的规律性，这让我们可以比较清楚地认识城市化、工业化阶段的能源问题，做出比较准确的能源需求预测，从而进行有效的能源战略规划。对于中国乃至世界，从现在到 2020 年，是一个关键时期，经济转型和能源战略调整都必须从现在开始。

全世界而言，大约一半的人口是生活在城市的，城市化程度是衡量经济发展程度和经济转型的一个关键指标。一般而言，我们把城市化率在 20% ~ 70% 的阶段称为城市化过程。国际经验表明，发达国家在城市化过程中其产业结构经历了一个转变，从过去以农业为主变成了以工业为主，在这个过程中，人均耗能和能源强度出现了快速的上涨。而当城市化完成以后，产业结构再次发生转变，转为以第三产业为主，同期其能源强度也随之下降，人均能源需求进入到相对平稳的阶段，增长较为缓慢。

观察发达国家发展的国际经验可以发现，一国经济处于城市化进程中时，其经济往往同时也是在工业化进程中，这是一个经济发展的典型特征。在这个过程中，劳动力逐渐从农村分离出来进入到城市中，并呈现出较为明确的专业化分工特征。所谓专业化生产，就意味着生产者只生产商品和服务的某一方面，而不能为自己提供全面的商品和服务。因此，专业化分工的转变就促进了市场和交换行为，城市化进程简单来说就是通过集中各种生产要素以获取相应规模效益。之所以说工业化进程往往是伴随着城市化进程的，就是因为在工业化过程中，生产要素不断在城市进一步集中，这同时就是城市化进程。

我们可以较为肯定地认为，中国的经济发展进程必然会呈现出一些发达国家曾出现过的能源需求特征。现代工业分工需要首先有效率地将各种要素运输并集中在城市，完成生产后再将产品送至消费地，这使得为市场供需双方提供一个高效、便利的运输体系称为至关重要的因素。除了建立高效的交通运输体系外，也需要为新增城市人口提供足够的住房，对医疗卫生、城市绿化等公共设施也都提出了更高要求。而这些城市基础设施的建设、运行和维护都将需要消耗更多能源。

尽管目前中国的城市化进程与发达国家还有很大的差距，然而一般预计认为中国的城市化进程将于2020年前后停止快速的脚步转而进入到较为平稳的阶段，而到那时将会有3亿的中国人口由农村迁移入城市生活和工作，这个迁移人口规模几乎相当于目前的美国人口数。而城市人口的能源消费远高于农村人口的，是农村人口能源消费的3.5～4倍。与此同时，城市化进程推动大规模城市基础设施和住房建设，创造了大量的能源需求。因此，中国的城市化对高耗能产业的需求是刚性的。

厦门大学中国能源经济研究中心的一项研究说明，中国经济发展目前处于城市化工业化阶段，电力消费增长率与GDP增长率将维持在一个比较高的比例。这种情况在发达国家处于市场化工业化阶段时也曾经出现。例如，在工业化阶段，日本和美国的电力消费增长率与GDP增长率基本上都是1∶1的关系。城市化工业化阶段的高能源消费增长基本不受资源禀赋不同的影响。尽管日本能源匮乏，但是日本的工业化时间比美国快3倍，其工业化阶段的能源消费增长也比美国高了3倍多，工业化时间缩短只是意味着能源集中消费，无法回避能源消费的刚性问题。

因此，尽管受到国际金融危机的影响，至少到2020年前，中国的经济增长、能源和电力消费仍将保持较高的增长速度。我们知道，中国是目前世界上第二大能源生产及消费国，并且中国的经济正处于城市化与工业化快速进行的过程中，突出了资源密集开采和快速消耗的特征经济增长的可持续性受到能源资源有限性的制约，矛盾日趋尖锐。

正确认识中国现阶段能源需求的刚性问题，就可以比较准确地把握“十二五”规划的能源规模，就可以把握中国整体污染排放的量，就需要准备应对国际能源价格波动对经济的影响，以及保证中国能源安全的挑战，从而制定相应的能源政策。

2.4 如何认识进一步能源改革

抑制目前能源“国进民退”的趋势，主要通过国企改制和吸引民营企业和外企参与。事实说明，仅仅只有政府对民营企业和外企的放开、鼓励和不排斥是不够的，在目前的宏观大环境下，民营企业和外企无法与国企竞争，而进一步的能源改革，包括能源国企改制，是抑制“国进民退”趋势的首要途径。那么，我们如何认识进一步的能源改革？

理论上说，私有化不是能源改革的主要目标，能源改革首先是要让消费者有更多的能源选择，使能源产品和服务的价格更具竞争性，提高能源企业的效率，降低能源价格。如果转变了能源企业的属性，而没有提高竞争度，改革是没有意义的。但是，就现状来说，民企的参与和能源国企改制是加强能源行业竞争的重要途径。民企参与对竞争的好处比较明显，而国企改制才能真正剥离国有能源企业的政府职能，抛去历史包袱，提高经营效率。更重要的是，占有一定比例的民营可以避免能源价格成为政府宏观经济调控的工具，减少价格管制的风险。

改革并不是为了涨价，由于历史的原因和能源价格现状，涨价可能是能源改革的直接后果。在能源改革中，最大的难题是能源价格上涨。除了政府补贴之外，提高能源行业效率是减少能源价格持续上涨的唯一途径。民营和外资参与、提高行业效率是能源行业改革和可持续的重要保证。民营和外资参与商业化经营管理可以提高能源企业的运营效率，降低能源成本。能源改革是吸引民营投资的必要条件。国际经验说明，能源改革使许多经济转型国家的能源行业比较成功地吸引民营投资者，中国也应该能够通过改革，在能源行业切实地增加外资和民营参与。外资和民营参与除了可以减轻政府的财政负担之外，还可以作为新的资本来源。

改革的目标还包括保证居民基本能源消费和鼓励节能。如果我们认为，长期而言能源改革有利于能源效率和能源行业的可持续发展，那么改革将是政府、能源企业和居民三方受益，因而也有义务分担可能的改革成本，这通常体现为能源价格上涨。政府对保证居民基本能源消费和鼓励节能负有公共责任，考虑到百姓的经济承受能力和能源的垄断性和公共性，政府应该分担改革成本，尤其是补贴贫困居民的基本能源供应。能源企业在改革中会得到经营效率提高和能源价格上涨的效益，但同时也会承担能源价格上涨的压力，通俗地说为“消化一些”，如“煤电联动”，发电企业需要消化30%的煤价增长。而作为“足够的能源供应”的直接受益者，居民也可能必须承担因市场化改革而可能导致的能源价格上涨。

能源改革与民营参与是抑制能源“国进民退”的相辅相成的两个方面。能源只有通过改革才能吸引民营参与；而民营参与能促进改革，巩固改革成果。理想的能源改革应当是一个整体改革，需要整体设计。这主要包括资源管理体制、价格改革、国企和投资体制等配套改革，以及相应的政策法规。此外，由于情况与中国比较接近，转型经济国家的一些能源改革经验可以借鉴。许多转型经济国家（如波兰、匈牙利、立陶宛和爱沙尼亚等）除了能源市场化改革，都设有独立的能源管制机构，加强政府对能源的监管，另外，大部分经济转型国家还建立政府能源基金，补贴贫困人群。这些应该是中国能源进一步改革可以借鉴的。

国企改制和吸引民营外企参与同样重要，相辅相成。我们要深化能源国有企业改革，加快建立现代企业制度。国有能源企业可以通过吸收多种经济成分，或改制为多元投资主体的有限责任公司或股份有限公司。改制后，国有能源企业在产权制度、经营机制等实现根本性的转变，通过加强管理，加快企业技术进步，强化成本约束机制等，增强市场适应力和竞争力。外资和民营企业可以通过参股、控股、兼并或竞争特许经营权的方式，参与能源行业的建设、经营和管理。政府对能源国企的产权和商业管理职能，应与政府对行业的监督和监管职能明确分离。

能源改革关系到企业、政府、居民的利益，需要政府依据法律严格监管。应该加快能源立法进程（如《电力法》、《煤炭法》的修改），完善监管机制。在反能源垄断方面，国际上有许多经验可以借鉴。例如，欧盟为推进垄断行业改革制定了一系列法律法规，规定基础设施市场开放的原则，并针对不同行业提出了开放市场的时间表。从各个方面禁止或限制垄断行为，促进竞争，其中包括建立有效的监管机制，采取设定法定准入条件、合同约定、听证，强化监事会职能等办法。

由于经济发展的阶段性和能源的特殊性，相对缓慢的能源改革应得到理解。但是，厦门大学中国能源经济研究中心的一项研究说明，能源改革的时机对改革的成效至关重要。改革的好时机应是当能源行业的运行情况比较好，或者至少还不太坏的时候，其改革难度和成本，改革对社会稳定的影响相对小些。不幸的是，在能源行业整体运行情况比较好的时候，通常对改革的迫切性难以引起足够的重视，因此我们对能源改革进程必须居安思危。在能源改革上，保证社会稳定的优先性不应该是改革的障碍，而应该是动力。加速能源改革进程需要各级政府的改革决心，制定详细的改革实施计划和具体工作步骤和措施，以及确立明确的改革时间表。

2.5 能源行业应当保持一定比例的民营和外企

近年来，能源行业一个比较显著的发展特征是“国进民退”。无论电力、石油，还是煤炭，国有企业都迅速扩张，民营日益削弱。常常听到的是国有企业做大的好消息，还有民企“夹缝中求生”的呼声。当然，能源的“国进民退”显然有其短期的甜头，例如，国有大煤矿合并民营小煤矿，可以减少矿难，提高回采率，应用更先进的采矿技术等，此外，政府的能源行业的可控性也加强了。

电力行业的“国进民退”最为明显。尽管发电侧早就对民营和外资开放，但是电力行业中，国有企业已经成功地挤出民营与外资，截至 2008 年年底，全国有 6000kW 及以上各类发电企业 4300 余家，其中国有及国有控股企业约占 90%。如果考虑输配供国有，发电行业基本国有。在石油行业，中国商业联合会石油流通委员会的统计说明，民营加油站的数量逐年减少。20 世纪 90 年代占全国总量一半以上的民营油企，现在只剩下 40% 左右。煤炭行业中，发展大型煤矿，关闭、整顿、重组小煤矿结果也必然是“国进民退”。显然，一些能源的“国进民退”有其背景甚至必要性，例如，关闭一些不安全和资源浪费的小煤矿、石油国企“走出去”等。

但是，能源行业目前的基本情况是，国有企业一家独大，而且越做越大。中国在经济转型中，能源行业国有企业占主导地位有其历史原因和经济发展阶段性的需要，但是，目前能源的“国进民退”有经济社会发展的风险，国企垄断是能源行业许多根本性问题的根源，问题比较多。厦门大学中国能源经济研究中心的一项研究说明，其一，如果没有政府的充分约束，国有企业“以大为先”的经营特性可能造成能源产能过剩和浪费，而政府的行政产能管制又容易导致能源短缺和浪费；其二，国有企业高度集中会挤出民营企业与外资企业，降低了行业的有效竞争，限制了部门效率的改善；其三，使能源价格成为政府宏观政策的工具，减缓能源改革进程；其四，“国进民退”还可能影响社会和谐。这些风险主要可以归纳为三个方面：效率风险、价格风险和社会和谐风险。

虽然中国有长期能源短缺的预期，短期内能源产能比较大的过剩却也常常是中国的一个现实，如目前的电力过剩。除了一些体制和外部原因之外，过剩投资的主要根源是由于能源部门国有企业的高度集中。国企的主要经营目标是如何“做得更大”。在追求生产总值和税收的激励下，地方政府也热衷于发展像电力这样的大项目，大量国内储蓄和国有银行使这种投资扩张成为可能。具体供需状况如何则可以根据自己的需要解释。即使现在可以看得见电力过剩，如果中央政府愿意批准，仍然会有很多国企愿意投资电厂，许多银行愿意贷款，许多地方政府愿意支持担保，这就是电力过度投资的基本动力。国企的投资冲动通常招致政府的控制，然而，只要存在一定比例的以营利为主要经营目标的民营和外资，这种动力就会大打折扣。

当能源投资过度时，政府通常的做法是行政叫停。对于资本密集型的能源项目，先不说停建，即使拖几年再建，也将使投资者（这里主要是国家）蒙受重大经济损失，之后就是消费者的重大经济损失。进一步说，如果没有叫停，大量在建能源项目会使能源企业效益下降，这个投资风险是看得见的。问题在于，投资能源的是国有企业，绝大部分资金来自国有银行，过度投资除了使当权者的业绩受到影响之外，也会给国家带来损失，这就形成了一个风险防范机制，至少是一个合理的风险预期，那就是，能源企业实在不行了，可以通过政府涨价解决。于是能源行业常常有一个令人费解的机制，以电力为例，缺电时需要涨电价，过剩时还可能要涨电价。如果电厂属民营和外资，过剩的结果自负，没有人会期望政府涨电价来救企业。

应该说，近年来能源企业在经营管理理念和提高设备使用效率方面都有很大提高。但国内的民营外企和国外发达国家同类企业相比，究竟处在一个什么样的水平，值得研究讨论。厦门大学中国能源经济研究中心最近的一项研究说明，以煤炭行业为例，国有企业从各项财务指标的比较中，都处于较为不利的地位，具有很大的偿债压力，但赢利能力却相对较差，亏损面也最高，并且经常受累于政策性增支的影响。而股份制、私营及外商和港澳台投资企业分别在营利能力、发展能力体现出一定的比较优势[①]。按道理说，目前中国的能源行业效率不应该低，就电力来说，因为都是新机组、新设备，应该是高效率的。

① 比较优势，如果一个国家在本国生产一种产品的机会成本（用其他产品来衡量）低于在其他国家生产该产品的机会成本的话，则这个国家在生产该种产品上就拥有比较优势。

国有企业相对不透明的经营结构常常是国有企业监管的难题，而它们承担的政府职能使得这一问题更加复杂化。目前很难判断国有能源企业的经营底线在哪里，例如，不怕亏损，何况这些亏损有可能是政策性亏损[①]。而一个没有经营底线的行业是没有效率的。民营企业和外资的进入会为这个行业设立一个经营底线和必要的财务纪律性，也可为合理制定能源价格提供了一定的参考依据。让民营和外企参与能源行业，对于国家安全不会产生大影响，相反，对提高整个行业的效率会有很大帮助。

事实上，目前能源行业的宏观环境不利于民营和外企。能源价格的政府定价和管制使得能源投资充满不确定性，能源是一个资本密集型行业，如果收益不确定，相对于国企来说，进入的门槛就不一样。而国企与政府有千丝万缕的关系，包括准入和融资上的方便，这使得二者的竞争平台不公平。

国务院国有资产监督管理委员会（以下简称国资委）于2006年年底出台了《关于推进国有资本调整和国有企业重组的指导意见》，提出国有经济应对关系国家安全和国民经济命脉的重要行业和关键领域保持绝对控制力。除了界定需要讨论之外，绝对控制力不能理解为国企垄断。能源国企在中国经济转型中存在的必要性和对社会稳定、经济发展的积极作用，不容置疑。但是，中国的进一步发展和整体产业升级需要通过提高效率来实现。不能将国资委的国家绝对控制力理解为强化能源垄断。在经济转型的相当长一段时间内，能源行业可以国企控制，但需要有意保持一定比例的民营和外资，这应当是一个方向性的努力目标。

2.5.1 能源可控性带有很大的社会经济成本

从短期看，能源的“国进民退”甜头很大。例如，煤炭行业的大型国有煤矿把小的民营煤矿兼并掉，其安全问题、技术问题、回采率问题，都能迅速得到解决，好处立竿见影。对于经济增长快的发展中国家，能源的国企垄断显然有其宏观的“甜头”，即能源供应和价格的可控性；但是这种可控性带有很大的社会经济成本。

能源的国进民退有其社会成本。能源是一种商品，消费者应当按供应成本和消费量付费，这本来是一个简单的道理。但是，能源也是基本消费品，能源企业的国有垄断，对国有能源资源的垄断，以及政府的行政定价，使它复杂化了。目前，能源需求快速增长，能源价格上涨是一个趋势。而能源效率相对低下，使得能源改革是必需的。涨价是政府最不愿意做的事，除了对

---

① 政策性亏损，是指企业为实现政府规定的社会公益目标或生产经营专项、特种商品，由于国家限价原因而产生的亏损。发生这类亏损，由财政部门审核后给予合理弥补。

经济影响和社会负担的考虑外，每次改革和提价都受到公众的质疑，演变为多方“博弈”[①]，都会考验政府是站在哪一边。

由于价格受到控制，以及国企相对不透明的经营结构和成本结构，公众往往会认为国有垄断行业常有把成本“做大化”之嫌，目前能源行业国企高度集中，政府和公众如何判断和相信其成本？这就是为什么每次涨价都会遭到质疑，认为能源行业收入较高，公众对每一次价格上调都不能理解，都觉得吃亏。由于能源企业是垄断和国有的，公众常常以企业是否已经到了非涨价而无法运营的点作为提高价格的依据，而不是市场的供需和能源的稀缺。由于能源价格上涨是一个比较明确的大趋势，能源行业国企高度集中的趋势也不利于社会和谐。

厦门大学中国能源经济研究中心的一项研究说明，如果不进行能源产业多元化改革，有限的国企竞争本身不但不能解决效率问题，而且可能放大效率问题。与国际同行相比，国有能源企业的效率还比较低，主要问题还是出在价格机制上。目前的价格机制迫使能源企业承担政府职能，政府无法客观衡量企业效率，也无法将其与国际水平具体比较。对于能源企业来说，承担政府的社会职能使其政企不分，不能单纯地依靠改善管理、技术创新、提供优质服务来提高赢利，还需要把赢利的注意力放在与公众和政府的价格“博弈”上。而民营和外资的进入，可以设立一个经营底线和必要的财务纪律性，为政府合理制定能源价格和监管提供参考依据。

效率和社会风险都将具体体现在能源价格上。在能源行业改革中，关键是价格改革，最大的难题是价格上涨。虽然价格上涨不是因为能源价格改革，但改革的结果通常是价格上涨。能源价格上涨原因很多，例如，国际油价上涨是不可控的。由于能源日益稀缺和环境压力，国内能源价格上涨也是一个趋势，越干净的能源越贵。但是，技术水平既定，提高能源行业效率却是减少涨价的唯一途径，抑制能源价格上涨不容易，那么，提高行业效率是能源行业改革和可持续的重要保证。一般来说，鼓励民营和外资参与能源可以提高能源效率，近期中国能源消费激增也导致了能源价格显著上涨。但是，由于能源价格由政府控制，上涨幅度不足以抑制需求。中国经济增长主要受投资驱动，并且常常因投资过度而导致工业产能过剩。低能源价格政策是投资过度的一个重要原因，这种政策也增加了民营与外资对投资能源的疑虑。

国企垄断加行政定价，使得能源价格必然成为政府宏观政策的工具，这就很难避免将政府的社会职能强加在企业头上。例如，2008 年消费物价指数

---

① 博弈，是指在一定的规则约束下，基于直接相互作用的环境条件，各参与人依靠所掌握的信息，选择各自策略（行动），以实现利益最大化和风险成本最小化的过程。

（CPI）一路走高，能源价格调整就只能滞后，国有企业亏损也能保证生产。如果能源企业中有相当规模的民营，可能政府就有另一种做法，因为短缺的问题更大。能源价格成为政府宏观政策工具的危险在于价格进一步扭曲。能源既是生产资料，也是生活资料，与经济活动和居民生活直接相关。由于其重要性、复杂性和敏感性，改革过程中存在和面临的社会经济问题很多。

能源价格成为政府宏观政策工具的另一个危险就是，能源改革会常常因为各种社会经济问题而搁浅，因此使改革丧失一些重要机会。而延缓能源价格改革会增加可持续发展的成本。因为，如果没有可行的能源替代，政府的低能源价格政策可能导致能源无效或低效使用，这意味着将来更高的能源价格和更大的环境成本。低能源价格政策还保证了能源价格会一路上涨（如电价），就老百姓来说，即使得到补贴，也是难以接受的。

2.5.2 应当改变能源国进民退的趋势

《关于推进国有资本调整和国有企业重组的指导意见》是国务院国资委于2006年年底出台的一份重要文件。根据国资委的部署，国有经济应对关系国家安全和国民经济命脉的重要行业和关键领域保持绝对控制力，包括军工、电网电力、石油石化、电信、煤炭、民航、航运等七大行业。指导意见没有详细解释为什么在这些行业国有经济必须拥有绝对控制力和如何理解绝对控制力。绝对控股，简单地说，只要国有资本的比例高于50%即为绝对控股。对于资本密集型的能源行业，在目前国有资本占90%以上的情况下，民营参与空间依然很大。事实上，国资委也表示国家绝对控制力不排斥外资和民营企业进入这些领域。

更早些时候，政府在2005年年底出台的《关于鼓励支持和引导个体私营等非公有制经济发展的若干意见》（“非公经济36条”），鼓励与支持“非公经济”进入重要行业，包括能源行业，有人认为这与国资委的国有经济绝对控制相矛盾。这个理解不对，因为能源行业的发电和煤炭早就对外资和民营开放。

政府的能源行业政策一直对民营和外资是开放的和鼓励的，然而，能源行业国进民退是一个不争的事实。代表民营企业的声音认为，即使有政府的鼓励政策，民营经济在能源行业的进入遭遇“玻璃门”现象，即政府的鼓励性政策就像被挡在玻璃门背后一样，看得见却享受不到。“玻璃门”现象有其历史的原因，这其中既包括国家相关部门设置的准入门槛，又包括能源国有垄断企业的排他性，更包括现行经济体制下政府机构对国企的依赖心理。近年来能源行业发展快速，民营在能源行业的份额快速缩小，许多以前在能源领域的外资和民营企业被国企挤出。

这说明政府对民企和外资有政策鼓励还不够，目前能源国进民退的趋势应当得到抑制，对民营的鼓励和支持必须更有力，尤其是能源改革必须加速。

改革是吸引民营企业和外资投资的必要条件，而民营和外资的参与可以优化投资结构。民营和外资首先可以作为新的资本来源，其次由于商业化经营管理可以提高运营效率。合理控制能源投资需要解决民营企业和外资的参与。简单地说，某个国企不如民营有效率不完全对，但是，整体而言，如何将国企业做得像民营有效率却不容易。在目前国企一家独大的情况下，如何鼓励民营企业和外资参与进来，是改革的一个大难题。

以电力为例，为什么在这一轮大电力投资中，电力装机在5年内翻倍，而民营和外企基本上不参与，甚至变相退出？这值得我们反思。通过反思，或许可以找出解决问题的办法。这个问题必须尽快有效地得到解决，因为它关系到能源行业的可持续性。政府可以通过有意限制国有能源投资，以及为民营提供更大的经营空间，来鼓励民营和外企进入，实行国营民营联合经营。还可以通过上市、出售给民营或外企等办法使国有能源资产私有化。例如，正在进行的山西煤炭资源重组，是否可以设想整合、组建民营大煤矿？

能源企业的政企分开是吸引民营和外资进入能源行业的必要条件。民营和外资进入对于能源行业的可持续有重要意义。除了优化产权结构，在行业内部形成多元产权主体竞争的格局之外，还可以提高企业的生产效率和竞争能力。目前由政府定价的能源价格机制，实质上是要求民营、外资和国企一样去承担政府的社会职能，这是不合理的。民营和外资的社会责任和承担政府社会职能不是一回事。做一个守法、关注环境和贫困的企业就是一个具有社会责任心的企业，要求他们承担政府对能源的社会补贴，会带来经营的不确定性，有时甚至是企业生死存亡的问题。能源价格的不确定性是阻碍民营和外资进入能源行业的一个重要因素。

厦门大学中国能源经济研究中心的一项研究说明，打破能源国有垄断，关键是能源价格改革。就能源行业来说，打破垄断的必要条件是产权多元化，如果政府定价，产权多元化的实现就很困难。在目前国企一家独大和价格由政府控制的情况下，放开投资甚至鼓励投资，不足以吸引外资和民营进入。例如，电力发电方面已经对外资和民营开放了20多年，不但没有看见外资和民营大量进入，反而看到外资变相退出。原因之一在于，当能源价格持续上涨时，政府定价不能为能源行业提供一个相对确定的商业运行环境，能源调价滞后的牺牲者必然是民企和外资。只要政府愿意，国有企业即使亏损，资金链也不会断。鼓励外资和民营进入能源行业的关键恰恰就是政企分开，避免能源企业承担政府的社会职能，另外还有透明的市场定价机制。事实上，合理的能源价格机制设计，可以最大限度地降低能源垄断企业左右市场价格的力量。

政企分开意味着能源企业不能再为政府承担补贴。那么，“保本微利”原则的合理确定，对于保证能源供应可持续发展具有重要意义。根据国内能源改革的成果和国际上转型经济国家的相关改革经验，必须尽快制定公开、透明的政府管制规则，规定能源服务的质量、可靠性和效率，从而制定“保本微利”的价格。“保本微利”的原则应当对国企和民营一视同仁。

面对能源稀缺和环境问题，也就是中国经济发展和能源行业的可持续问题，政府应该在短期的能源可控性和长期的能源可持续之间寻找平衡。国进民退的趋势应该得到抑制，为了今后能源行业有一个良好、有效率的运行环境，现在就应当给民营更好的理解、更大的空间和更多的扶持。

2.6 新能源产业的崛起：第四技术革命和中国的位置

从18世纪中叶开始，科学的技术化和社会化成为这个历史时期的突出特征。人类历史上发生过三次技术革命。人类社会生产力的巨大进步，科学技术扮演了举足轻重的角色，每一次技术革命都凸显了科学技术的生产力功能，都成为某一发展阶段的新经济增长点。

第一次是19世纪以蒸汽机的发明与使用为标志的工业革命。第二次是以电力的发明和化石能源大规模使用为标志的第二次工业革命，使生产更加依赖科学技术的进步，技术从机械化时代进入了电气化时代。第三次是20世纪以计算机等高技术发展为标志的信息革命。这三次革命，都曾使人类通过技术创新发展生产力，满足人口增长带来的物质需要。随着能源需求持续大幅度增长，气候变暖问题日益迫切，能源价格会由于资源和环境成本的提高而上涨，而能源价格的上涨为新技术、新能源的研发和推广创造了条件，以新能源产业技术为代表的第四次技术革命必将出现。

不同于其他三次技术革命，新能源产业的崛起将是一次被动式的技术革命。厦门大学中国能源经济研究中心的一项研究认为，如果没有突破性的措施，目前解决国际二氧化碳排放的目标可望而不可即。处于城市化工业化阶段的发展中国家能源需求增长较快，排放增长也很快。中国的二氧化碳排放从2000年的33.3亿t到2007年的67.2亿t，只花了7年时间。同期印度的二氧化碳排放增加了32%；而这一段时间内的发达国家和地区的排放情况是，欧盟大致持平略减，美国和日本则略有增加。有学者提出，如果温室气体在近几年中无法得到有效控制，地球将在2015年进入不可逆转的恶性循环中。如果温室气体对人类的生存真的有实质性的威胁，那么，解决二氧化碳排放重要性和紧迫性不言而喻，未来的10年应该是一个关键期，新能源产业将得到国际社会更多的关注，也会得到政府资金和政策的大力支持，以及全球的技术努力。同时，新能源产业的崛起也将是21世纪的新经济增长点。

一般意义的新能源即非常规能源，指传统能源之外的各种能源形式，包含刚开始开发利用或正在积极研究、有待推广的能源。事实上，将新能源称为可再生能源更为贴切。因此，我这里提出的广义的新能源产业包含可再生能源和节能产业，即通过开发新技术、新能源，发展可再生能源从供给方面代替煤炭和石油，摆脱对传统化石能源的依赖。而节能产业则从需求方面，包含节能机制的创新和建立。我们常说，节省下来的能源是最清洁的能源。因此，节能产业应当是新能源产业革命的一个重要组成部分。

前三次技术革命都发生在发达国家。在人类第四次技术革命中，中国以目前的经济实力和面临的能源环境的压力，应当可以在技术革命中占有一席之地。虽然中国目前的新能源产业还处于落后状态，但是，如果中国能够充分发挥自己的优势，就可以像手机和网络技术那样，有一个跳跃式的发展，领先全球新能源产业革命。

那么，在第四次技术革命中，中国占有一席之地的优势是什么？

首先，中国现阶段经济增长需要有足够的能源供应，同时满足环境约束。因此，开发新技术、新能源，从而优化能源结构，对中国是一个必须的选择。随着中国石油对外依存不断增大，能源结构煤的比例逐渐增大，如何保障能源安全和解决环境问题变得尤为关键。因此可以说，中国本身具有发展新能源产业的经济动力。

其次，新能源价格相对高，新能源技术的开发利用需要巨额投入，仅靠市场竞争无法满足。中国国内目前资金充足，中国政府可以集中使用政策和资金来推动新能源产业的迅速发展，为新技术、新能源的开发利用提供巨额资金支持。

再次，究其根源，能源开发利用是一个经济问题。中国能源需求的快速增长，是世界能源增量的主要市场。中国目前正经历城市化进程，这一进程具有高能源消费、高排放的特征。中国的巨大能源增量市场为新能源产业提供了广阔的发展空间。可以为研发新技术、新能源的公司提供了广阔的获利空间。在需求方面，中国的能源效率相对比较低，节能空间大。

最后，由于这是一次各国政府被迫高度重视的技术革命，为了解决共同的问题，国际合作将更为密切，尤其是节能技术共享，这些都将为中国作为后发优势提供技术保障。

充分发挥中国优势，中国应当做什么？中国显然可以做很多。比较重要的应该有三个方面。高能源价格和政府的投入是推动节能技术和节能机制创新的前提。

相对于传统能源，新能源产业的优势在于资源稀缺和环境污染，因此，必须让传统能源的价格反映资源和环境成本，因此，政府必须进行能源价格改革。提高常规能源价格或补贴可再生能源，结果是一样的，能源价格必将逐步上涨。因此，应确立市场为主，政府为辅的机制。

中国要成为产生技术突破的国家，除了政府的节能投入外，政府还必须引导能源研究和企业有效结合，为新技术和新能源开发提供强大的技术和人才保障。配套政策包括为新技术、新能源的开发创造良好的制度环境，保护知识产权，鼓励创新，引导人才、资本向节能技术和新能源领域流动。还应进一步制定保护、引导新技术、新能源开发的能源法案，进一步完善资本市场，为环保、节能、新能源企业创造便利的融资条件。

能源审计是节能减排的一个重要环节。节能减排涉及处罚和奖励，如果没有公正有效的能源审计，就无法进行公正有效的处罚和奖励，将直接影响节能减排的效果。例如，建筑节能是城市化进程中节能的一个重要机会，目前已经有了建筑标准，但房地产商总是利润最大化而尽量节省投资，能源审计是有效监管的基础。因此，节能产业的发展需要严格的能源审计。需要像财务审计那样，有专门的人才培养基地、资格标准和管理机构。例如，政府可以考虑成立国家能源审计局。

中国目前可以在技术上突破的领域有很多，包括电力、汽车、重工业和废弃物管理、建筑、农林业、城市规划和消费者行为。如果中国能够尽早重视投入，并通过政策支持提高企业的动力，中国将有可能在迅速兴起的新能源科技领域，拥有一席之地。

新能源产业的崛起对电力行业影响会很大。新能源产业主要通过电力实现的，其成本和机会都会体现在电力行业的发展中。例如，电网如何配合新能源产业的发展？目前的电价体制会不会成为新能源产业的崛起的障碍？这都是我们需要思考的问题。

2.7 发展清洁能源保障能源安全

能源安全问题从1973年第一次石油危机[①]开始为人们认识，之后，因石

---

① 第一次石油危机（1973年）：1973年10月第四次中东战争爆发，为打击以色列及其支持者，石油输出国组织的阿拉伯成员国当年12月宣布收回石油标价权，并将其陈积原油价格从每桶3.011美元提高到10.651美元，使油价猛然上涨了3倍多，从而触发了第二次世界大战之后最严重的全球经济危机。持续3年的石油危机对发达国家的经济造成了严重的冲击。在这场危机中，美国的工业生产下降了14%，日本的工业生产下降了20%以上，所有的工业化国家的经济增长都明显放慢。

油价格不断走高而为世界所关注。20 世纪 70 年代初爆发的第四次中东战争，导致石油短缺和油价暴涨，引发了第二次世界大战后最严重的全球经济危机。国际能源机构（IEA）1974 年成立，第一次正式提出了以稳定原油供应和价格为中心的国家能源安全的概念。

20 世纪 80 年代中期以后，随着全球化进程的加快，能源需求和价格的快速增长使得人们对能源和环境问题的担忧与日俱增。不断走高的石油价格使人们意识到，对于不可再生的化石能源的依赖不是长久之计。此外，为应对气候变化，发展新能源已成为国际社会的共识。各国开始努力把发展可再生能源与国家的能源安全联系在一起，并从战略的高度对其加以重视和支持，使得可再生能源技术逐渐成熟。至此，国家能源安全已不是简单地考虑能源供应安全（主要是石油战略储备），它还包括了对生态环境、可持续发展战略等问题的关注。新的国家能源安全观日益为人们所接受，其关注点日益成为各国能源安全战略的重要组成部分，节能减排、发展新能源、低碳经济发展等可持续发展的主题陆续被纳入新的能源安全的具体实践中。

中国现阶段经济发展对能源的需求具有很强的依赖性。能源结构调整受到诸多因素的制约，能源成本涉及民众利益和经济增长潜力，能源消费的快速增长已经成为影响环境和可持续发展的主要因素，能源安全成为制约我国经济社会持续发展的“瓶颈”，日益严峻的能源和环境问题对能源安全的研究和管理决策提出了挑战。因此，中国的能源安全问题也是可持续发展的问题。能源安全可以定义为：以合理的价格满足经济发展需要的能源供给稳定性，以及对人类生存与发展环境不构成威胁的能源使用安全性。对于中国现阶段经济发展来说，该定义主要包含了减少石油对外依存以及节能减排的需要。

对中国来说，发展新能源有减少石油对外依存和节能减排的双重意义。因此，一个有效的新能源发展战略对保障中国能源安全有明显的积极意义。

按照新的能源安全定义，能源安全就成了一个众多因素交互作用的复杂的系统概念。石油价格走高和大幅度波动、应对气候变化等问题说明中国的能源安全问题日益严重，实践中如何有效保障能源安全是政策关注的焦点。以煤为主的能源消费结构、相对低效的能源运输体系、较高的石油进口依存等构成当前乃至今后较长一段时期内威胁我国能源安全的主要因素。低效的能源运输体系可以在短期内通过科学的规划和建设予以解决，但对于大幅度改变以煤为主的能源结构和日益增大的石油对外依存，改变起来却比较困难。发展可再生能源是保障能源安全的一个必然选择。但是，与发达国家不同，中国在发展新能源上面临着政策支持和补贴、发电成本、电力市场化程度、并网[①]情况、公众新能源接受情况等一系列问题，新能源产业发展的基础相对薄弱，这就需要相应的政策研究。

首先，需要对目前的中国能源安全现状有一个比较科学的评价。可以通过构筑基于“经济－能源－环境”三位一体的能源安全评价体系，对中国能源安全进行科学合理的综合性战略评价，探寻中国能源发展的基本规律和发展趋势。这是一个对中国能源安全的现状和发展趋势重新认识，树立新的能源安全意识的过程。依据国家经济社会发展的战略需要，运用符合我国能源特点的评价方法和技术进行研究，以便从能源安全的高度，为整个能源生产、开发和利用提供政策指导，为政府和管理部门制定相关政策和法规提供决策依据。

其次，中国能源安全内涵的转变，也要求在能源开发利用上针对不可再生资源的问题，逐渐实现向发展清洁能源的多元能源结构的转变。在能源供应方面提高能源开采和使用效率，逐渐改变以煤炭为主的能源结构，增加天然气、水电、核电以及其他新能源，形成清洁能源多元化的能源结构。在能源消费方面，实施石油替代消费（如电动汽车）和节能减排。换言之，就是需要在新的能源安全观下，将发展新能源纳入能源战略规划调整。这需要构建结合新能源发展的能源战略调整模型，研究能源结构改变对能源成本的影响，能源成本改变对宏观经济变量的影响。在节约使用现有能源的同时，开发和利用新能源，建立一个新型的清洁、安全、可持续的能源系统。

最后，新能源开发和利用主要通过电力体现，制约新能源发电快速发展的主要因素是电力成本。相对传统能源来讲，清洁能源的发电成本较高，是其至今在我国不能大规模应用的主要原因。因此，发展清洁能源，解决成本问题是关键，目前国际上解决的途径是政府补贴或消费者买单。对我国而言，短期的措施是进行财政补贴[②]，而中长期则需要相应的理顺电价，以反映其发电成本，研究新能源成本的解决办法以及相关电价问题。

因此我们需要从分析国内外新能源技术和新能源产业发展的趋势入手，总结国际新能源电力定价和补贴机制形成的方法和价格体系类型，对其在中国的适用性进行分析。在此基础上，提出我国新能源产业发展的重点，进而结合我国现有的经济状况和电力体制，在促进新能源发展和经济合理的前提下，探讨如何结合电力体制改革，选择合适的经济手段，建立我国能源价格形成机制，以及支持新能源价格形成机制的相关政策，进而为政府提出改善能源市场价格形成机制的措施，推进改革的实施步骤。

① 并网，即指发电机组的输电线路与输电网接通（开始向外输电）。

② 财政补贴，是一种转移性支出。从政府角度看，支付是无偿的；从领取补贴者角度看，意味着实际收入的增加，经济状况较之前有所改善。

为了完成某个国家的特定碳排放强度目标，通常有两种途径：一方面，可以选择节能，即是提高能源效率；而另一方面也可以选择改变能源结构，如加大清洁能源比重、投资风力和太阳能等可再生能源。经济学原理告诉我们，收益最大化或成本最小化的条件就是要使得提高能源效率和投资清洁能源的边际收益相等。依据这个原理，政府如何进行投资和补贴政策的设计上可以有许多的选择。对于一个有效的选择而言，最重要的无非是有效的战略规划，因此，对于实现中国政府提出的降低碳强度的目标而言，一个有效的清洁能源战略规划至关重要。

在总结发达国家新能源发展的经验教训和发展模式的基础上，研究分析我国新能源的发展，深化我国新型能源安全观的内涵，制定和完善我国新能源战略，进而为政府提供科学的决策依据，具有重要的理论探索和政策实践意义。

2.8 政府将如何使可再生能源具有竞争性

商业化开发和利用可再生能源的主要方向是可再生能源发电，而制约可再生能源发电市场快速发展的主要因素是上网电价①。综合考虑可再生能源产品的特殊性以及发展可再生能源对调整能源结构、增加能源供应和促进经济发展的特殊意义，对可再生能源电力产品在一定的时期内应实施政府定价机制。欧洲的可再生能源发电市场经过近20年发展，建立了有效的可再生能源发电价格政策，其成功经验值得我国借鉴。

在制定可再生能源电力产品价格的时候，必须考虑其特殊性。一方面，由于目前技术水平的限制，如果不考虑化石能源的环境成本，可再生能源发电成本基本上都高于常规能源。因此，如果单纯实行市场竞争，可再生能源电力产品将无法和传统化石能源电力竞争。另一方面，更为重要的是，除了是可以永续利用的能源资源外，可再生能源的开发利用对环境的影响远小于化石能源。在当今全球油价不断上扬、能源供应日趋紧张、环境恶化日益明显的今天，可再生能源作为对化石能源的替代，优势更加明显。

总结国外已经实施的各种可再生能源价格政策，对上网电价水平的确定方法，大致可以归纳为两类：一是标准成本法，即按照一个标准的成本水平或算法来确定可再生能源发电的上网价格。这种方法不考虑其他能源电力产品的价格变化和化石能源的外部环境成本，仅仅考虑生产可再生能源电力产

① 上网电价，是指发电企业与购电方进行上网电能结算的价格。参见《上网电价管理暂行办法》。

品的自身成本。由于可再生能源发电成本高于化石能源，这种方法往往要和可再生能源电力强制上网政策相配套。另一类是机会成本法，其制定规则是把可再生能源电力对常规能源电力的替代价值作为制定可再生能源上网电价的基础，在国家补贴的基础上参与电力市场竞争。在两种定价方法的指导下，国际上可再生能源价格政策的具体表现形式多样。

1）固定电价，即由政府直接明确规定可再生能源发电价格，可再生能源电力产品不参与竞争。其最大优点是，政府可以通过调整价格水平和适用年限来确定可再生能源的投资水平，从而根据政府意愿选择某种可再生能源的发展速度。德国是应用固定电价比较成功的国家，自 1990 年就开始逐步建立促进可再生能源发展的固定电价体系。具体政策是按照标准成本法对可再生能源电力产品分门别类制定上网价格，并且根据市场反应状况，尽可能每隔两年修改一次购电价格。2004 年德国可再生能源电价修订后的标准是：风力发电、光伏发电和生物质能[①]发电价格分别是 8.7 欧分/（kW·h）、45.7～57.4 欧分/（kW·h）和 10.5～15 欧分/（kW·h）。德国实施固定电价体系的效果非常显著，目前已成为世界上发展可再生能源最快的国家。至 2008 年年底，可再生能源发电总量在德国全部发电量中已经占到 10.2%，这是其他国家无法比拟的。

2）溢价电价，即参照常规电力销售价格制定一个适当比例，使可再生能源发电价格随常规电力市场变化而浮动，或是以固定奖励电价加上浮动竞争性市场电价，作为可再生能源发电的实际电价。西班牙是成功实施溢价电价体系的典范。2004 年，西班牙开始对可再生能源电价实行“双轨制”，即固定电价和竞争加补贴电价相结合的方式，企业可以选择任何一种作为适合自身的定价方式。2005 年之后，随着全球能源价格上涨，90% 以上的风电企业选择了溢价电价。溢价电价体系的实施极大地促进了西班牙可再生能源的发展。截至 2008 年，西班牙风电累计装机容量已达 1674 万 kW，高居世界第三位。

3）招标电价，是指政府对一个或一组可再生能源发电项目进行公开招标，综合考虑电价及其他指标来确定项目的开发者。1990～2000 年，英国对可再生能源发电项目实行招标电价制度，这一竞争性电价政策对促进英国可再生能源发展起了一定作用。但是，招标电价体系最主要的缺点是，中标价格往往过低从而引起合同履行率很低，这也是英国很多可再生能源发电项目最终无法建成或拖延完成的主要原因，对行业发展有比较严重的负面影响。

---

① 生物质能（biomass energy），就是太阳能以化学能形式储存在生物质中的能量形式，即以生物质为载体的能量。它直接或间接地来源于绿色植物的光合作用，可转化为常规的固态、液态和气态燃料，取之不尽、用之不竭，是一种可再生能源，同时也是唯一一种可再生的碳源。

4）绿电电价，即由政府根据机会成本法制定可再生能源的电力价格，能源消费者按规定价格自愿认购电力产品，认购证书一般不用于以营利为目的的交易。荷兰是实行绿电电价体系的典型国家，消费者对可再生能源电力的自愿认购价为8～9欧分/（kW·h）。目前，荷兰的绿电用户已经达到30%。这种价格机制是否可行，取决于消费者和企业对绿色能源的认同和支付能力。因此，只有在那些公众环保意识比较强、居民收入水平比较高的国家和地区才会有效。

可再生能源发电的市场价格体系，是通过强制配额和交易制度将发展可再生能源电力作为电力企业的法定义务，利用市场自身的调节作用，达到提高可再生能源产品价格的目的。对没有完成强制配额的企业，政府予以惩罚，惩罚额度为化石能源电力产品的外部成本。实施可再生能源发电市场价格政策，需以完全市场化的电力市场为重要前提。到2005年，有15个国家建立了可再生能源市场价格体系，这15个国家全部为发达国家。从中国的电力市场现状看，目前还不具备建立市场价格体系的条件。

从总体实施效果看，固定电价及其派生的溢价电价政策对促进可再生能源发电市场的发展最为有效。据相关资料，截至2006年年底，欧盟国家的风电装机总容量为4810万kW，在实施了固定电价和溢价电价政策的国家，风电装机容量超过90%。2006年，欧盟国家新建的760万kW装机中，超过80%来自于实施固定和溢价电价政策的国家。

厦门大学中国能源经济研究中心最近的一项研究说明，推动可再生能源发展方面，发达国家有优势。环境价值与人均收入高度相关，公众对环境质量的评价与他们的收入水平高度相关。人均收入水平高不但使公众的整体环境意识比较强，还使他们对可再生能源有比较强的支付意愿和支付能力。也就是说，发达国家的政府动员公众为可再生能源付账相对更容易，这为可再生能源发展提供了必要的资金基础。中国人均收入低，显然有社会负担问题。因此，中国发展可再生能源面临的挑战是，如果消费者不能负担比较高的可再生能源成本，政府将如何使可再生能源具有竞争性？根据国际经验和中国的实际情况，目前对可再生能源发电实行固定电价应当是一个合适、有效的选择。

由于能源的不可再生性，能源的日益稀缺将推高价格，而且，越干净的能源结构越贵，因此，整体能源价格将逐步上涨，政府和公众都必须做好为高能源价格买单的准备。推动可再生能源发展，短期可以通过补贴，长期则需要电价改革支持。成功的电价改革有利于加强资源优化配置，减少浪费，就一个能源紧缺的国家来说，改革至关重要。政府应当有一个战略的选择，主动地有计划、有步骤进行改革，而不是等待矛盾的积累和爆发。

2.9 如何解决发展清洁能源的高成本问题

在人类面对地球生态环境日益脆弱的共同威胁时，所有国家应有的态度是同舟共济，各尽所能，共同应对。发达国家已经纷纷启动清洁能源应对气候变化，以往观念比较落后的美国，其总统奥巴马也已经承诺“全身心”参与气候变化对话，美国环境和能源政策已经开始转向。虽然发展中国家似乎有充分的理由进行排放：例如，处于经济高速发展阶段，人均排放低，历史排放也低。同样发展阶段的能源效率进行比较，中国现在的很多能耗指标，好于美国和日本的工业化和城市化时期。但是，不同时代有不同要求，在应对全球气候变化问题上，中国的国际压力日益增大。

在解决二氧化碳排放的问题上发展中国家占有重要的地位，因为当今世界二氧化碳的排放增量主要是来自于发展中国家的。因此，为了应对气候变化问题，发展中国家的发展模式和能源结构都需要改变。除气候问题外，还有发展中国家自身的能源稀缺和环境问题需要解决，因此，对发展中国家而言，无论是从世界气候问题出发抑或是出于自身利益的考虑，走低碳、清洁能源之路，积极发展清洁能源都是一个正确、理性的选择。在国际金融危机的大背景下，为了重振经济，各国将清洁能源发展提上了前所未有的高度，并视清洁能源为新一轮产业革命和21世纪的新经济增长点，一时间，似乎一切都朝着清洁能源走。

我国新能源发展也如火如荼，以风电为例，截至2008年年底，中国风电装机容量达到了1221万kW，成为亚洲第一、世界第四的风电大国。甘肃酒泉风电基地开工兴建，是世界首座连片开发、并网运行的千万千瓦级风电基地建设项目，总投资达1200多亿元。但是，国家发改委和电监会对风电调研的结论却都认为，目前全国有1/3的风电装机并网项目处于空转状态，主要原因是电网[①]输出系统的能力太差，如果真实情况如此，这既是风电企业的风险，也是国家宝贵的资金和资源的浪费。

相对传统能源来讲，清洁能源成本较高，这也是一直以来为什么我国始终没有大规模应用的根本原因。清洁能源除了本身发电成本比较高以外，对于电网的相应配套和成本的要求也很高（如并网的风电和太阳能），大规模的清洁能源发展会使电企成本负担大幅度增加，目前的政策和补贴基本上主要

① 电网，电力系统中各级电压的电力线路及其联系的变电所，称作电力网或电网（power network），比如有10kV电网，就是和10kV线路相关联的所有电力线路，目前最高的电压等级为特高压，即1000kV电网。为了便于进行统一管理和指挥以及输电安全，电网建设带有明显的垄断特性。

针对发电成本，电网配套的成本问题没有涉及。因此，要想发展清洁能源的关键就是要解决成本问题，而国际上通常采取的解决途径就是政府补贴或消费者买单。厦门大学中国能源经济研究中心的一项研究认为，相对于发达国家，中国解决清洁能源成本问题比较难，解决方案应该有国内与国际两个方面的意义。

发达国家整体而言在为清洁能源买单方面占有很大优势。那是因为理论和实践都证明了环境价值与人均收入是高度相关的，也就是说，公众对环境质量的评价与他们的收入是高度相关的。人均收入越高，公众才会越愿意为环境质量买单。因此对比人均收入仅2000多美元的中国人与人均收入40 000美元的美国人，不能假定二者会有相同的对环境的以及对单位排放的支付意愿。此外，对于减排所需要的支付能力，中国与美国也是相去甚远。也就是说，发达国家公众对于发展清洁能源，具有比较高的支付意愿和支付能力。这样，发达国家政府动员公众支持清洁能源发展比较容易，让公众来为清洁能源买单也比较容易，简单地说，以保护环境为由涨电价比较容易，而这是清洁能源所需要的最根本的资金基础。

在能源结构上，发展中国家的选择空间极为有限。由于煤炭便宜，因此以煤为主是中国能源和电力结构的主要特征，虽然煤炭排放的二氧化碳最多。并不是只有中国这么做，在不久的将来，支撑印度经济发展的能源结构也将会是以煤为主。理由同样是因为煤炭便宜，而经济增长是需要低价能源支持的。只有为印度提供相应资金和技术来发展核能和风能等新能源，使其无需承担新能源的高成本，才能让印度改变以煤为主的能源结构，不能期望印度能够自觉地走清洁能源之路。目前的清洁能源中，核电最有竞争力。如果技术进步使利用核能可以与煤炭竞争，核电才可能在发展中国家得到大规模利用，但是，如果各国都开始转向发展核电，核电就还会那么便宜吗？

要使全球二氧化碳减排有意义，发展中国家必须参与，尽量控制增量。但是，发展清洁能源需要投入，上面应该已经把发展中国家在发展清洁能源方面的困难和有限的政策选择空间说明白了。

所以，应对气候变化，发达国家应当给发展中国家更多的理解和更大的资金和技术支持。其一，从历史和公平的角度而言，发达国家总体而言排放最多，因此相应应当承担更多减排责任，不但要自身减排，还应当从资金和技术上帮助发展中国家进行减排，这才符合“谁污染，谁治理”的环境原则。其二，从现状看，发达国家必须正确认识和理解发展中国家的经济增长和能源需求问题、二氧化碳排放增量和人均排放问题，以及发展中国家政府的能源政策的选择空间和公众的低碳支付能力。其三，共同拥有一个地球，发达国家帮助发展中国家应对环境挑战，事实上也在帮助它们自己。其四，发达国家必须到中国来，帮助中国寻找可持续的低碳发展之路。除了解决目前的全球二氧化碳排放增量问题以外，所获得的经验和教训还可以为今后解决印度排放问题做好准备。

就国内看来，政府也会从两个方面入手，解决清洁能源的成本问题。短期继续进行财政补贴，中长期需要相应的理顺电价，反映成本。目前的大环境对清洁能源的热情很高，市场需求也似乎很大，规划的规模很大，对政策的预期也很高，按有些说法是“盲目发展”和“一哄而上”。就中国的能源和环境情况而言，我们都希望清洁能源有一个快速大发展，但是，要使清洁能源真正成为地方经济发展的引擎，只靠热情和规划目标是远远不够的，还需要考虑能源成本的承受能力以及电价的可调程度。现阶段财政补贴很重要，但是，单单财政补贴是不够的。按中国2008年的社会总消费电量，平均每涨一分钱电价就有345亿元；如果居民用电和农业用电不涨，也可以有296亿元，问题是，平均涨一分钱电价容易吗？如果不涨，那么财政能拿得出多少钱？

虽然发展清洁能源是中国一条必须走的路，但应该以最小成本来实现。最小成本要求在根据资源与市场的情况合理布局的基础上，及时跟进相应的配套政策，推动产业的良性快速发展。如何实现“有序”发展？这个“有序”主要是在发展中避免资金和资源的浪费，如“空转状态”。中国的清洁能源未来发展前景广阔，使清洁能源成为地方经济发展的新增长点，除了国家政策的引导和财政补贴，此外，电网长距离，大输出能力和并网能力的建设必须尽快跟上。另外，理顺电价反映清洁能源成本是基本的趋势。

2.10 中国可再生能源发展更明显受到电价的制约

新能源产业振兴规划即将浮出水面，引起各方面的极大兴趣。新能源产业振兴规划关注点在于：除了规划发展多少新能源外，对如何发展新能源，以及相关政策和资金配套，该规划是否也有一定设计？对于新能源产业来说，规模化仍存在技术“瓶颈”。例如，尚未完善的电力储存技术、风电的电网接入技术、太阳能光伏发电过程中的间歇性等，都可能成为新能源发展的障碍。短期内，风电和核电等仍难成为商业化的主体替代能源。考虑到当前的技术现实，新能源行业的发展依然需要依靠财政补贴来降低成本，扩大利润空间。与其他国家新能源发展模式基本相同的是，中国新能源行业的发展潜力将很大程度上依赖政府的政策力度；不同的是，中国可再生能源发展更明显地受到电价的制约。

其他国家现有的各类可再生能源价格政策，大致可以归为五种：固定电价、溢价电价、招标电价、绿电电价和市场电价。其中固定电价及其派生的溢价电价政策对促进可再生能源发电市场的发展最为有效，国际的成功经验值得中国借鉴。将国际经验和中国的实际情况相结合，可以认为目前对可再生能源发电采取固定电价应当是一个合理的选择。

事实上，除市场电价以外，中国可再生能源价格政策混合了其他四类。中国政府前后出台了许多针对可再生能源的价格政策。2006 年 1 月 12 日公布的《可再生能源发电价格和费用分摊试行管理办法》（以下简称《办法》）规定“可再生能源发电价格实行政府定价和政府指导价两种形式”，并明确政府指导价就是通过招标确定的中标电价。

从小水电[①]来看，国内相关政策和措施已经比较成熟、有效，水电价格具有一定竞争力。水电价格按成本加合理利润空间计算，属于固定电价政策。上述《办法》规定，水力发电电价继续沿用原有政策；此外还提出，对于水电上网以及电网企业的上网服务，水电与其他可再生能源发电享有同等待遇。应当说，除了一些小问题外，国内小水电发展比较顺利。但是，需要加强对小水电在生态保护方面的审查和重视小水电建设对生态环境的影响，否则将有悖发展小水电的初衷。

对于风电价格政策，《办法》规定，风力发电项目的上网电价实行政府指导价，电价标准由国务院价格主管部门按招标形成的价格确定。风电招标定价，其含义是指通过招标电价制定电价标准，但并非每个项目都必须实行招标定价。招标定价政策的实施在一定程度上促进了风电市场的发展，但同时带来一系列问题。首要问题是，竞标得到的价格可能过低，从而造成合同履行率比较低，这一问题在英国已经得以验证；其次，招标方式形成的不同价格水平，给今后各地制定电价标准造成困难；另外，不明确的价格信号影响了外资和民营企业介入风电市场。

厦门大学中国能源经济研究中心最近的一项研究说明，目前国内已实施的风电项目，大部分中标企业是大型国有能源和发电企业，即使每个项目都按合同规定实施，也不能说风电的招标电价是真正成功的。因为，如果国有企业亏损，最终还是老百姓买单，只是买单的方式不同。也就是说，如果是民营或外企中了标，而且按时建设运行，老百姓才真正从低标价中得到好处，才算成功。

既然竞标价格太低使很多风力发电的中标项目短期内不能赢利，那为什

① 小水电，是指容量为 1.0 ~ 0.5MW 的小水电站；容量小于 0.5MW 的水电站又称为农村小水电。

么还有企业愿意去做呢？首先，对于一个大型电力企业，几个亏损风电项目对整体业绩的影响微乎其微，对宣传企业形象却大有益处。其次，风力发电项目的效益与风力资源高度相关，现在的招标项目所在地都是风力资源很好的地方，企业博弈的是今后而不是现在的电价。今后要鼓励风电发展，必然按差的而不是最好的风力资源来定价，其间差价就是级差溢价，这是前亏后盈的道理。但是，企业必须有前面先亏的能力，这正是国有大型企业的优势。因此，目前的风电招标定价无法鼓励民营企业参与，这将是今后的一个效率问题。而如果由于不赚钱而无效或滞后运行，浪费的是国家的宝贵资源。

因此，政府首先应当根据各地已有招标项目上网电价情况来确定电价标准，实施固定电价制度，给投资商明确的价格信号。其次，要适时调整风电上网电价，保证有一定吸引力的电价水平。另外，国家可以根据风力资源分布，实施按大区定价的政策，以更好地促进各地风力发电市场的发展。

对于生物质发电，《办法》规定实行政府定价，采用溢价电价政策。具体实施措施是，由国务院价格主管部门分地区制定标杆电价①，电价标准由各省（自治区、直辖市）2005 年脱硫燃煤机组标杆上网电价加补贴电价组成，补贴电价标准为每千瓦时 0.25 元。另外，发电项目自投产之日起 15 年内享受补贴电价，运行满 15 年后取消补贴电价。

政策上的促进，使国内生物质能发电在近几年得以高速发展，但是，一些制约生物质能发电发展的问题也显现出来。首先，电价补贴标准低，使生物质发电项目一旦投入运营就面临亏损境地。其次，退税政策没落实。《可再生能源法》明确指出，要制定激励可再生能源发展的税收及贷款优惠政策，然而关于生物质发电的相关退税政策至今尚未出台。最后，国家对混合燃料发电项目缺乏有力监管。现有政策规定，利用生物质能发电可添加不超过20%的常规能源。但是，由于企业每发一度电可以获得 0.25 元的价格补贴，很多得到许可证的发电企业在生产过程中超量使用化石能源，以获取更多国家补贴。生物质发电因此变质成为小火电，对发展可再生能源电力造成严重的负面影响。

因此，对于生物质发电，首先要适时调整补贴水平，使生物质发电项目保持一定的盈利水平；其次，尽快推出相关退税政策实施细则，促进企业的生产积极性；再次，在市场形成一定规模后，国家应该对不同生物质发电技术采用不同补贴水平，并针对不同技术，分门别类地制定相应的补贴水平；最后，建立严格的监管体系和有效的技术监测手段，避免混燃发电企业私自提高发电过程中的非可再生能源比重。

---

① 标杆电价，是为推进电价市场化改革，国家在经营期电价的基础上，对新建发电项目实行按区域或省平均成本统一定价的电价政策。标杆电价事先向社会公布。2004 年，我国首次公布了各地的燃煤机组发电统一的上网电价水平，并在以后年度根据发电企业燃煤成本的变化进行了适当调整。

对于太阳能等其他新能源的发电价格政策，《办法》规定：太阳能发电、海洋能发电和地热能发电项目上网电价实行政府定价，使用固定电价制度，电价标准由国务院价格主管部门按照合理成本加合理利润的原则制定。固定电价制度的实施促进了国内太阳能发电市场的繁荣发展。至2007年年底，全国光伏系统累计装机容量已达10万kW。

但是，国家发改委2009年2月批复的甘肃敦煌1万kW太阳能电站示范项目，采取了特许招标权方法。投标商的最低报价仅每千瓦时0.69元，最终由中广核能源开发有限公司组成的联合体以每千瓦时1.09元的价格中标。这次招标价格有可能被作为国内太阳能发电基准电价的参考标杆。然而，尽管不是最低价中标，对本次中标价格的经济性，业界还是有所怀疑，对公开招标方式业界也开始反思。

2009年以来，政府出台了一系列扶持新能源的政策措施，如太阳能建筑补贴。新能源振兴规划或许会包括其他财政补贴措施，据传针对太阳能发电方面的补贴已经列入规划草案。进一步发展太阳能发电，应当在现有项目的基础上测算太阳能发电成本，为实施“成本加合理利润”的上网电价提供基础；对试点示范项目制定明确的政策，充分调动企业的参与积极性；要避免在风电特许权招标中出现的一些“拍下项目、不及时去运营”的问题，加强对中标企业的监管。

2.11 新能源节点过剩，如何解决

国务院2009年8月26日常务会议指出，风电设备、多晶硅等新兴产业出现产能过剩和重复建设倾向，新能源发展过热成为公众关注的焦点，各种观点争论不休。那么，当前中国的新能源发展形势如何，“过剩”的原因是什么，此次调控的意义何在？

新能源产业链的建设一般分三个环节：研发、设备制造和利用。一般地说，新能源产能不应该过剩，因为新能源的利用应该是越多越好，目前所谓的产能过剩实际上是设备制造过剩，是产业链节点过剩。现状是，设备制造投入过多，研发和利用方面投入较少。主要原因有两个：一是研发的回报时间过长，导致早期企业和地方政府对研发的兴趣不高；二是新能源利用由于发电成本较高，而且政府对于新能源的成本考虑（如补贴）至今还主要集中在发电侧①，并没有充分考虑到电网的成本，这样新能源并网也就出现了问

① 发电侧，就是指各个电厂。

题。事实上，即使产能不大，只要研发和利用做不好，设备也是相对过剩的。

地方政府将新能源作为新的经济增长点，基本上都在设备制造上下工夫。希望发展新能源来促进经济发展的想法可以理解，但是，在没有把握研发和利用的前提下，这种努力带有很大的盲目性。

此外，新能源产业作为新的经济增长点，对于旧的经济增长点是有影响的，特别是考虑到现阶段中国正处于城市化工业化进程中，实体经济对高耗能产业的依赖。经济实体主要还是依靠常规能源，因为常规能源（如煤炭）的价格便宜，便宜的能源生产出来的东西成本就比较低，低成本才会有竞争力。所以新能源的规模做大了，就会提高实体经济的成本，就会影响价格优势的竞争力。除非采用绿色 GDP 概念来衡量，大规模发展新能源至少短期会提高实体经济的能源成本，对经济增长会有负面影响，因此，必须考虑经济社会的承受能力。单纯计算财务，新能源发展无论如何不是免费午餐，新能源投资的热潮是带有成本的，如果“无序”发展，造成过剩，成本更大。

政府的产能调控有短期效果，但也有成本，地方还常常有对付的办法。例如，风电装机 5 万 kW 的风电需要中央政府批准，那么地方企业就上 4.95 万 kW 的装机。对市场而言，政府产能调控的警示意义可能更大些，对于过热的市场，是一盆凉水，让大家知道这个产业是过剩的，再进入资本，至少短期准备亏本。

最小化设备产能过剩和重复建设的成本，主要还是需要依靠市场。如果政府能解决好研发和利用环节，设备制造环节的问题留给市场解决，就可能避免现在的产能过剩。其实政府调控的目的应该是，让新能源在时间上有序的发展，即以终端利用为目标。如果终端还不能大规模利用，就不能大规模生产，就要控制项目审批。而对于政府来说，现在更为迫切的是解决研发、技术创新和终端利用。

虽然发展新能源是中国的必然选择，但我们应当注意控制成本。通过有力的政策措施可以推动产业有序、快速地发展，并避免资金和资源的浪费。对于目前出现的新能源产能过剩，有两种解决问题的办法：一是依靠市场，让产能自生自灭，生产出来的产品卖不出去，产能就会自我淘汰。二是国家进行短期扶植，主要从新能源的利用方面入手，如补贴太阳能的综合利用，提高设备使用率。当然，在实践中这两种情况都会出现。短期而言，政府能做的基本上是：一是行政抑制产能，不再批新项目。二是通过补贴，利用现有的产能。中长期而言，就必须吸取教训，总结经验。

中国的新能源研发相对落后。目前的新能源技术研发，除了政府支持外，还有一些是企业和科研机构在做。因为研发的效益比较慢，对于经济增长压力很大的地方政府，不会特别重视研发。企业盈利也需要“快”，特别是民营企业。投资设备制造这个环节见效快，研发与设备制造相比较，要慢得多，从资本逐利的角度而言，如果有利，企业应该也会投资研发。从现状来看，地方政府和企业比较愿意投资设备制造环节。大规模的新能源发展需要国家牵头和政策支持研发，国家显然应该加强投入，但是，地方政府也要重视，投入一些具体政策或资金。

设备利用和研发是可以互相支持的。如果设备得到充分利用，投产多少就卖出去多少，企业自然就有钱投入到研发领域，相信设备制造企业也不希望总是买别人的落后产品，买别人的图纸。但是，他们投入的前提是生产出来的设备可以卖出去，获得利润才会有钱投入研发。一个良性的循环是：政府前期的研发和利用支持，使企业生产出设备可以得到利用，卖出去的钱就用来再投入研发。现在的情况是设备利用缓慢，那么企业就没有钱投入研发，只能选择买别人的落后技术，这可能是一个恶性循环。针对国务院提出的风电设备和多晶硅产能过剩和重复建设倾向，国家发改委 2009 年 10 月 19 日给出指导意见的核心是提高自主创新能力，应该就是指在研发上下工夫，的确指出了关键问题，但这需要实实在在的资金和政策做后盾。

新能源发展的整个过程中，存在对新能源设备的国产化问题。国产化大致有两个路径：一是把别人东西拿来消化制造，二是自主研发。通过自主研发国产化的问题上面已经讨论了。把别人东西拿来消化，对方可能不一定愿意把最好的技术毫无保留地给你。因此，在这个消化的过程中，可能需要把一部分市场让出去。对于新能源来说，技术进步比较快，如果不愿意把一部分市场让出去，那么这样的国产化可能就是落后的国产化。对于技术进步很快的新能源产业，从国外买技术和图纸，到国内组装消化这条路的风险是，今天没有拿到最先进的技术，明天就是落后的产能，就不可能真正有实力占领市场。因此，国产化的前期可以让出一部分市场，把最先进技术引进来，或许可以更快速度地提高国内的技术水平，进行国产化。

新能源技术的开发和利用需要巨额资金投入，这个数额单靠市场竞争是无法满足的。而中国的优势在于目前国内资金充足，因此中国政府可以做到为新能源技术的开发和利用提供巨额资金支持，集中使用政策和资金来推动中国新能源产业的迅速发展。改革开放以来，中国的整体科研能力已经具有一定的规模。而手机和网络等新技术在中国的跳跃式发展给新能源产业的发展提供了经验和信心。此外，相对低廉的研发和制造成本也是中国的优势。中国的新能源未来发展前景广阔，新能源可以成为经济发展的新增长点。更为具体的讨论有序发展，除了国家政策的引导和财政补贴外，电网长距离、大输出能力和并网能力的建设必须尽快跟上。有序发展需要政府对整体产业链进行规划，另外还有战略支持和协调。

面对国务院警告和设备产业已严重过剩的现实，一些企业和地方政府显然面临进退两难的境地。但是，新能源未来发展前景一定很好，企业如果可能，应当坚持下去。随着环境压力增大，我们必须选择清洁能源，这就是能源产业发展的基本方向。目前的产能过剩是相对的，国家对新能源的利用以及经济承受能力会有一个平衡的考虑，理顺电价反映新能源成本是一个基本的趋势。我们无法具体预测这个过程会有多久，但是可以比较确定的是，这些企业只要能坚持，一定会往好的方向发展。

2.12 正确看待发展中国家的石油需求增长

中国和印度一样，能源问题的特点是人口基数大，人均能源消费量低，经济高速增长，能源需求增长快，而且增长的潜力很大。实际情况似乎也正在说明这一点。2002～2007年，中国能源消费总量增加超过70%。中国目前石油消费对外依存度已接近51%，石油需求依然快速增长。如果按照目前的需求增长速度，很保守地估计，2015年石油依存度达到65%，超过目前美国的石油对外依存度。尽管中国目前能源自给率可以保持在90%以上，考虑到需求总量，需要进口的石油量日益增大，受国际能源市场的影响也将日益增大。

也正是因为量的问题，中国石油需求具有重要的国际意义。由于国内石油产能的限制，随着需求增长，中国的石油进口依存只能是越来越高，而且如果目前的石油需求得不到有效满足，进口依存度升高的速度会很快，因此，石油进口是一个关系中国能源安全的问题。也将受到越来越多国际上的关注，具体表现在将会有更多中国石油企业积极进行石油资源和资产的跨国采购或并购，同时中国的整体经济运行将越来越受制于国际经济政治环境的变动。因此，国内外都只能正确面对中国石油消费现有的和将来的国际影响。

每当国际油价高涨，通常就会有对中国的石油消费与进口增长的炒作和夸大。事实上，国际社会的主流观点就是将原油价格高涨的原因很大程度上归结于中国的需求。

首先，常常会听到“中国能源威胁论”①。中国的快速石油消费增长对国际油价无疑会有影响，这是一个事实，但没有理由说中国石油消费威胁其他国家的石油消费。没有谁生来就拥有比别人更多的石油消费权，石油消费人人平等，只要有钱买。当然，石油是不可再生能源，长期而言，有人消费多

① 2001年2月，美国战略和国际问题研究中心在其发布的《21世纪能源地理政治学》报告中称：“今后20年，亚洲日益增长的能源需求可能产生深远的地缘政治影响。亚洲地区对现有能源储备的争夺可能会激化，演变成各国之间的武装冲突；中国对中东石油的依赖日益增强，从而可能促进北京与该地区的一些国家形成军事联系，这将使美国及其盟国感到忧虑。”以此为代表，出现了中国能源威胁论。

就意味着有人消费少了。即使从这个意义上说，威胁世界石油消费的也不可能是中国人，因为中国人均石油消费还远低于世界平均水平。2007 年中国人均年石油消费为 277kg，世界人均为 595kg，美国则达 3. 13t，日本也有 1. 79t。

其次，国际社会，尤其是能源进口国应当明白，对中国的石油消费与进口增长的炒作和夸大，会不真实地夸大能源稀缺，进而转为高石油价格预期，因此推动石油价格上涨。这种炒作和夸大会增加国际石油市场的不稳定性，而石油市场的不稳定会增加石油供求的交易成本，进一步加大油价上涨压力。这种炒作和夸大还会给正常商业交易增加政治风险，进而增加石油交易成本。因此，炒作和夸大的结果一定是双输。我们常常说石油价格是由投机来推动，这种炒作和夸大虽然不是投机的基础，但可以推动投机。

对于石油供需，国际主要石油消费国应当寻求共识，合作应对，这才是共赢的基础。例如，将“中国能源威胁论”理解为中国石油消费的影响，情况就会不一样。中国的经济崛起需要能源支持，城市化工业化进程中经济的高速增长必然伴随石油需求的快速增长，这在其他国家经济相同的发展阶段都同样出现过，世界只能接受和面对这个事实。因此，国际社会可以同中国讨论如何更有效地利用石油，比起指责中国的石油需求，可能更有效。

事实上，只要发达国家愿意少消费一些，是可以抵消或减弱现阶段发展中国家的石油消费增长对国际市场的冲击。如果需要减少石油消费，现在人均年石油消费 3t 多的美国人要比目前人均年石油消费仅为 260kg 左右的中国人应该容易得多。发达国家有必要在评估中国的能源需求增长的速度和总量的同时，在中国和印度等新兴市场经济国家需求增长的条件下，也评估一下自己未来能源需求的总量和节能潜力，这应当也是能源合作的一个重要部分。

中国和印度的参与对于目前能源市场和价格问题有重要影响。石油市场是一个全球化的市场，加强各国之间的合作与协调，显然有助于增强各国应对紧急状况的能力。主要石油消费国应当慎重共同对待需求问题，才能维护国际石油市场稳定，保障全球能源安全。

2. 13 石油消费国合作才能共赢

油价大幅度波动和上涨对经济的负面影响我们都领教过了，2008 年石油价格在每桶 147 美元的“危机”价格和国际金融危机同时发生了，不能说国际金融危机是油价上涨导致的，但国际经济对高石油价格的承受能力的确不是很大。现在看来，石油消费国的合作显然是必需的。

由于常规能源的不可再生性和能源替代的不确定性，发达国家帮助发展中国家应对石油问题也是在帮助它们自己，这就是石油国际合作的基础。石油消费国通过抑制需求和发展清洁替代，以及加强各国之间的石油合作与协调，都可以减弱稀缺预期。

国际合作要求消费国按照平等互利、合作共赢的原则来加强能源国际合作。近期在全球范围获取石油资源的竞争事实上加剧了石油稀缺预期。在20世纪大部分时间里，对世界石油供应的争夺主要是在美国、日本和欧洲之间进行。现在，中国和印度等发展中国家也加入世界范围内石油储量的争夺，而且什么地方都去，争夺动作很大、很迫不及待，被收购者常常很吃惊地看着收购者们的争夺，这比任何事实都更能说明石油的稀缺预期，也极大地增加了石油资源成本，为居高不下的石油价格添了一把火。

能源合作一个很好的起点，是积极的对话，它将有助于形成对石油问题的正面看法。如果中国按照8%的经济增长率，庞大的人口基数和低水平人均能源消费，快速的城市化进程（每年约2000万乡村人口将涌入城市）等，都预示着中国石油需求将持续强劲，这种状况将可能延续到2020年。对中国石油消费的负面宣传和缺乏合作态度将增加中国政府解决能源环境问题的困难度。同样，认为中国政府没有认真对待能源和环境问题是不对的。

发展中国家的能源改革不容易。经济增长需要稳定的社会和市场环境，由于能源的特性，在没有弄清楚能源改革可能导致什么后果的情况下，要政府做出选择是很难的。例如，提高能源价格可以抑制需求，但是，为了确保8%以上的经济增长率和维持社会稳定，中国政府对能源价格改革的选择常常十分困难，即使改革，也常常是不彻底的和渐进的。发展中国家的能源改革可能意味着提高能源价格，常常需要面临的问题是：提价对于整体经济影响如何？会危及社会稳定吗？

国际社会不可能要求中国在经济发展中不要用那么多的石油，但可以帮助中国以更有效的方式来提高效率和抑制需求。国际社会应当可以通过提供财务激励来鼓励中国企业寻找和消费新能源和可再生能源。此外，其他国家还有必要提供更多技术援助，支持发展中国家的能源改革，这是花小钱办大事。

例如，可以用成功的国际经验来说服中国政府：更好更快的能源市场价格改革并不一定导致社会不稳定。能源市场化①和能源管理体制改革②可以使

---

① 能源市场化，从能源形式上看，主要包括煤炭、石油、天然气和电力；在市场机制上，包括放开市场、引入竞争者、管网与能源开采、终端销售分离等。

② 根据2007年12月26日中国国务院新闻办发表的《中国的能源状况与政策》白皮书的内容，能源管理体制改革内容包括：加强部门、地方及相互间的统筹协调，强化国家能源发展的总体规划和宏观调控，着力转变职能、理顺关系、优化结构、提高效能，形成适当集中、分工合理、决策科学、执行顺畅、监管有力的管理体制。

政府把更多精力集中在能源生产和能源消费的宏观方面，如能源体制、规划和资源优化配置，让市场在微观的能源投资决策方面发挥更大作用。这些都肯定是高回报的投资。

国际社会应当尽快将中国纳入能源对话。国际能源署应该尽快让中国加入该组织。中国现在是全球能源消费增长最快的国家，IEA 需要中国的合作，不能想象没有中国参与的能源讨论和能源决策。在未来的年代里，中国和印度等新兴市场经济国家的经济会保持高速增长，能源需求将持续强劲。IEA 必须充分了解中国的能源需求，否则，就可能缺乏对国际能源的现状准确的判断和一个合作解决问题的平台机制。而如果中国加入 IEA，除了 IEA 的国际平台外，在应付突发性事件方面也可以更有效地协调和参与。可以说，将中国纳入 IEA 将是该组织在今后几十年有作为的保证。

2.14 国际石油储备制度比较和中国的启示

能源在国际性金融危机中成为最敏感的因素。石油的国际价格经过了 2008 年夏天的每桶 147 美元的高峰之后迅速回落，目前在每桶 40 美元上下大幅度波动。经历了高油价，国内各界人士都认为目前的低油价是一个机会，而储备能力的明显不足却有可能使我们丧失这个机会，有必要重新考虑中国的能源储备问题。目前国际上主要的石油消费大国如美国、日本、德国等都已经建立了比较完整的石油储备体系，他们的经验对中国来说，有一定的借鉴意义。

2.14.1 IEA 的石油储备体系

国际能源组织属于经济合作与发展组织（OECD）的一个自治组织。为避免第一次石油危机造成的石油供应严重不足的情况再次发生，OECD 在 1974 年 11 月成立了 IEA，旨在加强能源国际合作，核心职责是解决能源供应中断问题，维护石油供应的应急体系。目前 IEA 共有 28 个成员国。IEA 主要通过《国际能源计划协定》对其成员国战略储备义务的数量、应急措施等做出详细规定。

IEA 战略石油储备体系分为三种组织形式，政府储备、代理机构储备和企业储备。政府储备是指由中央政府的预算出资并且为紧急目的而专有的战略储备。代理机构储备是由公共和私人机构通过合作性成本分担协议和法律授权，由代理机构行使管理职能，以企业作为储备实体的代理组织形式。企业储备是指企业要作为储备主体完成政府的储备义务，在政府决定动用时，可以按市场价格转让储备石油的一种商业储备形式。在目前储备总量中，企业储备占了60%以上，但IEA对各成员国的储备体系组织形式并没有具体要求。IEA规定成员国的整体储备数量义务为90天的石油净进口量，只有石油净出口国不承担该储备义务，如英国。同时，IEA也没有规定储备的油品的种类，可以由成员国自行决定原油和成品油的数量组合构成。IEA规定储备数量中不计算10%的无法提取的库底容量。

IEA还规定了应付石油供应紧急状况的应急体系，分成三个阶段。当成员国总体石油供应量下降数量达到7%的消费量时，采取包括抑制需求、动用储备、放开生产、相互通融等应急措施，将总体石油需求量减少7%。一旦总体供应量下降数量达到消费量的12%时，要求将总体石油需求减少10%。当累积的日间紧急储备提取量释放达到储备量的50%时，IEA将对总体需求作进一步要求。

IEA的性质是国际能源自治组织，强调是建立各成员国应对紧急情况时的国际合作体系，因此对石油储备的形式、种类等并没有做出具体的要求，各成员国可根据自身需要，在不违背《国际能源计划协定》的前提下，灵活地规定本国的石油储备制度。美国、日本与德国是全球前三大战略石油储备的国家。

2.14.2 美国的石油储备体系

美国是世界上最大的石油消费国和石油进口国，拥有世界上最大的石油储备体系，分成两种形式：政府战略储备和企业商业储备。截至2009年1月，美国政府战略石油储备[①]为7.03亿桶，而企业商业储备的数量是其2倍左右。两种储备形式相互独立，政府战略石油储备归美国联邦政府所有，由美国能源部控制，从储库的建设、石油的采购以及日常的运行管理，所有费用均由联邦财政支付。而企业商业石油储备完全是市场化运作（更接近商业库存），是企业的市场行为，和IEA战略石油储备体系中的企业储备形式不同，美国法律并没有规定企业储备石油的义务，政府也不干预企业石油储备的数量和种类，也不干涉储备的投放，企业完全根据市场的变化，自主决定石油储备的数量和种类。

---

① 战略石油储备，是应对短期石油供应冲击（大规模减少或中断）的有效途径之一。它本身服务于国家能源安全，以保障原油的不断供给为目的，同时具有平抑国内油价异常波动的功能。战略石油储备制度起源于1973年中东战争期间。当时，由于欧佩克石油生产国对西方发达国家搞石油禁运，发达国家联手成立了国际能源署。成员国纷纷储备石油，以应对石油危机。当时国际能源署要求成员国至少要储备60天的石油，主要是原油。20世纪80年代第二次石油危机后，他们又规定增加到90天，主要包括政府储备和企业储备两种形式。目前世界上只有为数不多的国家战略石油储备达到90天以上。

美国战略石油储备源于1973年巴以战争后的第一次石油危机。1975年，美国国会通过了《能源政策和储备法》（EPCA），授权能源部建立和管理战略石油储备，以应对未来可能遇到的石油供应中断。EPCA还规定了战略石油储备的投放政策：①由总统下令是否投放储备，储备在总统做出决定后的13天内投入市场；②石油储备的投放分为全面动用、有限动用（总量不超过3000万桶、时间最长为60天或储备低于5亿桶时不能动用）和测试动用（测试储备体系运行是否正常，数量不可超过500万桶）；③石油储备的投放可以采用出售和轮库（exchange）的形式。后者是指政府储备与企业储备进行临时交换，企业必须在几个月内归还等值的原油数量。战略石油储备由美国分管石油储备的副助理国务卿负责，具体的操作与维持则委托给战略石油储备项目办公室和项目管理办公室。

（1）战略石油储备情况

美国从1976年开始建设战略石油储备基地，1977年第一批原油开始入储。目前已经建成四个石油储备基地，其石油储备总容量可以达到7.27亿桶，最大提取量达到440万桶/天。新的存储基地预计到2050年将建成使用。

《能源政策和储备法》提出美国联邦最大的战略储备容量是10亿桶，而计划的可操作储量是7亿桶原油以及200万桶加热油（200万桶加热油的储备目前位在美国东北部，可以满足美国东北部消费者10天左右的需求）。从1977原油开始入储，直到1995年由于预算用于设备检修而中断，1999年又继续储备。在2001年“9·11”事件之前，储备的峰值出现在1994年5.9亿桶。“9·11”事件之后，美国总统布什下令扩大战略石油储备，由当时的5.45亿桶扩大到7亿桶。《美国能源法案2005》（*Energy Policy Act of 2005*）决定将战略石油储备扩大到最大联邦战略储备容量，即10亿桶，因此政府需要建设新的储备基地。

出于对本国炼油能力的自信以及储备成本的考虑，美国战略石油储备只储备原油，并没有储备成品油（除少量的加热油）。而且美国的四个储备基地相当集中，都集中在得克萨斯州和路易斯安那州的墨西哥湾一带，这主要有两个方面的原因。首先是当地优越的自然环境，拥有500多个天然的可供储油的盐穴，安全性和成本性上都有天然的优势（目前国际上石油储藏技术成本最低的就是盐穴储油技术，盐穴储油单位成本仅是地上储罐的1/10）。同时，墨西哥湾集中了众多的大型炼油厂，以及当地拥有便利的油品运输设施，并且通过这些运输设备可以和美国中部的多家炼油厂相连（一共可以达到全美炼油能力的50%），从而快速的提高石油的输出能力，以达到法定13天内将储备投放入市场的要求。

从来源地看，1977~2007年年底，美国战略石油储备累计首先主要来自于墨西哥、英国和美国本国，分别占32.5%、23.6%和12%。其次是沙特、利比亚、委内瑞拉、安哥拉等国。从石油的品质上看，2007年年底，6.96亿桶战略石油储备中低硫原油为2.77亿桶，含硫原油4.19亿桶。

（2）战略石油储备的运作机制

美国战略石油储备的计划决策、维护管理和投放动用机制虽然都属美国能源部控制，按政府行政指令运作，但是运行机制却按市场化进行。

1）储油机制。美国战略石油储备的储油机制具有阶段性的特点。战略石油储备在一些年份是停滞不增加的，这主要是受当年的国际政治环境因素所影响的。例如，1979～1980财年，仅增加了1.6亿桶的原油储备，主要是由于1979年春的伊朗革命，此时继续增加储油可能同时加大石油价格上涨的预期。再如1990～1992财年，由于海湾战争，美国政府向市场投放了储备原油3300万桶。美国战略石油储备量较大，为了避免采购和投放对石油市场价格的影响，一般采用招标的机制来采购战略储备以及投放储备原油。其间美国国内针对战略石油储备的直接采购方式也进行过讨论，如向炼油厂商和石油进口商收取1%的储备费、采用发行购进石油的债券等，但是在国会上都没有得到通过。目前美国战略石油储备来源主要有两个部分。一部分来自政府招标采购，其中长期供应合同占招标采购的40%，剩下的部分则选择在石油市场价格低迷时通过现货招标。另一部分以实物（石油）抵租金（royalty-in-kind）的实物特许费的形式获得。因为美国联邦政府可以收取墨西哥湾海上的石油开采租金，所以美国能源部提议采用实物（石油）抵租金（RIK）的方法，增加战略石油储备。因这种方式可以减少直接采购战略石油的拨款，故得到了国会的支持。但是这种方式在一定程度上减少了市场上公开原油交易数量，对原油价格可能会产生影响。

2）供油机制。美国战略石油储备必须符合《能源政策和储备法》的条件，才可以按全面动用、有限动用和测试动用的三种可能形式进行投放。其中全面动用和有限动用必须由美国总统决定，而测试动用的决定权可以交给能源部部长。全面动用的条件是指在出现“严重的供应中断”情况下，包括由于严重石油供应中断或者不可抗力而导致对国家安全或经济产生严重逆转。有限动用的条件较上面一种情况为轻，是指时间较长或大范围的国内国际石油中断供应情况。在历史上，美国曾多次宣布将动用战略石油储备，但是由总统下令动用的只有两次，一次是海湾战争，另一次是2005年8的卡特里娜飓风。在2008年夏天国际油价高涨时，包括当时竞选人现任美国总统奥巴马在内，许多人士都建议动用战略石油储备以降低油价，但是最终也没有真正进行。这也正说明了美国战略石油储备的动用必须满足《能源政策和储备法》的动用条件，主要的目的是减少石油供应中断对国家和经济带来的损害，并不是充当平衡市场和稳定油价的调节器。战略石油储备的投放同采购一样，也采取招标机制。政府在销售前发布公告，明确油品的销售信息，并公开向石油公司招标，标书的评审与最后定标由能源部负责完成。销售所得资金拨入财政部所属的石油储备基金专门账户。

3）管理机制。美国战略石油储备的管理机制完全由政府执行。每年联邦财政预算中有专门关于战略石油储备的账户，其中涵盖了采购石油、油库建设和日常运行费用。由国会批准账户上预算基金的数量。启动战略储备的权利归美国总统所有，其他储备相关的政策和决议由能源部以及战略石油储备项目办公室和项目管理办公室负责，提案交美国总统同意后，由国会批准生效。从美国各财年战略石油储备的账户的支出的平均情况上看，主要的资金用于采购石油。同时随着储备的增加，建设支出有所下降，但是维护成本却有所增加。

4）战略储备与商业储备。美国的石油储备分为战略储备和商业储备（商业库存）。两种储备形式相互独立，却互为补充。IEA 规定成员国的石油储备必须达到国家 90 天净进口量的水平。美国作为其成员国，应该达到 IEA 的要求。2007 年美国战略石油储备只能满足 58 天的净进口量水平，从 1977 年开始有战略储备以来，也只有 1983 ~ 1987 的 5 个年份达到了 90 天的净进口量水平。但是，美国的商业储备为美国的整体储备做了积极而重要的补充，商业储备在每一年度均大于战略储备的数量，很多年份还超过其两倍，保证了满足 IEA 石油储备量达到 90 天净进口量的要求。商业储备不受政府制度的制约，但政府可以通过石油供求信息来引导企业进行商业石油储备，同时政府还可以利用石油税费等行政手段来激励企业增加商业储备。同时，两种形式的储备的职能分工也不同，正如前文所提，政府战略石油储备的目的主要是防止石油供应中断，反映的是美国政府对石油的态度。而商业储备体现的是市场价格信号和供需变化。

2.14.3 日本的石油储备体系

日本是全球第二大的战略石油储备，规模接近 6 亿桶。日本是仅次美国和中国的全球第三大的石油消费国。为保障本国的石油供应安全，防止国际石油市场波动对本国的冲击，日本把实施石油储备战略摆在十分重要的位置。1968 年日本制定了《石油工业法》，扶持石油储备，到 1971 年日本的石油储备已经达到 45 天的消费量水平，在 1975 年实现了 60 天消费量的储备水平。石油危机的爆发使得过度依赖石油的日本意识到必须建立以国家为主体的战略石油储备。日本通产省决定由日本国家石油公司建立国家石油储备。最初的国家石油储备体系包括临时性租借油船进行石油储备以及石油储备基地的建设。在储备基地的建设上，政府给予金融和资金上的支持。

日本的石油储备同样由私营公司和国营机构共同执行。但是同美国不同，日本的私营公司石油储备受政府行政的约束。根据日本石油财团（JNOC）的数据，目前约3.16亿桶的原油储存在10个国家石油储备基地以及从全日本私营部门租来的储油罐中。根据日本石油储备法令，所有的私营公司要求保有70天消费量的储备义务，储备油品中成品油和原油的持有量大致相同。目前有2.5亿桶的原油和石油产品储存的私营石油企业。

日本石油财团是日本实施国家石油储备的国营机构，具有独立法人资格，带有一定的官方性质，属于IEA中提到的代理机构储备。在日本通产省的指导下进行工作，负责规划和管理石油储备项目，对国家石油储备基地进行管理及投资（提供70%的投资，其余由私营公司负责）。总体来说，日本的战略石油储备模式采用的是代理机构储备和企业储备并存的模式。

2.14.4 德国的石油储备体系

目前德国战略储备已超过1.95亿桶，是世界第三大石油储备国。欧盟国家的战略石油储备体系是建立在IEA和欧盟理事会的相关规定基础上的。欧盟对石油储备体系在制度上与IEA有所不同。第一，储备的组织形式不同，IEA在此并没有特别的要求，三种形式（政府储备、代理机构储备和企业储备）都可以，而欧盟要求各成员国逐步建立代理机构储备系统。第二，是对义务储备数量的要求不同，IEA要求为90天的净进口量，欧盟的规定是90天的消费量。第三，IEA并不要求石油净出口国进行战略储备，而欧盟规定净出口国可以享受最高25%的储备减免，但必须进行储备。第四，IEA并没有对储备的油品种类有具体要求，而欧盟规定成品油数量不能少于储备总量的1/3。第五，IEA有储备数量不计算10%的库底容量的要求，而欧盟没有。整体看，欧盟对石油储备体系的要求比IEA严格。

德国作为欧盟国家中最大的石油储备国，同时也是IEA的成员，因此必须同时满足二者的要求。德国是目前全球纯粹采用机构储备的为数不多的国家之一。德国1966年建立战略石油储备，1978年出台《储备持有法》，依法设立德国石油储备协会（Erdoelbevorrat-ungsverband，EBV）为公共执法单位，负责监控德国的战略石油储备，包括自有储备和运营商允许持有的10%的义务储备。

EBV可以选择持有原油或成品油，但必须持有至少40%的汽油和中馏分油品作为成品储备义务，所有炼油或进口相关产品的公司都是义务成员，由EBV负责90天消费量的储备。EBV对战略石油储备实行总量控制。EBV费用通过收取会员费获得，但购买储备及储存设施的资金来自银行贷款，一旦油品进入国内，即必须支付费用，费用缴纳发生在炼油商开始生产时或进口商在产品进入国境时，但需要扣除多出口的部分。如果 EBV 遭受破产清算，德国政府将为其承担债务。

2.14.5 发达国家战略石油储备体系简单比较

对比世界主要发达国家的经验，我们可以认为，一国战略石油储备的体系建立，是适应其自身发展的需要而定的，没有统一的模式，但是，总体而言战略石油储备体系基本上可以概括为政府储备、代理机构储备和企业储备这三种。表 2.1 总结出一些储备特点。

表 2.1　主要发达国家战略石油储备体系比较

项　目	国际能源组织	美　国	日　本	德　国
出资或组织形式	政府、机构与企业兼可，没有特殊要求	战略储备完全由政府出资，商业储备不受政府制约，相互独立	机构与企业共同出资，日本石油财团（JNOC）对企业储备进行管理	代理机构储备，通过会员费和银行贷款运作，政府承担清算债务
储备油品种类	没有限制规定储备的油品的种类	战略储备只储备原油和少量加热油，商业储备不受限制（有成品油储备）	代理机构储备原油，私营公司对原油和成品油的储备量大致相同	持有原油和不同种类的成品油，并规定成品油不少于储备总量的 1/3
适用储备量	总的石油储备扣除 10% 无法提取部分后，应保有 90 天的净进口量，但对石油净出口国不作要求	近几年，原油储备可以满足近 60 天净进口量，而商业石油储备远超过政府战略石油储备	目前国营和私营共有的石油储备能满足 170 天左右的消费量。法令规定私营石油公司保有 70 天消费量的储备义务	欧盟规定其成员国应达到 90 天的实际消费量。石油净出口国可以得到 25% 的减免

2.14.6 影响石油储备的因素

总体上看，石油储备的组织形式、容量规模、油品种类等，都是与该国的国家安全与可持续发展的目标相一致。例如，美国经济总量与石油消费量居全球第一，决定了其石油储备的规模。而且由于墨西哥湾优良的地质环境，从安全和成本角度考虑，美国战略储备几乎全部在该区域。同时，墨西哥湾附近的众多炼油厂提供了足够的炼油能力，因此所储备的石油品种为原油。另外如同军事权力一样，石油储备的最高投放权由总统负责，所以，美国的战略石油储备采用高度的国有制形式，政府所有，政府决策。日本是贫油国，石油的对外依存度接近 100%，意味着日本比其他国家更容易受到石油危机的冲击，因此日本政府高度重视战略石油储备，设立国有代理机构统一管理包括商业储备在内的石油储备。日本最初采用油轮储备的过渡模式，之后相继建立了海上油罐、地上油罐和地下岩洞油库等储备基地。和美国不同，日本的石油储备不仅包括原油，还有大量成品油，以实现快速有效的保障。

石油战略储备体系的制定是一个复杂的系统工程，涉及国内外经济环境、国际政治外交等一系列因素。一国石油储备除了以上分析的国家安全与可持续发展的目标以外，石油储备量，特别是商业储备还会受到国际原油价格波动、市场投机和国内外突发事件等因素的冲击。

从图 2.1 可以看到，2008 年 12 月底，美国石油储备（包括战略储备与商业储备）为 17.4 亿桶。其中按储备主体形式分，战略储备（全部是原油储备）7 亿桶，商业储备（包括原油和成品油储备）10.4 亿桶。按储备油品种分类，原油占 10.3 亿桶，成品油 7.1 亿桶。

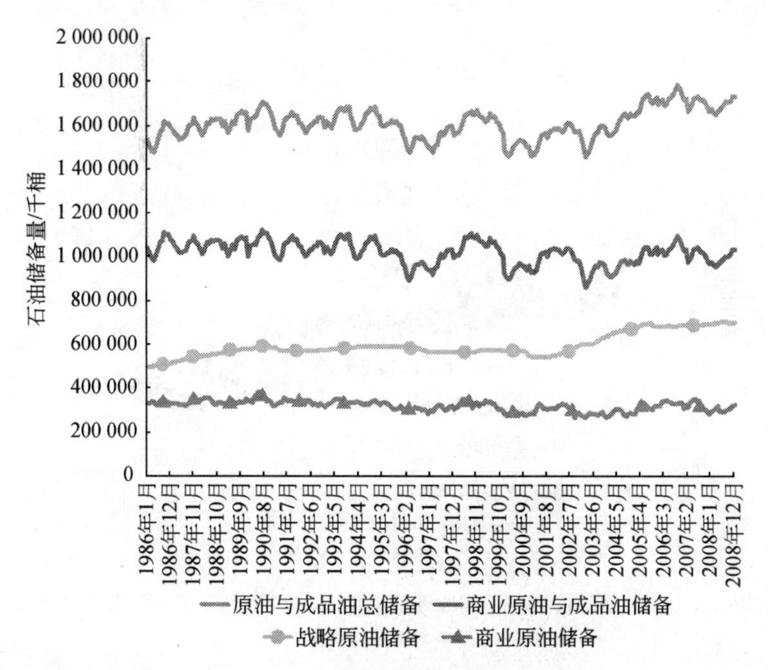

图 2.1　美国石油储备情况

资料来源：EIA

战略储备的变化比较平稳。1986 ~ 2008 年，只有两次大规模动用，一次在 1990 年 8 月至 1991 年 7 月，另一次在 2005 年 8 月至 2006 年 1 月。第一次动用是受海湾战争“沙漠风暴”的影响，第二次是因为卡特里娜飓风。两次国内国际突发事件的冲击，是造成战略储备变化的主要原因。另外，1995 年由于预算用于设备检修而战略储备过程中断，中间经过几次轮库，战略储备保持在相对低的位置。之后，“9·11”事件发生，当时的美国总统布什重新开始加强战略石油储备，直接导致储备量由5.4亿桶上升到接近最大容量的7.2亿桶。

商业储备的波动比较明显，导致了总储备量的波动趋势基本上跟随商业储备变化。商业储备的变动因素主要是市场因素，包括市场价格和市场投机的冲击。美国能源资料协会（EIA）所做的一项研究表示了原油价格同商业原油储备（库存）之间的关系。从图2.2可以看出，1998～2003年原油价格和商业原油储备之间基本上是负向关系，也就是价格高，库存低。而从2004年、2005年和2006年的情况来看，逐渐有成为正向关系的倾向，也就是说，价格上涨，库存增加。从这点可以定性地认为，2004年以来，投机在中间起了一定的作用，从而改变了商业原油价格和库存之间的关系。

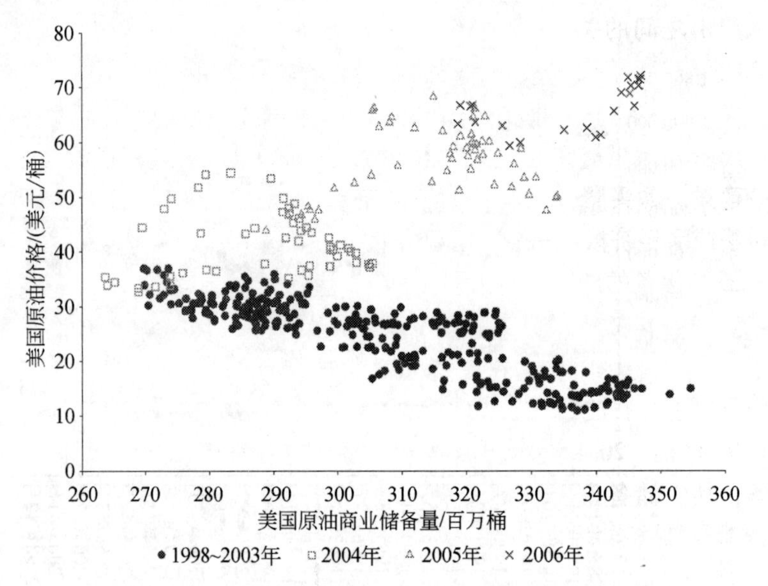

图2.2　美国原油价格与美国原油商业储备（1998年1月～2006年5月）

资料来源：EIA

为了定量地分析市场价格和市场投机对美国商业储备的冲击，可以采用经济学模型，分三个时间段就美国的商业储备量、西得克萨斯中质原油（WTI）价格（以2000年为不变价格）和纽约期交所的非商业头寸的月度数据，分别进行定量分析。通过实证检验，结论如表2.2所示。2007～2008年，由于原油市场价格剧烈波动，这种短期内剧烈波动的原油价格对商业储备单独的影响无法直接估计，这一阶段价格波动和投机共同作用，对商业储备变动的影响显著。

表 2.2 价格和投机对商业储备变动的影响

冲击来源	1998～2003 年	2004～2006 年	2007～2008 年
市场价格的冲击	对商业储备影响较大	对商业储备影响较小	对商业储备影响较大
投机因素的冲击	对商业储备影响较小	对商业储备影响较大	对商业储备影响较大

因此，美国战略石油储备担负着最基本的保障国家石油安全的职能，除了特殊需要以外，储备量基本不会产生变化。而商业储备是完全市场化的企业行为，会受到国际石油价格和投机因素的共同影响。

2.14.7 石油储备的投入产出分析

战略石油储备的关键问题成本和收益。战略石油储备有其复杂性和特殊性。一方面战略石油储备属于应急公共项目，按一般投资项目的评估方法计算其收入产出之间的关系缺乏现实基础，也无法得到准确答案。另一方面，各国从 20 世纪 70 年代开始建立战略石油储备以来，几乎没有真正的大规模动用过，其收益只能是一种不全面的估计或间接的反映。因此对于石油储备的投入产出研究，只能采用直观的估计方法，投入可以从石油储备的成本，包括设备建设、购买储备以及日常维护费用上反映，而产出只能通过主观的意愿支付法或者经济模拟得到。

（1）石油储备的成本

石油储备成本主要分成三部分，储备设施的建设，购买石油储备以及日常维护费用。通过美国《战略石油储备 2007 年报》里提供的相关费用的数据，我们可以进行石油储备成本的估计。美国截至 2007 年年底，共有战略石油储备 6.97 亿桶。2007 财年，美国政府财政支出中有 1.64 亿美元投入战略石油储备，其中储备设施的建设支出 1.47 亿美元，购买石油储备支出为 0（当年战略石油储备的增加主要来自于石油抵租金），日常维护费用为 1750 万美元。由于要保证如此大规模的原油储备每年都需要进行必要的投入，因此若要将每一桶石油储备的成本资本化，就必须从 1976 年开始建设储备设备时算起，进行逐年的累计。也就是说，石油储备的成本是在每年递增的，这如同美国每年的军事开支一样，为了保证一定的存量就必须进行投资。通过对 1976～2007 财年的支出进行计算，美国政府 22 年间共投入 420 亿美元（按 2000 年美元计价），折成每单位石油储备即 60 美元/桶。

图 2.3 是 1986～2007 年的美国每单位石油储备成本以及当年原油价格的趋势图（均折成 2000 年美元计价）。反映出平均储备成本在 2001 年之前一直保持在 70 美元附近，随着前期巨额的设备建设固定成本被逐年摊平，近几年平均储备成本有所回落。同时，国际原油价格近几年不断上升，两者在 2007

年基本上接近。另外，值得注意的是，从另一个角度看，只要国际原油价格低于当年的平均储备成本，美国在最大储备规模下进一步扩充其战略石油储备就是有利的，如果将战略储备的效益计算在内，这种有利的空间会更大。

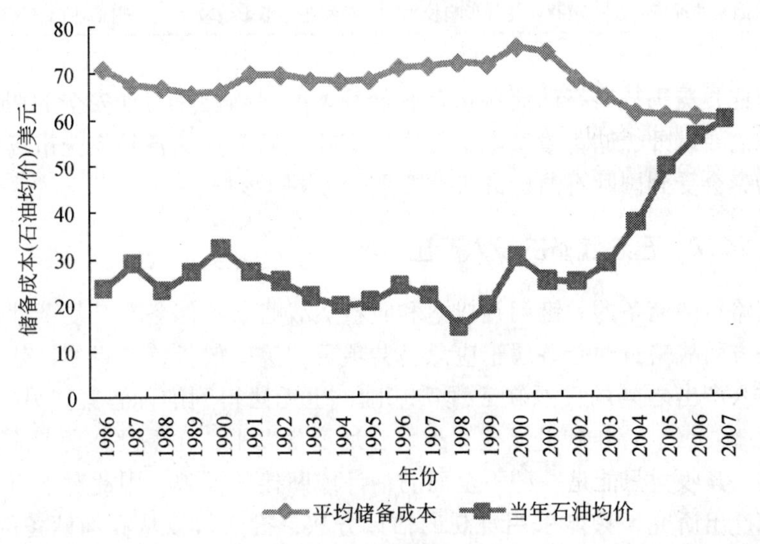

图 2.3　1986～2007 年的美国平均石油储备成本与当年原油价格的趋势图

注：按 2000 年美元价格计价

资料来源：EIA

由于不同的石油储备设施的建设、维护以及注入和提取石油的成本都会不同。根据美国 PB Energy Storage Services 公司（该公司是美国地下储藏和地表相关设施领域最先进的工程师和建设者，美国、英国、日本包括中国的许多矿产资源储藏设备都由该公司负责建设）提供的数据，对比掩埋式沟渠（in-ground trench）、硬岩矿洞（hard rock mine）和盐穴（salt caverns）三种石油储备技术的成本。

表 2.3　不同石油储备技术的单位成本

技　术	掩埋式沟渠	硬岩矿洞	盐　穴
资本成本（未贴现）/(美元/桶)	15.68	15.44	5.51
运行与管理成本/(美元/桶)	0.16	0.09	0.17
注入石油的成本/(美元/桶)	0.05	0.05	0.09
提取石油的成本/(美元/桶)	0.07	0.07	0.10
建设期/a	11	13	8

注：以 1998 年美元计

资料来源：IEEA，1999

从表2.3可以看出，盐穴储备技术在成本上有很强的优势，每桶建设成本只是其他两种技术的1/3，美国目前在墨西哥湾的四个储备基地均使用的是这一技术，因此总体的储备成本较低。而且，盐穴技术的另一优势还体现在储备设施的建设期也较其他两种技术更短。根据PB Energy Storage Services公司的分析，以上三种技术在中国都适用，那么无疑，盐穴储备技术从储备成本上考虑将是最优的选择。

（2）石油储备的收益

对石油储备收益的计算要比投入更加复杂，因为迄今为止，全球的石油储备都未大规模动用过，没有人知道动用这些储备会对世界经济带来什么样的正面影响。原则上对石油储备的收益评估，与估计污染成本一样，可以采用意愿支付法。但是，这种涉及国家安全等级的评估，即使用主观意愿估计也很难准确衡量。

如果政府愿意，石油储备可以在油价大幅度上涨时拿出来用。对于一个国家来说，原油价格的上涨对GDP的负面影响越大，石油储备的收益也就越大。亚太能源研究中心于1999年对亚太地区战略石油储备冲击进行评估，模拟计算了各国经济的原油价格的GDP弹性，其中日本为-0.058，韩国为-0.087，中国台湾为-0.065。表明原油价格上涨1%，这三个地区的GDP将相应下降0.058%、0.087%和0.065%。而根据摩根士丹利2004年对中国的估算，国际原油价格上涨1%，中国的GDP将损失0.04%左右。2008年IEA和中国国家统计局也表示，原油价格上涨1%，中国内地的GDP将相应下降0.04~0.07个百分点。这说明中国的原油价格GDP弹性同日本和台湾地区基本相当，略小于韩国的水平。美国巨大的石油储备与其经济对石油的敏感度相关。时任美联储主席的格林斯潘与EIA都同时表示，2004年油价的上涨使美国当年GDP减少了0.5个百分点。按此计算，美国2004由于石油价格上涨造成对经济的损失约为580亿美元。

由于石油战略储备的目的是防止石油供应中断，任何对石油储备的成本与收益的评估都将是不完全的。例如，间接成本还包括军事安全的成本和应急运输的成本等，而收益由于对发生石油供应中断事件和中断时间的概率无法准确估计中断事件的影响，尤其对于高依存度国家，更是难以想象，那么，战略石油储备的长期成本虽然可能高于目前的市场价格，但是在总收益面前可能是很小的一部分。战略石油储备成本相当于保险费，即为国家能源安全提供保障。直观上看，发达国家保有大规模的石油储备还有对平抑全球石油价格起震慑作用。最后，石油储备还有不受制于人的意义，对国家安全和经济安全的信心提升作用也是积极的。

仅就成本说，由于石油资源的日益稀缺和替代的不确定（量和价），中长期的原油价格走势将无疑上涨。当2008年油价达每桶147美元，如果把美国的石油储备都拿出来卖了，其收益不会比国库券低太多，当然，这里假定都拿出来卖不会影响油价。

2.14.8　对中国的启示

中国能源安全主要指石油安全。那么，目前中国石油的安全状况如何？国际上通常将一个国家或地区的石油净进口量与石油消费量之比，称为石油进口对外依存度。2008年中国石油进口对外依存度已达50%。根据BP 2008的石油消费数据和2007年年底各国的人口数据进行计算可以看出，中国人均石油消费很低，只有279kg，世界平均水平大约是600kg，美国则达3t多，日本也有1.8t。如果没有突变性的改变，中国石油需求增长速度不会降低，以汽车产业为例，据国务院发展研究中心预测，到2010年和2020年，我国汽车消耗石油将达到1.38亿t和2.56亿t，分别约占全国石油总消耗量的43%和67%。换一个角度看，只要中国人均石油消费达到目前的世界平均水平，中国石油消费总量将达到6.6亿t，按照中国1.8亿~2.0亿t的石油产量峰值，中国石油进口依存将达72%，超过目前美国的石油进口依存（63%）。除非寻找适合国情的石油消费方式，现有的节能措施和石油替代也很难改变石油供应日益紧张的趋势。

因此，从产能、消费量、消费增长量和进口依存度的现状和预期来看，中国的石油安全将日益脆弱，而且速度比较快。国际原油价格的波动将更大地影响中国油品以及相关生产资料的价格，甚至影响整个价格的波动趋势。中国必须尽快建立石油战略储备，这是共识。

中国有没有钱买石油？截至2008年年底，中国外汇储备余额为1.9万亿美元。按照相当于目前90天净进口量的原油储备的要求，如果石油价格维持在40美元，购油所需的资金投入不会超过145亿美元，加上储备成本，应当还是可以承受。另一方面，资本输出将成为中国缓解高额外汇储备压力的重要手段，而石油需求增长和外汇储备增长必然会促使中国增加对能源资源的国际投资，到海外进行收购，也就是把外汇储备变成资源、能源的股权储备。但是，中国石油的“走出去”会导致全世界对石油资源的竞争更加剧烈，间接推动国际石油价格上涨。

中国石油战略储备起步晚，目前储备能力十分有限。2003年，中国首批四个战略石油储备基地，主要在沿海地区，即大连、黄岛、镇海①与舟山投产

---

① 镇海国家石油储备基地，是国家确立的国内四大石油储备基地之一，经过一年的试运行，2007年12月19日通过了国家验收。基地位于浙江省宁波市，建设规模520万 m^3，由国家发展和改革委员会委托中国石油化工集团公司承担建设任务。

建设，建设单位是中国石油化工股份有限公司（简称中石化）、中国石油天然气集团公司（简称中石油）和中国海洋石油股份有限公司（简称中海油）。首批四个战略石油储备基地都采用石油储备罐的方法储存，总储量1亿桶，2008年分别建成完工并投入使用。2006年，中国开始第二批战略石油储备基地的选址规划工作。2007年12月，国家石油战略储备中心①成立，基本确立国家战略石油储备的三级管理体系（发改委能源局、国家石油战略储备中心和储备基地）。

2008年年底完成对第二批战略石油储备基地的规划。第二批战略石油储备基地设计容量为2680万m^3，于2009年开始建设，并且该规划主要考虑在内陆建立储备基地，可能将从地上储油罐向地下盐穴储油库过渡。目前，规模最大的天津滨海新区的石油储备基地开始建设，总储备规模可以达到5000万桶，其中战略石油储备罐和商业石油储备罐各占50%。中国的商业储备也在积极建设之中，2008年12月，宁波镇海岚山的中石化商业原油储备库建成，并开始注油，这是中石化第一个建成的大型储备库，规模约为2500万桶，建设周期为1年零3个月。中石化的另一个大型商业储备基地，浙江平湖白沙湾储备库也在建设中。2009年1月，《全国矿产资源规划二〇〇八至二〇一五年》正式提出，中国应加快地下盐穴储油库选址的论证工作，为大型地下储油气库建设提供支持。

（1）长期战略

1）以政府战略石油储备为主的多元储备模式。从各国战略石油储备的组织形式上看，没有统一的模式，而是从本国具体国情出发来选择适合本国需要的组织形式，而且IEA也并未对成员国使用何种储备模式进行限制。中国的石油供应主要由中石油、中石化和中海油三家国有企业提供，有良好的政府行政规划基础。其次，同美国一样，中国幅员辽阔，采用政府主导的战略石油储备模式，可以提高应急反应速度，减少石油供应风险给经济带来的损失。最后，政府战略石油储备具有更现实的维护国家石油安全的意义，例如，美国的战略储备只在国家石油供应受巨大冲击时大规模动用过两次。因此，中国建立以政府战略石油储备为主的石油储备体系能适合本国的发展，具有操作性和保障性上的优势。

同时，由于中国的石油战略储备起步晚，完全由政府投资建设，在规模与周期上都受到一定限制。因此，不能像美国那样，应该对商业储备有一定

① 国家石油战略储备中心，是国家发改委于2007年12月18日宣布成立，旨在加强中国战略石油储备建设，健全石油储备管理体系。国家石油储备中心是中国石油储备管理体系中的执行层，宗旨是为维护国家经济安全提供石油储备保障，职责是行使出资人权利，负责国家石油储备基地建设和管理，承担战略石油储备收储、轮换和动用任务，监测国内外石油市场供求变化。

的约束，即规定义务储备，由于三大石油公司都是国企，应该比较容易。从日本快速地在几年内提高石油战略储备量的成功经验上看，增加民间储备等多元储备模式，通过对企业的有效激励可以对政府储备形成必要的补充。

2）石油储备规模。发达国家在决定战略石油储备规模时，主要从本国的石油消费量、储备成本、对外依存度、经济对石油价格的敏感性等因素有关。在博鳌亚洲论坛2007年年会，国家发改委表示，中国政府决定应该建立石油储备来应对突发事件，已经规划到2010年建成相当于30天净进口量的战略储备规模。中国政府认为要达到90天净进口量的储备水平，耗资太大。中国是个发展中国家，需要花钱的地方太多，包括教育问题、社会保险问题、养老金问题等。中国建立石油战略储备，不管是相当于30天还是90天，都是为了保障石油安全，而石油安全的脆弱性取决于进口依存度和消费量，与人均GDP关系不大。当然，如果没有钱，是无法买石油的。IEA的90天净进口量是根据历史经验确定的，似乎也没有什么科学依据。但是，许多IEA成员国，如日本和韩国的石油储备都超过了IEA的90天的规定。中国的长期石油战略储备应该考虑90天，但在储备初期不必脱离自身现实，可以循序渐进，将储备规模动态化。既满足了本国自身发展规律，同时也可以减少大规模的石油储备引起国际原油市场价格波动的风险。但是，在石油储备和设施上应该适当超前，尤其是当石油价格大幅度波动时，可以利用一旦出现的低油价的机会。

3）石油储备的种类。尽管IEA没有对石油储备的种类进行规定，但是日本、德国的石油储备中成品油都占了较大的份额。美国的战略石油储备虽然没有成品油储备，一方面这是基于强大的炼油能力和运输能力，另一方面也依赖于商业储备中的拥有大量成品油。因此，可以看出，各国出于对应急反应速度的考虑，在石油储备的种类上都采取原油与成品油同时储备的形式。中国可以考虑同时储备原油与成品油。并且中国火电机组中以燃煤机组为主，石油的消费主要集中在工业与交通运输部门，这一国情在储备油品的选择中也应该充分考虑。

4）石油储备立法。虽然国家战略储备在没有立法的情况下也可以进行，但是，加快石油储备立法是必须的。通过法律明确石油储备的模式、储备规模和储备品种等，可以使石油储备建设的全过程有法律保障，也可以增加储备的透明度。

5）加入IEA。中国作为石油消费大国，即使在目前不能满足90天的情况下，也应当积极争取加入IEA。作为发展中国家，对国际石油市场的稳定有重要作用，IEA也应当可以考虑比较弹性的储备规定。通过IEA，中国可以进一步形成与石油进口国间的国际合作，建立自己的预警应急体系，对危机的逐步逼近可以有不同级别的预警并启动预先设计的应急方案，以消除或减低油气供应不安全因素造成的影响。

（2）短期措施

对于中国来说，当前更重要的是短期措施，即在目前低油价时期，尽量利用国外的石油资源。

海关总署的数据说明，2008年1～9月，我国原油进口1.35亿t，占全年原油进口的75%，8～10月连续三个月保持大于1500万t的进口量，当时油价在每桶100美元以上，最高达到每桶147美元。可见中国石油消费的价格弹性很小，油价再高也得买。2009年1月，我国原油进口1282万t，较2008年同期下降8%，成品油进口239万t，下降26.2%。1月我国原油出口45万t，比2008年同期增长156%。而当去年11月油价跌破每桶50美元时，我国原油进口仅为1336万t，是2008年最低水平，12月原油进口量有所反弹，也才1437万t。数据说明，油价大幅度下调之后，中国没有多买一些。

中国买油受到了石油储备能力的限制。我国2004年启动的第一批4个国家石油储备基地已于2008年全部建成并投入使用，储备能力为1000万t，这样的储备能力显然不足。2009年中国还启动黄岛、锦州等8个石油储备基地建设，建成后石油储备能力将大大提高。但是，问题是，油价会不会在低位待那么久？因此，对于石油战略储备，目前低油价的机会帮助不大，石油储备能力建设是一个教训。

根据美国商务部的数据，经济已经陷入严重衰退的美国，石油消费量大幅度减少，囤积石油的迹象明显。2008年12月，美国的原油进口量由11月的2.6亿桶增至3.2亿桶，截至2009年3月的第二个星期，美国的商业原油库存已经达到3.5亿桶，石油战略储备更是超过了7亿桶。现在，美国各种原油储备仓库已经接近存储能力极限；纽约商品交易所原油期货的交割点仓库，库存已经增至创纪录的3490万桶。据说，仓库用完了，美国各大石油公司租用了30艘超级油轮，每艘载量200万～300万桶原油，日租金在68 000美元左右，已经装满了原油停泊在墨西哥湾沿岸，加上其他油轮，美国漂浮的“油库”储备了超过8000万桶原油。欧佩克也宣称：截至2009年1月底，估计有7000万～8000万桶石油储存在海上的35～40艘油轮上，相当于世界超级油轮数目的7%～8%。

中国目前的经济状况比美国好，为什么我们不能在油价低迷的时候在国际市场上多买一些石油呢？对于石油价格是不是到底了，谁也不知道，但是，我们知道国际油价不长时间会维持在目前的低位，正如油价不能在2008年的高位长久维持；也知道目前买的石油，损失的空间很小（石油会不会到每桶25美元），而获利的空间很大（油价会不会再回到每桶140美元）。无论人家怎么做，我国应该通过各种途径，把所有的瓶瓶罐罐都搬出来，利用目前的机会，从国际市场上更多的买入石油。油价从每桶147美元下降到40美元，按目前中国的进口量，中国每年可以省下1万亿元。

近两年，中国外汇储备以超常规的速度增长，可以运用外汇储备买油。传统的外汇储备很大部分用来购买美国国库券，在现在石油价位上，购买美国国库券肯定比购买石油的收益低。此外，会有人担心中国多买油会抬高油价。目前需求疲软，阻止油价突破价格区间的每桶50美元高位；同时原油产量减少也令油价保持在每桶35美元上方。在发达国家整体需求低迷的情况下，现在中国多买一些对油价不会有太大影响。

那么，中国短期可以做什么？

1）通过削减国内产能来保证尽可能地增加石油进口。石油限产可能有一些技术问题，还有些企业的效益问题，但是，短期的策略应该是，在可能的情况下，应当尽量利用国际石油资源。中国长久可靠的能源安全应当立足于国内储备，因为只有国内能源的价格和数量才是最终可控的。就安全性来说，把石油放在自己的后院，比放在别人家里，尤其是那些常换主人的家里，一定安全得多。

2）尽量利用现有的储备能力。据统计，中国的民营石油仓储能力约为23 000万t，能够得到利用的仅为几十万吨。作为短期措施，国家应该可以考虑将民营油企的闲置库容纳入石油储备，利用民营库容储备会有一些问题，但这些问题是毕竟是国内的问题、自己的问题。据说，中石油和中石化也在准备加大成品油收储，但是，速度需要快。

3）海上油轮储油。美国目前就进行海上储油。日本1996年以前主要靠油轮储油，现在日本的10个国家石油储备基地中就有两个海上储油基地。伦敦劳氏海事信息机构的数据显示，截至2009年1月15日，有37艘超级油轮被租用作为海上油库，期限在数月到半年不等。以目前的油价，海上储油无论做战略或者商业储备，都是可行的。

4）把目前低油价的机会做成长期机会。相对于其他国家，中国受危机影响比较小。在目前非常经济时期，中国的优势是不缺钱，危机中与国外的长期能源合作会容易一些，谈判也会比较容易，应当加大力度。除了“走出去”以外，“引进来”是一个双赢的模式。“引进来”就是引进产油国来国内投资生产，对于产油国，中国持续的石油需求将提供更大的市场，摆脱对西方发达国家的过重依赖；而中国则可以获取长期稳定的石油供给。“引进来”模式更不会触及能源问题的敏感面，可以避免海外石油资产并购的种种麻烦，无论从时间上还是制度上都对中国石油企业有利，因而可能是获得石油资源的更有效途径。

5）投资石油期货产品。中国巨大的外汇储备也有市场风险，应该将石油安全同金融安全统一考虑，将外汇储备转换成保值能力较强，现实意义更大的石油实物储备或期货储备。一方面将资产分散化管理，提高了抗风险的能力，另一方面把握目前国际石油价格处于低位的机遇，为建立战略石油储备做好准备。石油储备所需的设施建设周期最短的也要一年左右，中国第二批战略储备基地2009年开始建设，等到建成开始入储之时，国际石油价格很有可能已经不处于目前的低水平了。因此，可以考虑投资石油期货产品，用目前的低价（纽交所WTI的2008年12月合约在2009年3月13日价格为52.3美元），为未来的实物储备买单，进行套期保值运作。以目前较低的价格购进石油，等到储备设施完工，再进行实物交割。

2.15 解决中国能源运输问题：建立能源综合大运输体系

能源运输对于整体能源问题的影响是多方面的。直接的影响是能源成本，间接的影响是能源效率。中国的经济可持续发展要求对能源和环境资源进行优化配置，这就需要构建科学合理的能源综合运输体系，从根本上解决能源运输紧张问题。根据中国国情，基本原则应该是坚持输煤输电并举，加快发展输电，鼓励在煤炭开发中心就地建设大型煤炭基地，提高煤电就地转化比例，减轻煤炭运输压力。

中国传统的运输体系主要包含公路、水路和铁路。能源运输包括一次能源煤炭、石油、天然气运输以及二次能源电力的输送。从物理特性看，一次能源运输有别于二次能源输送。但无论以何种方式输送，都是为了在满足能源需求安全的前提下尽可能地提高能源输送的绩效（经济、效率）。

中国能源运输量大约占全国各种运输总运量的一半。2007年铁路煤炭运量大约占铁路总货运量的49%，铁路石油运量占铁路货运总量的6%。两项合计，占全国铁路货运总量的55%，铁路煤炭运输的增长速度快于铁路石油运输。

中国93.5%煤炭资源分布在北方17省（直辖市、自治区），其中仅新疆、内蒙古、山西和陕西4省（自治区）的煤炭地质储量就占到全国的81.3%。主要的煤炭消费地却集中在京、津、冀、辽、鲁、苏、沪、浙、闽、粤、琼、桂等14个东南沿海省（直辖市、自治区），其中尤以环渤海经济圈、长江三角洲和珠江三角洲地区最集中，煤炭消费分别约占全国总消费量的32%、23%和10%。煤炭资源与消费逆向分布的格局，决定了煤炭资源流向为北煤南运、西煤东输。近期，水路运输量比例快速下降，公路运输量比例比较稳定，但也在下降，铁路运输量比例大幅增长，煤炭运输以铁路为主。

中国铁路运输长期处于高负荷状态，以占世界铁路6%的营业里程完成了世界铁路运输量的24%，运输量是世界平均水平的4倍。与其他国家比较后发现，2006年中国铁路旅客周转量比位居第二位的印度高，是美国、俄罗斯两国总和的3.8倍，是日本的2.7倍。中国铁路货物发送量比第二位的美国多近10亿t，是俄罗斯的2倍多，印度的4.8倍。中国铁路运输密度是俄罗斯的1.6倍，美国的3.7倍，日本的2.7倍，印度的2.4倍。这些指标可能反映了中国铁路运输效率，但更说明铁路严重滞后于国民经济和社会发展的现实。

近年来，虽然中国铁路运输、水路运输及公路运输都实现大幅增长，但是增长速度低于同期煤炭生产和消费的增长速度，中国铁路运力长期短缺，煤炭运输仍然是制约煤炭供应的主要因素。随着煤炭产量增长，运输量也相应增长。近年煤炭需求急剧上升，原本薄弱的铁路运力就更显得捉襟见肘。1993年以来，煤炭铁路运输请车满足率呈持续下降趋势，2006年全国平均煤炭铁路运输请车满足率只有35%。不仅电煤运输紧张，而且还影响到其他物资的运输。铁路运输能力的制约和地区封锁，影响了煤炭全国性统一市场的形成。由于铁路运力不足，大部分运力由国家统一分配，少部分由市场调节。因此，煤炭市场的竞争，往往反映在运力配置上的竞争，造成了价格的扭曲。如果煤运较长时间得不到满足，会给经济发展和社会生活造成严重的负面影响。

结构性矛盾直接加剧了局部地区煤炭紧张局面。中国的煤炭运输主要集中在大秦、朔黄和侯月线等华北地区，华中、西南地区铁路运输能力严重不足。新增电力装机容量增长较快的湖北、湖南等省，铁路直达运量没有增加，云南、广西等省（自治区）目前都在兴建大的电源点，但区域煤炭产能增长滞后。铁路运力的长期滞后说明铁路运力的增长受到许多因素制约，而这些因素不是短期可以得到解决。

有效的能源运输是满足能源需求、能源和环境资源优化配置，提高能源效率的问题。中国的大型水电基地多在西南，煤炭基地主要分布在山西、内蒙古；主要能源需求集中在东部和中部经济发达地区，东中部地区的电力需求占全国需求总量的3/4左右。无论是输煤还是输电，能源和环境资源的优化配置是必要的，应该以哪一种方式来满足能源需求？如果能源运输不可避免，那么什么运输方式成本最低？如果环境污染不可避免，如何配置污染源使得整体污染成本最低？回答这些问题，应当考虑到主要的能源外部成本，尤其是能源稀缺和环境成本，包括水资源等的机会成本。

中国各省（自治区、直辖市）行政政策统一（除港、澳、台地区），实现能源和环境资源的优化配置是可能的。不像美国，每个州的环保标准都不一样。例如，把电厂建在一个州，而把电力送到另一个州，那么所带来的环保问题应由哪个州负担，按什么标准负担就很难算清楚，也很难协调。但中国不同，每个省的环保标准都一样，只要符合国家的环保标准，送电就剩下一个市场需求的问题，更何况常常连市场问题都可以通过政府协调解决。而且，通过送电可以使各地的边际环境成本趋同，实现环境整体成本最小化。

一个国家内部由于区域经济发展不平衡可能引起环境污染在地区之间的转移，政策引导也有同样的作用。例如，重化工业向西北部地区转移和集中，使污染从东部沿海发达地区向西北部不发达地区转移。电力工业在全国范围内的布局调整与环境污染转移直接相关，污染转移可能符合经济性原则，但必须考虑公平性原则。因此，一个常常存在的争议是，把环境污染转移到劣势或弱势地区，可能使经济落后地区环境恶化，导致环境污染的区域不公平问题。

对于一个国家，不污染当然最好，如果必须污染，通过污染的配置可以将整体污染最小，这是一个必须的选择。对电力布局及其相应的环境污染转移问题，应该有一个总体和客观的理解与把握。

电力发展是中国经济增长所必需的，以煤为主的电力污染也是必然的，在这个前提下，可选择的仅仅是如何污染和在哪里污染的问题。一方面，经济发达地区人口多、资源少、环境容量小，环境影响的经济损失大；另一方面，理论和实践都表明，与经济发达地区相比，不发达地区环境影响的经济损失小，而且在经济落后地区实施污染治理的边际成本更低。因此，在西北部地区进行电源建设具有更高的经济效率。考虑到电力布局的地区调整可能引起环境污染梯度转移和污染范围扩大，为了兼顾经济环境与社会公平，应该配套进行的是加强地区环境监管，地方政府在电力投资收入的同时保证必须的环保投资支持和实施生态补偿机制。各省（自治区、直辖市）环境影响的单位经济差异，提供了环境资源在全国范围内合理配置的可能性和必要性。因此，在同样满足电力需求的前提下，通过合理规划电力布局，可以达到降低全国电力排放经济总损失的效果。

能源运输系统的发展是经济可持续发展的一个重要组成部分。传统的能源运输发展模式同传统的经济发展模式一样，具有与资源环境不相协调的缺点，因此，为适应经济可持续发展的需要，现代能源综合运输体系必须采取可持续发展战略，也就是要求改变传统交通运输发展模式。

中国传统能源运输没有考虑运输业在能源和环境资源的优化配置和能源安全等方面的功能，对运输的外部性也没有采取有效的对策。根据世界银行1996年《可持续运输：政策改革的关键》，可持续交通运输应该包含三个方面的内容：①经济的可持续性，是指交通运输必须保证能够支撑不断改善的物质生活水平，即提供较经济的运输并使之满足不断变化的需求；②资源与环境的可持续性，是指交通运输要最大限度地支持资源优化配置和环境质量；③社会可持续性，指交通运输产生的利益应该在社会的所有成员间公平分享。能源运输的发展只有与能源结构和能源的发展战略保持一致，才能顺利走上可持续发展路。

基于可持续发展对能源运输的要求，我们应该建立新的能源大交通运输观，把电网纳入国家现代能源综合运输体系的统一框架，保证能源供应安全、经济、环保，促进资源、环境和社会的可持续协调发展。以有限的交通资源，建立起一个与可持续发展相适应的、经济、安全、环保的现代能源综合运输体系。

2.16 政府拉动内需的资金应当向不发达地区倾斜

为了应对危机，中央以40 000亿投资拉动内需，仅2008第四季度就新增1000亿元投资，并且还可能进一步加大投资力度。继2008年中央加大能源、交通、水利等方面的投资力度，建成或开工一批重大项目之后，2009年又集中建设和启动一批重大工程。然而，不同于地方政府投资，中央投资应当是战略性的，可以对全国资源优化配置真正起作用，达到效益最大或成本最小。因此，正确把握资金投向十分重要。

由于人口密集程度和收入水平不同，中国各地的环境成本[①]很不一样，通过环境资源的优化配置可以使整体环境成本最小。厦门大学中国能源经济研究中心最近的一项研究对全国各个省（自治区、直辖市）的环境成本进行了量化。根据污染源所在地人口、污染排放水平和收入水平等相关因素进行调整，分析了污染项目所在地到周边区域的大气扩散过程及造成的环境外部成本。环境影响分析中重要的部分是区分不同的受影响区域。为使各省（自治区、直辖市）具有可比性，又需要为不同省（自治区、直辖市）确定共同的分析区域范围。当然，这样的分析不可能完全准确计算出污染物在某一时点造成的环境污染经济损失价值，但至少可以估计出一个大致范围。

研究结果说明，从每人承担单位污染物排放的平均经济损失（不含二氧化碳）比较看，发达省份最高，是中等发达省份的12倍，是不发达省份的25

① 环境成本，包括环境退化成本和生态破坏成本。

倍。发达省份中又以上海为最高，经济损失是其他发达省份平均水平的8倍。当然，环境成本的量化问题比较复杂，很难做到精确，但是，每单位污染排放在各省（直辖市、自治区）会造成不同的环境影响，其经济损失存在着显著差异，是一个事实。而这种显著差异是环境资源在全国范围内合理配置的前提。

这种差异在能源行业表现得尤其突出。中国的主要能源需求是集中于东部和中部发达地区的，数据表明，东中部地区的电力需求约占全国能源总需求量的3/4。然而主要产地却不是在这些地区，中国的大型水电基地多在西南，而煤炭基地则主要分布在山西、内蒙古。因此，无论是对于输煤还是输电，能源和环境资源的优化配置都是必要的，我们必须考虑应该以哪一种方式来满足能源需求。同时还要考虑清楚与能源相关的一系列外部成本，主要是能源稀缺和环境成本。并据此来解答倘若能源运输不可避免，那么该采取什么运输方式使得成本最低，以及倘若环境污染不可避免，那么又该如何配置污染源使得整体污染成本最低的问题。有效的能源运输要综合考虑满足能源需求、优化能源和环境资源配置和提高能源效率。

以电力为例，能源大省和不发达省份由于经济发展水平较为落后、人口分布较为稀少，当地电厂污染排放（本书指火电厂造成的空气污染排放）造成的单位经济损失远远低于在经济发展水平高、人口分布稠密的发达省份；而经济发达省份基本上又集中在电力负荷中心①。可见，通过合理规划电力布局，可以在同样满足电力需求的前提下，实现降低全国电力污染排放经济总损失的目标。由于能源资源储备大多在人口稀少、收入较低因而环境成本也比较低的中西部不发达地区，在这些地区发电再送到人口集中的高收入地区，输电的能源资源配置和环境资源配置的方向是一致的。

本书主要从环境影响的角度说明，在中西部地区进行基础设施建设具有更高的经济效率。其实，增加不发达地区投资还有助于促进社会经济发展、社会公平和解决贫困等。不发达地区的政府比较缺乏资金，中央资金的投向应当向这些地区倾斜。考虑到地区工业布局调整可能引起环境污染梯度转移和污染范围扩大，为了兼顾经济环境与社会公平，地方政府应该提供相应的配套措施。除了加强地区环境监管之外，地方政府在获得高污染项目投资收入的同时，必须保证环保投资支持和实施生态补偿机制。

还要强调的是，对环境的有效监管和治理也是环境资源优化配置的前提，如果不发达地区因缺乏有效环境监管和治理而使单位排放量增加或污染损失加大，那么，提高环境优化配置达到最小成本化的结论就不能成立。

① 电力负荷中心，就是电力消费的集中地区，通常为工业、人口和城市聚集的地区。

因此，就拉动内需的效益成本比、优化配置环境和能源资源，以及缩小日渐扩大的地区差别，政府资金投向不发达地区可以达到整体社会效益最大化。当然还有其他一些好处，例如，目前政府鼓励的煤电一体化。煤电之争主要是价格问题，也就是煤价和电价的协调问题。

煤电一体化是目前价格体制下，电厂作为控制煤价上涨而电价涨不了的风险的一个出路。它的困难在于煤炭、电力具有不同的行业特性，煤炭重资源，电力重技术，煤电一体化会是一个比较困难的博弈过程。但是，在经济不发达、煤炭资源丰富的地区由电力企业或煤炭企业建大型煤电基地，实行一体化，长距离输电，相对于铁路投资拉动内需而言，可以有事半功倍的效力。

2.17 加快新兴战略性产业发展，抢占科技经济竞争制高点

新兴战略性产业是由国务院总理温家宝在2009年9月召开的第三次新兴战略性产业发展座谈会上提出的，今后国家要在发展新能源、节能环保、电动汽车、新材料、新医药、生物育种和信息产业方面加大政策支撑力度，推动新兴战略性产业的发展。随后温家宝总理发表了题为“让科技引领中国可持续发展”的讲话，再次强调发展新兴战略性产业的必要性，并指出了新兴战略性产业包括新能源产业、信息网络产业、新材料产业、生命科学产业和空间、海洋及地球深部探索五大产业。

在此之前，政府已经开始调研各地节能减排、资源开发利用和提高自主创新能力的进展状况。结合哥本哈根会议和中国到2020年单位GDP二氧化碳排放量在2005年基础上降低40%～45%的减排目标，可以预计，政府将比较快地陆续出台与新兴战略性产业相关的支持政策。与此相关的节能减排技术、新能源技术、清洁煤技术、核能技术、新能源汽车、新材料等将会成为政府重点支持和优先发展的对象。发展新兴战略性产业对于中国来说，是一个适应目前国际和国内大环境的战略选择。至少有几个方面的因素使得政府做出这样的选择。

首先，中国面临着经济转型。加快发展新兴战略性产业是转变经济发展方式和调整经济结构的需要。2008年下半年以来，中国工业发展出现的困难，有全球金融危机造成需求萎缩的外部因素，也有中国粗放的经济发展方式的内部原因。一些传统行业盲目扩张导致产能过剩，在遭受外需萎缩的冲击下企业经营状况严重恶化。根据国家发改委、工信部、财政部等国家10部委的

通知，传统行业如钢铁、水泥、玻璃、煤化工、电解铝、氮磷肥、造船等多个行业均存在产能过剩，个别行业的过剩产能甚至超过50%。大力发展符合市场需求的新兴战略性产业，控制传统行业的重复建设和盲目扩张，不仅可以实现工业的良性发展，而且对转变经济增长方式，实现可持续发展具有重要的意义。

其次，中国面临着低碳经济转型。加快发展新兴战略性产业是实现二氧化碳减排目标的需要。2009 年 11 月的国务院常务会议决定，到 2020 年中国单位国内生产总值二氧化碳排放在 2005 年下降 40% ~45%，并可能会将此目标作为约束性指标纳入国民经济和社会发展的中长期规划。为实现这一目标，中国经济结构必须做出相应的低碳调整，一些高耗能、高污染、高排放的行业势必受到控制。可以把有限的资源引导和配置到更符合需求的新兴战略性产业上，如开展节能技术研发、发展可再生能源、推进核电建设、推广新能源汽车、研发新材料等。全球日益重视的气候变化问题，对中国现阶段城市化、工业化进程是一个巨大的挑战，新兴战略性产业是节能减排的主要一环。

再次，中国的低碳经济转型是以保证经济增长为前提的。加快发展新兴战略性产业也是提高经济竞争力、占领技术突破制高点的需要。历史说明，每一次大的经济危机后，人类都必须寻找新的经济增长点，并会带来科技的重大突破，从而引发产业革命，催生新兴产业。短期的金融危机提供了寻找新的经济增长点的动力，而长期的气候危机则相对确定了科技产业突破的方向。中国是目前世界上经济增长最快、最富有经济活力的国家，此次金融危机带来的可能是巨大的机遇。受体制条件和经济发展阶段不同的影响，中国在此次金融危机中受伤害程度相对较小，率先全球经济复苏，而且有充足的外汇储备和发展资金，政府可以集中使用政策和资金来推动新兴战略性产业的快速发展，这是新兴战略性产业的发展的基本条件。

最后，新兴战略性产业的提出也是对中国经济发展阶段性方向的一个修正，是为今后的产业发展做出的战略性选择。加快新兴战略性产业的发展是一项系统工程，因此政府首先需要做好战略决策准备，以及科技创新和人才储备。但是，一方面，科技创新和人才培养都需要一定过程，短时间内看不到明显效果，因此需要政府政策的支持和引导。另一方面，新兴战略性产业需要较长时间的研究和开发，一些行业的投资回收期很长，仅凭企业资金难以维持，所以政府应该给予政策支持，如为企业提供投资补贴、减免税款、为科研项目提供资金支持等，这方面政策还有待政府进一步制定和完善。自从改革开放至今，中国整体的科研能力不断发展，并已经具有相当的规模。而且，相对低廉的研发制造成本也是中国的优势。在一些未来发展的领域，中国应当有能力抢占科技经济竞争制高点，使国内企业掌握世界领先的技术，使新兴战略性产业成为新的经济增长点。

对比发达国家经济发展历程，发展中国家目前的许多经济发展问题，如高耗能、高排放、粗放式经济增长、重工化经济结构和能源效率低等，都是城市化、工业化的阶段性特征。虽然有能源稀缺程度、环境空间、技术水平等的不同，中国目前依然处于城市化、工业化阶段，这个发展阶段的主要特征也是经济增长快，能源需求增长快、排放高。快速增长的经济常常是比较粗放的，而城市化工业化进程中的能源需求是刚性的。

因此，应对气候变化问题将会是困扰现阶段中国经济发展的主要问题之一。中国目前的城市化进程的高经济增长、高需求增长的特征，使得中国的巨大增量市场为新兴战略性产业提供了广阔的发展空间。同时可以为研发新兴战略性产业相关新技术的公司提供了广阔的获利空间。

大力发展清洁能源对实现二氧化碳减排目标的作用显然十分重要。政府除了加强对节能、新能源、清洁煤、核能以及新能源汽车等技术的研发和产业化投入之外，还应当在政策上支持以低碳为特征的工业、建筑和交通体系，促进低碳经济发展。通过具体的政策和标准，完善财政、税收、价格、金融等政策措施，解决企业融资问题，加大技术研发的前期投入，促进企业拥有自主知识产权和掌握核心技术。

2.18 中国的汽车梦：电动汽车梦

或者是受好莱坞大片的刺激，或者是提高生活水平的追求，中国人都有一个汽车梦。的确，中国人正以很快的速度在圆这个梦。2001 年 ~ 2008 年，中国汽车需求年均增长 21.8%，远远高于 2.7% 的全球汽车年均增长幅度。即使在经济危机中的 2009 年，汽车销量接近 1400 万辆，增长幅度仍将是两位数。

随着收入的迅速提高，对于许多中国人来说，这个汽车梦已不遥远。中国是继美国、日本之后，第三个汽车年产量超过 1000 万的国家，汽车产业继续保持高速增长态势，汽车市场规模在世界各国处于首位。国际上一般的经验是：从汽车开始进入家庭到普及大致需要 20 年的时间。从人均 GDP 达到 1000 美元开始；当人均 GDP 达到 3000 美元的时候，汽车消费开始成为一种时尚；当人均 GDP 达到 4000 ~ 5000 美元时，每百户居民汽车拥有量可以达到 20 辆以上，进入汽车大众消费时代。

中国 2008 年人均 GDP 达到 3200 美元，汽车消费开始成为时尚。但是，每千人拥有汽车不足 50 辆，增长的潜力巨大。但是，中国的石油稀缺为快速增长的汽车消费蒙上一层阴影。目前中国石油对外依存已经达到51%，虽然比美国的62%低，但是由于中国人均石油消费仅为美国的1/10，汽车消费将在很长一段时间内保持快速增长，中国的石油对外依存将很快赶超美国。石油价格的大幅度走高和大幅度波动使全球经济受到很大影响，尤其是美国。降低对石油的依赖是美国目前的一个首要战略目标。对于中国来说，本国石油产量已达峰值，今后的石油需求增长都将依赖进口。日益增大的石油对外依存对中国是一个关键的能源安全问题；此外，与美国一样，油价走高和大幅度波动则直接影响到中国宏观经济的运行。

无论如何，中国汽车业仍将大幅度增长。据国务院发展研究中心预测，2010年中国汽车将消耗石油1.38亿t，2020年将达2.56亿t，分别约占石油总消耗量的43%和67%。汽车的石油替代是中国减少石油对外依存的一个最重要的方面，因此，寻找石油替代成为一个刻不容缓的问题。

中国的城市是人口密集的城市，也将是汽车密集的城市，汽车尾气排放正成为城市的最重要污染源，而低碳发展是今后中国发展的一个大趋势。因此，在能源稀缺和环境保护的双重制约下，中国人的汽车梦应该是一个电动汽车梦。配合替代石油的清洁能源发展，电动汽车除了可以减少城市环境污染以外，还可以减少温室气体排放。

在资源和环境的约束下，中国汽车产业的发展方向面临着不多的选择，电动汽车是一个比较明显的选择。事实上，节能与环保也已经成为当今世界汽车发展的两大主题。我国在电动汽车研发方面呈现出明显的跟进战略特点，与发达国家的科技水平差距不是很大，所以，完全有条件、有可能生产出达到当代国际水平，并具有自主知识产权的电动汽车。但是，目前与发达国家政府和企业联合制定各种计划，投入巨额资金，大力发展电动汽车产业等措施与政策相比，我国虽然也设立了专项资金鼓励发展电动汽车，但在发展力度、商业化进程方面与国外相比还有较大差距，有必要总结和借鉴国际上电动汽车产业发展的经验和教训。

电动汽车可以为我国汽车产业提供一次发展机遇。在电动汽车的技术革命中，当前的中国已经具备相当的经济实力，再加上中国拥有解决自身能源环境以及保障国内能源安全的动力，凭此中国应当可以在此次技术革命中占有一席之地。虽然目前来看，中国的电动汽车产业仍处于相对其他国家较为落后的状态，但只要中国能够充分发挥自己特有的优势，就有可能产生跳跃式发展，并在全球电动汽车产业革命中处于领先地位，正如手机和网络技术那样。那么我们应当思考的是，中国在电动汽车产业发展中所特有的优势在哪里？

首先，中国正处于经济快速增长的阶段，此时的能源需求是刚性的，为了保证足够的能源供应并同时满足环境约束，中国只有通过优化自身能源结构，因此，对中国而言，开发新技术和新能源是一个必须的选择。数据显示，当前中国的石油对外依存不断增大，同时，能源结构中煤的比例也在逐渐增大，这对中国的能源安全和环境问题造成了很大威胁。故可以说，为了保证自身的发展，中国具有促进新能源产业发展的经济动力。

其次，除具备发展新能源产业的动力外，中国也同时具有发展的能力。中国国内的资金是相对充足的，政府可以做到通过政策和资金集中来促进和推动电动汽车产业的发展。这是许多国家不具备的优势。因为电动汽车的价格相对较高，单靠市场竞争根本无法满足电动汽车产业技术的开发利用所需的巨额投入。而中国政府就完全能够为电动汽车产业新技术的开发利用提供政策和巨额资金支付。另外，改革开放以来，中国的整体科研能力不断进步，至今已具有一定的规模。而其他新技术，如手机和网络等在中国的跳跃式发展也给提供了新技术发展的经验和信心。除此之外，相对低廉的研发和汽车制造成本也是中国电动汽车产业发展的一个优势。

最后，对于发展中国家，电动汽车产业开发利用是一个经济问题，发展的成本和收益很重要。中国汽车需求快速增长，已成为世界汽车增量的主要市场。中国目前正经历城市化进程，这一进程具有高经济增长、高汽车需求的特征。中国的巨大汽车增量市场为电动汽车产业提供了广阔的发展空间，也为研发电动汽车产业新技术的公司提供了广阔的获利空间。

因此，发展电动汽车产业对于中国来说既是挑战，更是一个机遇。政府显然可以做很多相关工作，比较重要的应该有三个方面。

第一，中国要成为取得电动汽车产业技术突破的国家，除了政府的资金投入外，还必须引导电动汽车产业研究和企业有效结合，为新技术开发提供强大的技术和人才保障。需要研究配套政策，包括为新技术的开发创造良好的制度环境，保护知识产权，鼓励创新，引导人才、资本向电动汽车产业流动。还应进一步制定保护、引导新技术、新模式开发和融资政策，为电动汽车产业创造便利的融资条件。

第二，中国目前可以在电动汽车技术上突破的领域很多，包括电池和充电基站。电动汽车产业链的建设一般分为三个环节：研发、汽车制造和利用（充电基站）。许多地方政府将电动汽车产业作为新的经济增长点，着力点基本都放在电动汽车设备制造上。希望以发展电动汽车产业来促进经济发展的想法可以理解，但是，在没有相应的市场和利用的前提下，这种努力带有很大的盲目性。因此，政府对于电动汽车产业的发展支持（补贴和其他优惠政策），首先需要考虑发展充电基站，这是保障电动汽车产业发展的重要一环。如果政府能够尽早重视并进行相应投入，并通过政策支持提高企业的动力，将有可能在迅速兴起的电动汽车科技领域，拥有一席之地。

第三，中国电动汽车产业的崛起对电力行业的影响将会很大。电动汽车产业主要通过电力实现，其成本和机会都会体现在电力企业的发展中。目前电动汽车产业发展的最大“瓶颈”是电池的容量和充电形式问题。对于电网公司来说，必须配合政府研究电动汽车产业的发展，例如，如何通过最优充电基站的布局，来弥补目前电池的不足，包含充电基站的分布和建设，以及如何大规模商业运行等。

2.19 低碳来了，电力行业如何应对

2.19.1 低碳来了

全球气候变化已严重威胁到人类的生存以及经济社会的可持续发展。2006年英国政府发表的《斯特恩报告》指出，气候变化导致的损失和风险，将相当于每年全球GDP的5%～20%。政府间气候变化专门委员会于2007年发布的第四次气候评估综合报告中指出，如果各国仍不积极采取进一步措施控制排放，那么在未来几十年内，全球排放的温室气体将持续增加，并由此导致全球气候进一步变暖，甚至有可能最终引起未来全球气候系统和生态系统发生不可逆的变化。

报告还把近50年气候变暖主要由人为活动引起的可能性，从第三次评估报告中的66%提高到90%以上。

当全球气候变化成为不争的事实，探索低碳经济发展模式成为国际社会所普遍认同的在应对气候变化背景下人类的必需选择。可持续发展意味着必需是低碳发展。从1992年《联合国气候变化框架公约》的签署到2005年《京都议定书》的生效，到2007年的《巴厘岛路线图》以及在哥本哈根举行的联合国气候变化会议，国际社会一直都在努力探寻二氧化碳减排的各种途径和方法。当今基本上所有国家都已经一致认同低碳转型的重要性，各国缓解全球变暖长期战略中的一个重要组成部分就是寻求低碳经济发展。与此同时，随着不可再生型能源资源的日益枯竭，以及能源需求却仍在继续扩大、能源价格不断上升，这些因素都将推动全球向低碳经济转型。此外，在全球金融危机和经济增长放缓的背景下，从低碳经济入手推动新能源产业的发展，也是刺激经济发展和实现经济增长方式转变的一个重要手段。

在2003年，英国政府发表的能源白皮书，题为《我们未来的能源：创建低碳经济》，第一次提出了“低碳经济”这个概念，并在之后随着气候问题变得越来越突出而逐渐广为人们所关注。所谓低碳经济，就是要在整个经济活

动过程中，包括生产和消费等各个环节在内全面地考虑和控制温室气体排放。其目标就是通过对经济活动过程中的能源生产和消费进行更有效率的选择，从而实现温室气体总排放量的最小化。为了应对全球气候变化，无论人类选择怎样的发展路径、发展速度、发展规模都必须时刻控制温室气体排放量，始终将温室气体浓度稳定在防止全球气候系统受到威胁的水平上，即温室气体排放量必将成为全球经济增长的新约束。

从中国政府提出到2020年单位GDP碳排放（碳强度）要比2005年的基础上下降40%～45%的目标起，就标志着中国经济从此走上低碳之路。不同于以往高耗能、高排放和低效率的传统经济，低碳经济有着本质的区别，它是一种新型经济模式。具体而言，低碳经济在不同方面的体现如下。首先，在能源结构方面，低碳经济要求可再生能源在全部能源中占据相当高的比例。其次，在工业方面，低碳经济意味着高效率的生产和能源利用。再次，在建筑方面，低碳经济要求采用高效节能材料建造办公建筑与家庭住房。最后，在交通方面，低碳经济提倡使用低碳排放的交通工具，尽量选择公共交通而非私人交通，并更多地使用自行车和步行等节能理念。

无论如何，低碳是来了，低碳发展对企业的影响是明显的，赢者输者将不断出现，输赢就看企业面对低碳的态度和作为。首先，企业必须努力适应不断上涨的能源、交通、废物处理和原材料价格对其生产成本的影响。其次，企业必须理解并遵守日益严格的环境法规和减排政策，如欧美排放贸易规定和体系，与气候变化相关的税收（如碳税）等，还有新的工业和建筑标准。企业作为社会的一员，是主要的碳排放者，必须承担相应的社会责任，必须应对来自投资人、雇员和消费者关注气候变化的环境影响与经济影响给企业带来的压力以及不断形成的新障碍。当然，低碳也带来了新的机会和市场，而提高效率所需要的技术进步将使企业在减排的同时提高效率、增加盈利。

2.19.2 低碳经济发展中电力的位置

与世界先进水平相比，中国在能源效率、环境质量和污染控制水平等方面均有较大差距。我国的总体能源利用效率为33%左右，比发达国家低约10个百分点。事实上，中国单位能耗比发达国家高，也比印度高，这是一个经济增长阶段性的问题，快速增长的经济常常是粗放的。如果以相同经济发展阶段比较，就不能说明中国的能源效率。但是，对于中国来说，节能减排的确有很大的空间。

低碳经济是中国实现经济可持续发展的客观要求和战略选择，其关键是能源电力政策的选择，电力对于低碳经济发展至关重要。低碳发展的两大支柱——节能和清洁能源发展，主要是通过电力来实现的。目前燃煤电厂耗煤量占全国煤炭消耗总量的50%左右，相应的二氧化硫和二氧化碳排放量约占全国总排放的40%。因此，电力行业的节能减排对于整个节能减排来讲是必要的，而且是至关重要的。电力行业基本是国企，应当自觉地担当起节能减排的重任。电力行业还是资本密集型大企业，应当有能力担当起节能减排的重任。电力行业应当也可以成为中国节能减排的表率。

到目前为止，中国电力行业在节能减排方面已采取了诸多措施，如节能调度①、"水电火电"置换②、"上大压小"③、"以大代小"④ 等，取得了较好的节能减排效果。近年电力行业的脱硫是目前中国二氧化硫排放减少的主要原因。但是，当前电力的节能减排仍处于从行政手段向市场化方式的过渡阶段，前期工作主要由中央政府主导和以行政手段为主，通过层层分解节能减排指标，推动地方政府和企业实施，对于快速取得成效、实现短期目标起到了作用。但是，就中长期而言，电力行业节能减排需要建立市场为主、政府为辅的长效机制，包括电力结构调整、技术创新、行业自律和加强监管等多方统筹协调。如果缺乏市场推动力和企业主动性，电力行业的节能减排将难以继续深化。

因此，现有的节能减排机制尚存在较多亟待解决的问题。例如，关停小火电机组不平衡；没有反映资源稀缺性和环境成本的电价机制；没有建立统一的电力节能减排指标体系；节能减排监督机制不完善；节能减排的相关法规滞后等。电力行业在节能减排方面的优势在于前沿的企业思维方式，与电力相关的融资比较容易和整体企业实力较强。

2.19.3 低碳下的电力发展选择

国际经济发展经验说明经济发展过程的能源消费基本规律是电力先行，而且在经济发展的每一个阶段，电力需求增长都比一次能源需求增长快，呈阶段性递增。无论中国选择何种低碳经济发展模式，必须符合现阶段中国能

---

① 节能调度，是指在电力调度的过程中，优先安排可再生、节能、高效、低污染的机组发电，限制高能耗、污染大、违反国家政策和有关规定的机组发电。

② "水电火电"置换，是指为了让火电机组在丰水季节满负荷发电，以免水白白流掉，水电企业可以向火电企业购买发电权。对火电企业来说，它可以停掉机组做检修。由于在获得发电权收益的同时，可以减少燃煤消耗，因而可以提高效率。

③ 上大压小，是指小电力机组上马时，已经获批若干年、若干电量的发电权。由于节能降耗以及行业升级的需要，小机组被强制关停，但由于小电厂职工较多，若处理不当，关停难度相当大。实行发电权交易，小机组通过把发电量卖给大机组，获得安置职工的费用。而大电厂在人员少数十倍甚至近百倍的情况下，借助高效的大机组，发相同的电量，其效益更高，对能源和环境的损耗大大降低。

④ 以大代小，让高效率的大机组代替高煤耗的小机组发电，降低煤耗，实现节能减排。

源电力需求的基本特征。中国正处于工业化、城市化快速发展时期，这个经济发展阶段的基本规律性特征是能源电力需求的刚性快速增长。在这个发展阶段，美国和日本的电力消费增长率与GDP增长率基本上是1∶1的关系；中国从1980年进入工业化、城市化阶段至今，基本上也是1∶1的关系。中国的城市化进程，除了具备发达国家高能源、电力消费和高排放的特征外，还有与发达国家不同的特征，那就是中国的能源和电力结构将长期以煤炭为主。二氧化碳减排、能源稀缺和环境空间日益缩小成为中国经济发展的关键约束。

在气候变化的压力下，政府的低碳经济政策多样而且针对性强，首先针对的是企业，尤其是电力企业。电力企业应对当前气候变化，一方面存在着较大的压力和风险，但同时也蕴藏着巨大的商机。例如，在排放贸易市场，企业可以采取积极的措施进行节能减排，并可以将完成目标后剩余的排放权进行出售从而获得额外收入。除此之外，电力企业还可以通过将其创新型节能设备申请专利，并以此来占据更大的市场份额。总而言之，积极应对气候变化是今后电力企业生存所必须采取的态度。

2.19.4 低碳下的电力行业应对之道

低碳来了，电力行业作为能源密集和排放密集型行业，节能和清洁能源产业的崛起对电力行业影响会很大。在国际和国内低碳经济发展的大背景下，电力行业如何发展，需要解决哪些方面的问题？例如，如何更有效地鼓励清洁能源发电？电网如何配合节能和清洁能源产业的发展？目前的电价体制会不会成为障碍？

电力行业应当充分理解低碳经济发展的概念、内涵和路径。首先，中国现阶段经济发展可以通过低碳经济发展引导经济结构改变和调整，寻找适合国情的能源消费方式，包括生活方式。其次，中国的低碳经济发展要求电力战略规划做出相应的调整。以往的电力战略只是简单地从电力供给侧考虑满足电力需求，而低碳经济的发展要求改变这一传统规划模式，一方面需要结合电力需求侧管理①，另一方面，还需要改变以往仅由资源约束的电力供需增长和电力结构规划。

电力基础设施是支撑电力行业的重要基础。电力基础设施的更新时间较长，一旦建成投入使用，将持续几十年（燃煤电厂和核电厂的经济寿命一般为40年）。如果在短时间内没有发生重大的技术突破，经济可能会面对一个

① 电力需求侧管理（DSM），公用事业公司采取激励和诱导措施及适当的运动方式，同用户共同协力提高终端利用效率，改变用电方式，以减少电量消费和电力需求的管理活动。

所谓的“碳锁定效应”。如果今天用常规的低效或高碳技术去装备基础设施系统，那么它可能就决定了未来几十年此系统的效率，未来几十年的排放状况不可避免地在最近几年内就被锁定。以后要改变它，除了可供选择的空间小外，成本也将大大增加。因此，如果低碳经济发展方向确定，电力行业应该尽快实现从传统发展向低碳发展的转变。

在当前乃至今后的较长一段时期内，威胁我国能源安全的主要因素包括以煤为主的能源消费结构，不断升高的石油进口依存度以及相对低效的能源运输体系等，都是我们必须面对的挑战。对于低效的能源运输体系还可以在短期内通过科学的规划布局来解决，然而前二者的解决却相对困难，即以煤为主的能源结构和日益增大的石油对外依存度在短期之内无法有大的改变。由此，为了解决这两大威胁，保障能源安全，积极发展可再生能源是中国的一个必然出路。然而，不同于发达国家，中国要想大力发展可再生能源面临着一系列的问题，包括政策支持和补贴问题、发电成本高的问题、电力市场化程度以及公众对新能源的接受情况等，这些都造成了中国新能源产业发展的基础相对而言较为薄弱。而中国低碳经济发展的关键环节在于电力行业，这就要求电力行业深入研究这些问题，负起保障中国能源安全这一重要责任。

(1) 电力结构

低碳经济倡导以较少的温室气体排放实现经济发展目标，能源电力结构是低碳经济发展的关键。开发新技术、清洁能源，优化能源电力结构，对于中国而言是一个必然的选择。电力需求和节能量既定，相对于一定量的能源生产，不同的碳排放量对应的电力结构不同，不同的电力结构会有不同的电力成本。因此，需要分析不同电力结构的成本，考虑一定量的碳排放约束下的某种电力结构对经济、就业等的影响，从而确定和选择在经济社会可承受能力内与低碳经济发展目标相适应的电力结构。

厦门大学中国能源经济研究中心最近的一项研究说明，随着二氧化碳排放量的减少，更低碳的电力结构将使电力成本以呈非线性递增方式迅速上升，对经济增长、就业、排放等的影响也呈非线性递增。经济学模型的结果说明，在满足国家发改委的2020年相关新能源规划的和考虑最优节能量情形下，政府可以对电力结构进一步设定二氧化碳排放约束，此时电力成本的增加对GDP及就业的冲击在可以接受的范围之内。然而，如果大幅度下调二氧化碳排放，对中国经济的影响却可能是现阶段中国经济社会无法承担的。因此，在满足了国家发改委2020年新能源规划后，进一步减排二氧化碳的空间不大。对于中国现阶段经济发展，二氧化碳排放应该是一个渐进性的自我约束，尚无法进行大幅度强制性减排。

发展清洁能源是改变电力结构的基本手段。可再生能源发电是商业化开发和利用可再生能源的主要方向，但相对传统能源来讲，清洁能源成本较高，这也是一直以来我国不能大规模应用清洁能源的根本原因。如果按照商业化的市场竞争规则运作，清洁能源电力无论从电能质量，还是从经济性和发电规模的角度，都无法和传统化石能源竞争。因此清洁能源行业的发展潜力将很大程度上取决于政府的政策扶持力度。

(2) 电网发展

能源运输对整体的能源问题具有多方面的影响，包括直接地影响能源成本，以及间接地影响能源效率。对于中国的低碳经济发展而言，如何对能源和环境资源配置进行优化尤为重要。也就是说，发展低碳经济要求构建更为科学先进的能源综合运输体系，以此来取代传统的能源运输发展模式。能源运输包括一次能源煤炭、石油、天然气运输以及二次能源电力的输送。无论以何种方式输送，都是为了尽可能地提高能源输送的绩效（经济、效率）。依据国情，我国能源运输的基本原则和思路是坚持输煤输电并举。即一方面要加快发展输电；另一方面要积极鼓励在煤炭开发中心就地建设大型煤炭基地，以提高就地转化比率，从而减轻煤炭运输的压力。

低碳经济发展对电网的要求很高。首先节能与电网直接相关；其次，中国清洁能源资源（多在西南和西北）与电力需求（主要在东部和中部）的交错分布要求并网和长距离输送，而且清洁能源的间歇性等特征对电网相应的配套也提出较高要求。因此，智能电网是大规模节能和发展清洁电力所需要的。目前的政策和补贴主要针对发电成本，电网配套的成本问题没有涉及。所以发展清洁能源，解决成本问题是关键，国际上解决的途径是政府补贴或消费者买单。就国内看来，政府短期继续进行财政补贴，中长期需要理顺电价。对于电网企业来说，则需要全面客观评价当前电网建设发展的现状，研究低碳经济发展新形势对电网发展提出的新需求和影响。

低碳经济发展其中的一个重要组成部分就是发展能源运输系统。传统的能源运输发展模式具有对能源消耗较大且效率较低的特点，就如同传统的经济发展模式一样，与资源环境的约束相矛盾。因此，为了坚持贯彻低碳经济的要求，传统的交通运输发展模式必须改变，取而代之的现代能源综合运输体系必须采取可持续发展战略。

2.20 核电崛起：中国的优势和忧虑

2009年以来，许多核电项目获政府批准开工建设，随着政府拉动内需政策的实施，还会有更多核电项目得到批准。可以说，中国的核电投资正在形成高潮，发展可能进一步提速。

自1991年中国第一座核电站（秦山一期）并网发电以来，截至2007年年底，中国核电装机运行容量仅占全国电力总装机容量的1.3%。目前政府的态度很明确，要积极发展核电，不止一次地提高2020年的核电发展目标。对中国来说，迫于目前中国的能源和环境压力，发展核电是一个必须的选择。

2.20.1 城市化进程中的两个难题

目前中国经济处于城市化与工业化阶段，经济增长率高，能源需求大。厦门大学中国能源经济研究中心的一项研究说明，中国城市化进程和工业化加快至少需要到2020年才能基本完成。历史经验说明，发达国家的城市化进程中的经济发展也都带有重工化特征，即大规模基础设施建设对高耗能产业的需求。

人口众多是中国的一大基本国情，这决定了我国现阶段城市化所需的大量高耗能产品由于需求过大而只能通过国内生产满足。目前中国GDP占世界总量的6%左右，而其他高耗能产品却占据了较大的比重，例如，钢材占世界钢材总消耗量的大约30%，而水泥则占世界水泥消耗量的大约54%。

只要中国经济保持比较高的增长，城市化进程不变，目前金融危机带来的短期需求波动不会影响长期的能源需求增长态势。首要原因是城市化进程对高耗能产业的需求是刚性的；次要原因是国际贸易分工使中国产业结构很难改变，粗放型高耗能生产仍将是主要出口形式。

如果中国经济保持年均9%的增长率，2020年一次能源消费将达到55亿t标准煤，约为2006年的2倍；如果按年均7%的增长率计算，2020年能源需求也需要45亿t标准煤。

根据能源需求预测，厦门大学中国能源经济研究中心的研究还计算了在2020年的二氧化碳排放的增量和人均排放量。该研究将世界各国目前的承诺以及中国对2020年二氧化碳减排设定的目标综合考虑进行讨论。假定全球2020年应当在2005年的基础上减排20%，这就相当于全球共计减排达53.2亿t。然而即使全部都达到了这个目标，发达国家也只能实现35.8亿t的减排量。而发展中国家的排放增量将远多于这个数字。根据IEA的预测，印度的二氧化碳排放在2020年将比2005年增加10.6亿t。而对于中国这个人口大国而言，如果没有更积极的政策，其在2020的二氧化碳排放可能将比2005年增加多达43.1亿t。以上讨论表明，二氧化碳的排放在2020年只会有增无减。

简单的计算可以说明，要求全球2020年在2005年的基础上减排20%的目标，可望而不可即。

在阶段性能源需求仍将较高增长的情况下，减排必须优化能源消费结构。为此，中国需要发展水电、核电等能源替代煤炭等化石能源。中国尚未开发的水能资源主要集中于西部地区，尤其是西南地区，远离沿海地区负荷中心，开发利用成本比较高。中国还可以发展海洋能、太阳能、风能、地热能、生物质能、氢能[①]等可再生能源发电。但是，可再生能源发展的主要障碍在于高成本和目前行政制定的低电价。按目前的情况，核电在成本上最有竞争力。

中国的经济增长将面临满足能源需求和减少排放的问题，核电可能是目前解决这两个问题最有竞争力的选择。

2.20.2 2020 年核电装机容量可能会超过 1 亿 kW

中国的《核电中长期发展规划（2005～2020 年）》已明确将核电发展战略由“适度发展”调整为“积极发展”。规划到 2020 年，核电运行装机容量将达到 6000 万 kW，在建 1800 万 kW 的目标。相对比美国、日本和法国的核电高速发展时期，中国核电发展的规划规模更大，时间更短。1980～1990 年，美国发展了 4782kW 核电，日本 1381kW，法国 3810kW。相比之下，到 2020 年中国核电装机达到 6000 万 kW 的目标具有可行性，还有 12 年的时间去发展 5093kW 核电。

中国的“后发展”还应该有技术成熟程度和工程建设进度上的优势。而且，由于核电的“核电好，但是不要建在家门口”的特点，中国的政治体制使得中国更有速度上的优势。

核电建设目前由中国广东核电集团、中国核工业集团以及中国电力投资集团主导投资建设，其他大发电集团也都正在积极参与。地方政府由于核电开发的经济前景，为争夺核电项目而拼得“头破血流”。对于国企来说，市场份额非常重要。中国电力发展的历史经验说明，有这么多一心一意想“做大”的电力国企和热情的地方政府，只要中央政府有“积极发展”的态度，到 2020 年中国核电装机一定会超过 6000 万 kW 的目标。

如果这次国际金融危机没有大大压缩中国的电力需求，估计到 2020 年核电装机容量可能会超过 1 亿 kW，中国惊人的火电发展说明这是可能的。

2.20.3 铀矿“瓶颈”

核电的发展还会面临许多问题。

---

① 氢能，氢能在 21 世纪有可能在世界能源舞台上成为一种举足轻重的二次能源。它是一种极为优越的新能源，其主要优点有：燃烧热值高，每千克氢燃烧后的热量，约为汽油的 3 倍，酒精的 3.9 倍，焦炭的 4.5 倍；燃烧的产物是水，是世界上最干净的能源；资源丰富，氢气可以由水制取，而水是地球上最为丰富的资源，演绎了自然物质循环利用、持续发展的经典过程。

首先，核电燃料的供应问题可能成为限制中国核电装机容量继续增长的主要因素。按《规划》设定的核电装机6000万kW的目标，2020年中国对天然铀的需求将达到11 250t。除非技术上取得突破，累计从2008~2020年，按《规划》发展核电可能需要消费天然铀76 518t。除非有进一步的重大发现，中国自身天然铀储量有限，仅有68 000t，加上原料库存和资源二次循环利用，自身的资源勉强能够满足《规划》的目标。而铀矿的贸易受IAEA[①]的严格监控，从澳大利亚、加拿大等国进口铀矿需要涉及政治、军事等更加复杂的国际关系。因此，中国核电发展必须考虑资源的“瓶颈”，首先保证充足通畅的燃料，才能考虑进一步扩大装机。

核电原料价格因素必须考虑。物以稀为贵，应对气候变化，全球各国都可能重新积极发展核电，如果对燃料需求速度增长过快，必然影响国际核电燃料价格。全球铀资源过于集中，主要集中在澳大利亚、加拿大、哈萨克斯坦等国家，每年产量约为40 000t，仅能够满足全球核电机组发电需求量的2/3。全球核燃料的供需存在结构失衡，主要的消费国如美国、日本、法国、韩国与德国等，并不是主要原料生产国。这一种状况可能会引起原料供应的不稳定与价格的波动。

具有巨大能源消费潜力的中国和印度，目前的人均能源需求还很低，而且两国的铀储备量都很小。如果这两个国家启动加快发展核电计划，对世界核原料的供需格局必将产生较大的影响。

从2004年开始，国际铀价开始上涨，在2007年5月一度冲破125美元，3年时间上涨了约12倍。尽管近期国际铀价已经大大回落，但全球主要铀矿生产商已经垄断市场，随着未来国际潜在需求量的不断扩大，价格上涨的趋势不会改变。

如果中国的核电发展不可避免，那么，目前应考虑核资源的“瓶颈”。

2.20.4 安全隐忧

核电安全是一个最典型的小概率和高风险、个体影响全局事件，只要一个出问题，整个核电发展将受阻。选址问题是核电站建设可行性的关键。一项完整的核电站选址评估工作，需要综合考虑电力需求、人口密度、水文地质等问题，至少要历经数年时间。

核电站建设还需要完善核电事故处理的规范与法律。另外，核电站选址工作需要科学、民主、透明的决策机制，不能让中国的政治体制在核电建设

---

① IAEA（International Atomic Energy Agency）：（联合国）国际原子能机构。1957年7月29日根据联合国决议成立，总部设在奥地利维也纳。它是隶属于联合国系统的一个独立的政府间组织。

速度上的优势成为安全问题。此外，核电人才的短缺也可能是核电发展速度的约束。最后，核废料的处置除了安全外，还有成本问题，这是影响核电发展速度的一个重要问题。在核电发展进程中，中国需要积极考虑核废料的处理问题，保证核电发展与环境保护同时进行。

无论从能源资源还是环境角度，中国都迫切需要发展核电。厦门大学中国能源经济研究中心的研究说明，按目前的经济增长态势，如果完全不考虑环境资源约束发展下去，那么到2020年，煤炭占中国一次能源消费的比率将上升至72%；而倘若提高可再生能源和核电等新能源的比例，那么到2020年，煤炭占中国一次能源消费的比率将降至63%以下。由于核电竞争力，它在今后中国优化能源电力结构上将占有举足轻重的地位。

2.21 为什么短期中国GDP增长与电力需求可以背离

受美国次贷危机影响，全球经济增长普遍放缓。由于全球化，加上中国经济增长受出口影响很大，全球经济增长回落对中国经济增长影响很大。据统计，2009年一季度中国GDP同比增长6.1%，工业增长5.1%。但是，能源消费与GDP出现背离：石油需求下降3.5%，用电量下降3%。人们普遍认为，能源消费是GDP的重要支撑，应当有一个比较稳定的正相关关系，不应当出现背离。由于能源消费数据不太可能错，如电力消费是按量收费的，错了谁都不干。那么，可能出错的就是GDP数据。

事实上，中国2009年一季度GDP数据公布之后，国内外出现过许多质疑。这是一个很严重的事情，因为准确的经济研究以及经济决策必须依靠准确的统计数据。近日，国际能源署认为，中国官方公布的第一季度实际GDP数据与石油需求下降和异常疲软的电力需求都不吻合。言下之意，中国的GDP掺水了。

在一季度宏观经济数据发布会上，国家统计局表示，无法从经济现象直接解释清楚数据之间的矛盾，希望大家来研究个别月份能源消费与GDP会出现反向的原因。

事实上，亚洲金融危机时的1998年曾出现过类似现象。1997年，受危机影响，中国的电力消费和经济增速开始减慢，电力消费的增长率从1996年的7.4%降低到4.8%，GDP的增长率从1996年的10%降低到9.3%。1998年，危机继续深化，影响扩散，对经济的冲击进一步加大，电力消费和GDP的增长率分别降低为2.8%和7.8%，电力消费增长是1990年之后的最低点。之后，金融危机缓解，我国开始实行积极的财政政策，通过国家大规模基础设施建设，1999年电力消费增长加快，较1998年增长了6.1%，而当年GDP增速为7.6%，电力消费增长和GDP的增长回到一个稳定的比例关系。

目前的情况与亚洲金融危机后的中国经济在1998年的情况很相似。GDP与电力需求出现背离，短期内是可能的，至少可以从两个方面说明这个问题。首先是库存因素。举个例子，一个钢铁厂在2008年市场很好的时候（需求增长很高），生产很多钢铁；危机使需求突然下降，而不是逐渐减少，企业无法做出逐渐减产的应对；需求突然下降使企业库存大幅增加，在消耗库存期间，钢材还在继续销售，支持了GDP增长，但是产量下降或者不生产，就不需要用电。也就是说，短期内，库存可能使GDP增长与电力消费出现背离。在危机阶段，消化库存的情况应当是所有行业的普遍现象。其次是中国阶段性经济发展（工业化和城市化阶段）进程中的电力消费结构问题。现阶段电力消费高度集中在几个行业，放大了GDP增长与电力需求的背离。钢铁、有色、化工和建材这四个行业是典型的高耗能行业，占电力消费总量的1/3。只要这些行业产量下降，整体电力消费就会大幅度下降。

需要注意的是，这种情况的持续时间不可能长。数据也说明，1998年那样的情形只持续了一年左右，电力需求就开始恢复增长，重新稳定在某一与经济增长阶段相适应的水平上。就是说，库存一旦下来以后，随着经济回升，电力需求会重新上行。因此，电力需求与GDP之间的反向增长，只能反映短期的经济大幅度波动，不会是一个长期态势。如果这种背离的现象持续时间较长，统计数据错误将成为主要问题。

当然，以上解析只是说明，短期内库存和电力消费结构可能会使GDP与能源消费出现背离，除非有充分的研究，还不能说明背离的幅度，以及我们的统计数据有没有存在问题。由监察部、人力资源和社会保障部、国家统计局联合颁布的《统计违法违纪行为处分规定》从2009年5月1日起实行，《规定》要求对领导干部在统计上弄虚作假实施行政问责制度，明确了领导干部要对本地方、本部门、本单位统计数据严重失实的结果负责。希望今后中国统计数据会更好、更准确。

政府已经启动了4万亿的投资计划，但投资对实体经济产生影响需要一个过程。在这段时期内，经济增长和电力需求应该会呈现先背离，后逐渐对应增长的趋势。

3 低碳转型与能源价格

3.1 改革资源产品定价机制

目前中国正处于工业化、城市化发展阶段，这个经济发展阶段的基本特征是经济增长快，主要资源产品如水、能源、电力需求也相应快速刚性增长。如果没有资源产品价格改革的支持，将很难改变高耗低效的经济结构，除了中国经济增长的可持续问题之外，低碳发展所要求的节能减排目标也将难以实现，或者事倍功半。

中国资源产品价格大部分由政府制定和管制，水、电、煤气、热力实行政府定价，天然气和成品油的出厂价格实行政府指导价。与国外相比，中国的资源产品价格相对比较低，既有历史的原因，也和政府定价机制相关。政府定价使价格扭曲，无法有效配置和调节资源生产与消费行为。管制的价格虽然具有相对的稳定性，但低资源产品价格政策导致低效使用，加剧供求矛盾以及排放的增加，给中国的资源利用、经济发展和环境带来了严峻的问题。与政府定价如影随形的是资源产品补贴，面临着政府财政负担、补贴的公平和效率等问题。同时，不透明的定价机制在每次价格调整时还面临着社会的质疑，容易引发民众的不满。因此资源产品价格改革是中国经济社会可持续发展的重要保证。

不能说政府在资源产品价格改革方面没有努力。近年来，中国在煤炭、石油、电力等重要资源产品价格改革方面都做出了努力，例如，煤炭价格基本上实现了市场竞争，原油价格与国际接轨。2002 年开始了电力体制改革，电价改革缓慢，但还是有一些进展；天然气方面，2005 年出厂价格的提高，迈出了价格形成机制改革的重要一步。

然而，中国的资源产品价格改革整体进程缓慢的确是一个事实。至今，资源产品价格问题仍然是整体产品矛盾的集中体现和改革的关键。在资源产品价格持续上涨的情况下，煤电价格联动机制基本失效。例如，2008 年上半年，煤炭价格快速上涨，电价并没有相应按联动比例上调；成品油价格改革从1998年开始至今已超过10年，形成了相对透明的价格机制，但还是政府定价，还需要进一步完善。电价市场化改革则基本上停滞不前，电力消费存在严重的交叉补贴[①]等。天然气和水定价机制也相对滞后，上调水价常常被质疑为是帮助某些部门从资源紧缺中谋取利益。

资源产品价格改革当然与经济发展的阶段性相关，在保证现阶段经济快速增长和长期经济的可持续增长之间，资源产品价格是一个主要的平衡点。如何改革定价机制？如果保持政府定价，如何让价格能够反映市场供需？如果进行改革，如何将价格机制改革对经济社会的负面影响减少到最低？这些都是相关行业急需解决的问题。

种种理由都可以说明，加快资源产品价格改革的步伐是经济、资源和环境和谐发展的必然要求，资源产品价格改革的关键就是理顺成本，建立合理透明的定价机制，而且还必须是资源产品价格反映资源稀缺和环境成本。

由于资源产品不可再生的特性，资源产品价格改革不仅仅是中国的问题，也是世界其他国家过去和现在所面临的问题。发达国家大多已通过改革，实现资源产品价格由政府管制向市场定价的转变；而大多发展中国家则正处于资源产品价格改革的进程中。各国资源产品价格改革的历程中，有成功的经验，也有失败的教训，这些对中国的资源产品价格改革都有一定的借鉴意义。因此，研究分析国外资源产品价格机制改革历程，结合中国现阶段经济发展特征和资源产品价格现状，可以为中国正在蹒跚前行的资源产品价格机制改革提出科学合理的政策建议。

3.2 天然气价格管制必然恶化供需矛盾

2009年11月，中国部分地区天然气出现短缺，武汉、重庆、西安、南京和杭州等地相继出现供应紧张状况。国家发改委2009年11月25日下发《关于保障天然气稳定供应的紧急通知》。

2009年西气东输投产后，天然气需求爆发式增长，2000～2008年年均增长率超过15%，使得中国的天然气供给一直很紧张，供需的矛盾迟早要出现。虽然寒潮和冰雪是此次气荒的直接诱因，但是，长期以来对天然气的投资相对较少，没有形成一个有效透明的价格机制，行业格局不合理而缺乏有效竞争等，是造成气荒的更深层次原因。在这些深层原因中，天然气价格机制是

① 交叉补贴，是一种定价策略。其思路是：通过有意识地以优惠甚至亏本的价格出售一种产品（优惠产品），而达到促进销售盈利更多的产品（盈利产品）的目的。例如，长期以来，我国电信资费就是采用交叉补贴的原则，即所谓的长途补市话、国际补国内、城市补农村、办公补住宅。

关键，希望这次短缺可以加快天然气价格改革的步伐。

如果价格不能随着市场供需变化而发生变化，将恶化供需矛盾。

中国的天然气至今总体上是政府定价，价格水平一直以来都比较低，这种管制的天然气价格虽然具有相对的稳定性，但为此付出的代价也很大，具体表现在以下两个方面。

第一，价格管制常常是价格大幅度上涨的动力源。中国天然气需求高速增长，而受到管制的天然气价格一般都偏低，这种人为的低价政策会导致天然气过度消费，从而对天然气供给产生进一步压力，不断积累价格上涨的压力。当这种被抑制的涨价压力通过价格改革释放出来时，我们看到就可能是天然气价格的大幅上涨，最近出现的“气荒”现象就是价格管制导致的天然气供需矛盾的直接体现。

第二，无目标和大幅度补贴不可持续。如果政府要维持低水平的天然气价格，就要被迫支出大量的财政补贴，这种做法虽然维持了中国天然气价格的稳定，在某个特殊的时期有短期的好处，但是，也要付出代价。就中长期而言，为天然气价格稳定付出的代价却不止是财政补贴，低价天然气会放大需求，加剧供求矛盾，成为今后价格大幅度上涨的动因。此外，随着我国节能减排措施的深化，促使越来越多的企业根据减排要求改造设备，更多地使用天然气等清洁能源。我国的天然气与原油比价偏低2008年，国内天然气出厂价与国际原油（按2008年末40美元/桶计算）比价约为0.5:1，远低于国际市场汽油比价0.7:1。再加上近期石油价格的大幅度上涨，企业必然转向价格相对低廉的天然气。这两种因素的影响结果就是天然气需求增长很快，如果供应方没有太多动力，缺乏供应的积极性，短缺就一定会出现。

解决天然气短缺，短期内可以通过增加供给实现，但是，天然气的可持续发展则需要改革价格机制。中国处于工业化和城市化阶段，天然气需求快速增长是一个无法回避的现实。在增加供给方面，政府必须采取各种措施，从短期和长期，国内外多个环节着手，多管齐下，有效增加天然气供给。对于解决短缺，天然气储备机制固然重要，但若缺乏足够的气源则是无米之炊，因此，必须加快拓展新的气源，在国内气源有限的情况下扩大进口，以保证气源充足。在天然气定价方面，天然气价格与同类能源价格相比偏低，价格机制不顺是导致“气荒”的一个重要原因，有必要尽快理顺价格机制，并进行相应体制改革，引入竞争机制，否则，“气荒”将不断上演。因此，改革天然气价格的形成机制、提高能源价格的市场化程度是一项刻不容缓的任务。

中国天然气价格机制改革探讨已久，但没有实质性的进展。尽快进行天然气价格机制改革，除了上述的迫切性外，目前应该还存在一些有利因素。改革开放以来，中国的市场化改革已经成为决定经济的主导和基础，但是，由于转型经济的种种问题，能源价格形成机制改革相对缓慢。改革常常需要合适时机，而时机又常常难以确定。相对比近年来持续走高的能源价格，国际金融危机引发国际石油价格大幅度下跌，这为中国理顺相对价格关系提供了一个好的机遇和一定的价格空间。

可以预见，中国的天然气价格机制改革不会一步到位，改革后的价格机制仍将是政府定价。只要是政府定价，就必然存在补贴和交叉补贴。发展中国家的能源补贴问题，不是补贴的合理性问题，常常是补贴过多和补贴方式不当，主要采用压低能源价格的消费者补贴，而且补贴通常是不透明和无目标的。无目标的天然气价格补贴降低了天然气的终端价格，导致比没有补贴时更多的消费和更大的污染排放，而不透明常常使受补贴的人认为补贴是理所当然。中国现阶段天然气补贴有其合理性，但是补贴方式需要改革，必须设计透明的、直接针对贫困人群的补贴。

通过价格机制来激发企业的减排动力是最好的节能减排方法。而且，在国际石油价格较之前有所回落的时候选择与国际市场价格接轨，这样改革的成本相对较低，改革通过的阻力也相对较小。政府应该抓住目前的有利时机，果断地推进天然气价格改革，同时制定合理的配套政策和设计合理补贴，保证能源改革的不断深化。

3.3 中国天然气“走出去”的一个小挫折

2010 年 1 月 4 日澳大利亚 Woodside 石油公司宣布，2007 年与中石油签订的价值 404 亿美元的液化天然气（liquefied natural gas，LNG）销售合同已失效，该公司暂时未能与中石油达成下一步的合作协议。这是一个为期 20 年的销售协定，每年预期向中国销售不超过 300 万 t 液化天然气，原计划于 2013 年开始履行该销售合同。当然，我们不知道问题的背后有什么，也就无法评论问题本身。应当说，这是正常的商业个案，不应当引起社会太大的震动。但是，近期的天然气短缺的确令人对天然气进口比较敏感。

相对而言，中国还不算是一个天然气消费大国，但天然气消费近 5 年的平均增速达到了 17.6%，远远高于 GDP 增速，这说明伴随着城市化进程的加快，天然气消费进入了一个快速增长期。即使在危机中的 2008 年，中国天然气消费量仍较 2007 年增长了 15.8%，相比之下，全球天然气消费平均增幅仅为 2.5%。中国天然气占世界总消费的比重也不断增加，从 2000 年的 0.98% 增加到了 2008 年的 2.7%。

目前天然气在中国一次能源结构中的比例依然很小，2008 年只占能源消费总量的3.6%，与世界天然气占一次能源需求总量24.2%的比例还存在很大的差距。提高中国天然气在能源结构中的比例难度比较大，除了气源不足以外，还因为能源消费增长的速度本身也很快。根据国家发改委能源研究所的预测，到2020年中国天然气的消费量将达到2500亿m^3；按照厦门大学中国能源经济研究中心比较保守的预测，中国到2020年的天然气消费也将达到2100亿m^3。即使中国的天然气产能保持较高的增速，2020年的产量可能达到1700亿m^3。这样，国内的产能缺口也将会在400亿~800亿。

中国目前天然气主要用于工业化工原料、城市燃气和发电等领域。2007年工业天然气占总消费量的73.3%，居民为19.2%，建筑业和交通运输、仓储和邮政业、批发、零售和住宿、餐饮业等合计占7.5%。虽然我国的天然气消费增长很快，但由于我国能源消费也增长很快，天然气占整个行业的能源消费比重一直非常小。由于政府政策的优先支持和天然气相关基础设施投资的不断增加，用于城市燃气的天然气需求将不断增长，而工业用天然气将会不断下降。如果说电力行业对于是否使用比煤炭更贵的天然气犹豫不决，城市用气大幅度增长则是城市化进程的必然。

与需求相对应，近年国内天然气产量也快速上升，从2000年的272亿m^3增长到了2008年的761亿m^3，年均增长率超过15%，即使在危机中的2008年，天然气产量增幅也为9.6%。在中国的各油气区中，主要气田仍然是塔里木、长庆、川渝这三大气区，没有新的更多的发现。资源所限，中国必须从世界不同地区进口更多的天然气。目前，中国已经通过长期合约计划到2011年采购大约240亿m^3的液化天然气，并且计划从土库曼斯坦进口400亿m^3的管道天然气，这些项目完成后，至少将保证今后许多年的天然气供应，因此，Woodside事件只是中国天然气的“走出去”的一个小挫折，不会有很大影响。

面对供需情况，并考虑到使用天然气在经济、社会和环境等各方面的影响，同时根据各用户不同的特点，政府2007年8月正式实施《天然气利用政策》，政策中对不同部门重新划分了天然气使用的优先级，确定了不同领域的天然气利用顺序。中国政府对于保障天然气供给显然很重视。2009年，为了应对金融危机，政府决定到2010年年底投资4万亿元用于刺激经济，其中就有1885亿元用于西气东输基础设施建设和其他油气核电项目。但是，进口天然气将是今后中国天然气供应的一个越来越重要的来源。

天然气进口对于中国天然气价格的冲击是确定的。中国的天然气价格一直远离国际市场，孤立的价格机制能运行是因为中国天然气自给自足的模式。面对不断增长的天然气需求，中国2006年开始进口LNG，近年转为LNG和管道天然气的进口并进，在量上有大幅度的提升。国际油气价在2007~2008年曾大幅度上涨，国内和国际价格的差距导致了许多价格争端。例如，在工业方面，许多化工厂使用天然气代替石油，显然是因为气价低于油价。而天然气在城市燃气需求中比重的增加也可能是由于天然气与液化石油气相比的价格优势。因此，在价格方面，除了考虑进口的气价之外，还必须理顺天然气价格与可替代能源价格的关系。

天然气进口量的增加成为中国天然气价格改革的主要动力之一。据说，国家发改委天然气价格改革方案近期将上报，预计会形成以市场供求为主，政府宏观调控为辅，同时在消费终端理顺零售价的改革方案。随着中国天然气对外依存度的增大，今后天然气价格改革的方向必然是与国际接轨，例如，与国际油价挂钩，即依据国际油价的波动来确定国内的天然气井口价格①，以此来解决天然气定价依据的问题。但如何挂钩，挂钩后终端价格如何确定，如何针对某一行业或群体的需要进行补贴，都是需要考虑的问题。无论如何，中国天然气价格将会逐步上升。

长期而言，真正保障天然气供给的关键是价格机制的改革。天然气价改方案已在2010年一季度出台。

3.4 中国天然气价格的基本问题

目前中国的天然气价格由出厂价、管输费、城市门站价和终端用户价组成。天然气出厂价在2002年以前称为井口价，2001年，中国开始实行天然气优质优价，将天然气的净化费并入井口价，合并为现在统一的天然气出厂价。中国天然气出厂价的价格水平大致经历了低气价阶段（1950~1981年）、双轨制价格阶段（1982~1992年）、天然气结构价格阶段（1993~2005年）以及从2005年12月开始执行至今的国家指导价阶段。总体来说，天然气的价格水平随着四个阶段的发展大致呈现出从低到高的发展趋势。

具体考虑中国川渝地区的天然气价格。虽然川渝地区近年来天然气的平均出厂价不断增长，但是折算后的价格与原油价格比较，依然偏低，每吨油当量的天然气价格只有原油平均价格的20%左右，而日本、欧盟和美国天然气出厂价或引进管道天然气到岸价相当于国际原油价格的60%~80%。

中国天然气的出厂价不仅与替代能源相比价格偏低，而且还低于世界上其他国家的天然气价格。20世纪末，中国天然气井口价与国际市场的价格差

① 井口价格，是天然气出厂价的别称，在2002年以前“天然气出厂价”称为井口价。2001年，中国开始实行天然气优质优价，将天然气的净化费并入井口价，合并为现在统一的天然气出厂价。

还处在相对合理的范围，但到2004年，中石油的天然气平均售价只有美国天然气井口价的40.7%，欧盟管道天然气进口价的48.1%，日本液化天然气进口到岸价的42.4%。进入2005年，国际油价持续走高，许多国家纷纷提高天然气价格，至2008年，美国亨利中心价格、欧盟到岸价和日本进口液化天然气到岸价格的每百万英制热单位平均价格分别为8.85美元、12.61美元、12.55美元，而与三大市场相比，中国天然气的出厂均价仅为美国的42.4%，欧盟的29.7%，日本的29.9%。

厦门大学中国能源经济研究中心最近的一项研究说明，从天然气自身的生产过程来看，其勘探开发是高风险和高投入行业，面临资金、技术、人工和市场等各方面的巨大风险。中国的天然气出厂价格没有反映出天然气生产的完全成本和与其风险相匹配的投资回报率。从世界范围来看，中国天然气的出厂价格水平不仅低于北美和西欧等西方发达国家，而且低于许多发展中国家和日本等周边邻国。

随着年底西气东输二线工程实现单线通气，未来天然气将越来越多地从国外进口，中国国内现行的天然气价格与进口天然气价格相比偏低的问题会日益凸显。据数据，2008年国内天然气平均门站价格仅为1.38元/m^3，而进口气到达国内门站的价格水平预计可能是这个价格的2倍左右。例如，现在西气东输一线的天然气到上海的门站价为1.4元/m^3，而从西气东输二线的主要气源地土库曼斯将天然气输往上海，拿其进入中国境内新疆首站的价格再加上0.84元/m^3的管输费用，最后到达上海门站的成本预计接近3元/m^3。

中国天然气出厂价加管道运输费和城市配送气服务便构成了终端用户销售价。由于各地的天然气来源不同，消费水平各异，再加上各地区对天然气的城市配送气费用没用统一的定价标准，各地的天然气终端用户价格并不相同，有的甚至差别很大。

中国目前的天然气价格的确比较混乱，有历史的原因，主要是定价机制的问题。以2008年部分省市的天然气终端价格为例。据2008年1月的统计资料，不同的省市，相同的天然气利用领域，价格是不同的，天然气终端价格水平呈现出西低东高的格局，就民用天然气而言，最高的是宁波，每立方米达5.72元，重庆市和银川最低，每立方米均为1.4元。同一个省市，不同的天然气利用领域，其价格也不同，居民用气和工业用气最低。居民用气需要考虑生活负担，工业用气供气成本较低；商业用气由于价格承受能力强，因此价格最高。还有公共集体用气，其价格介于商业用气和居民用气之间。按照供应成本，工业用户供应成本较低，价格应该低于居民用气，而目前居民价格低而工业价格高说明两者之间可能存在交叉补贴。

从整体上看，川渝地区的天然气终端销售价格最低（如重庆市），这主要是因为当地的天然气资源丰富、气田多且分布广，输气距离也相对较短，此外，也与该地区天然气工业的开采设备完备、管输费偏低以及终端用户较多且用气量大有关。

3.5 天然气价格和石油价格水涨船高

2010年5月31日，国家发改委出台《关于提高国产陆上天然气出厂基准价格的通知》，宣布自6月1日零时起包括西气东输等在内的国产陆上天然气出厂基准价格每千立方米提高230元，同时，改进天然气价格管理办法，即取消双轨制，扩大价格幅度范围，设定车用气与车用油的售价比。无论采取何种定价方式，都将使天然气价格与石油价格形成合理比价关系。从世界能源发展来看，天然气价格基本随原油价格同起同落并与其他替代能源保持一定的比价关系。而且，受国际政治等因素的影响，近年来天然气的地位逐渐上升，天然气与原油的等值差价在不断缩小。

各国天然气价格走势虽然差不多，但价格水平很不相同。本国经济的发展水平、国内对天然气的供求量、天然气的进口管输距离、进口国家天然气的供给情况、国际上替代能源价格如国际油价的变化等因素，都会对一国的天然气价格产生影响。

国外的天然气价格体系包括井口价、城市门站价和终端用户价。天然气的终端消费大致可以分为发电用气、工业用气和居民用气。比较近年来世界上一些国家各种终端用户的天然气价格可以看出，无论是发电、工业使用还是民用，天然气的终端消费价格基本都呈上升态势，这很大程度上是因为天然气的起点价格在逐年增长。另外，除中国台湾以外，各个国家都表现出发电用气的价格最低，工业用气次之，而居民用气价格最高的规律。发电和工业的天然气价格差距较小，但是，居民用气价格普遍要比工业和发电业贵一倍多。2008年，美国的工业天然气价格略高于发电用气价格，民用天然气价格却是发电业和工业天然气价格的1.6倍。

厦门大学中国能源经济研究中心最近的一项研究说明，天然气和石油的国际市场价格都不仅仅由成本确定，而是由区域位置、政治格局、供需情况等各种因素综合决定，成本只占市场价格的一小部分。对于石油来说，其石油产业链的投资成本相对较小，非成本因素极易导致价格的大幅度波动。而天然气从井口开采到净化、管输，LNG还要加上液化、船运、再气化，产业链长，耗费大量投资，因此天然气产业投资成本高于石油，价格波动幅度相对较小。

近年来，国际天然气的价格随原油价格波动，两者的价格变化呈正相关关系。随着石油价格的持续上涨，天然气价格也呈现出整体上涨的趋势，但是上涨幅度要小于石油。石油与天然气相比用途更广，石油是汽柴油、润滑油以及各类化工品等战略物资的主要原料，而天然气则主要用作燃料。按照相等热值[①]计算的国际LNG长期合同价格低于石油。一般来说，在国际市场上，石油与天然气价格之比约为1:0.6。

油气的可替代性是两者的价格变化正相关的一个根本原因。对于美国这种完全竞争性的天然气市场，天然气价格完全取决于市场上的供求关系，以北美洲为目的地的液化天然气（LNG）合同，也是以北美洲几个主要的天然气集散交易中心的报价作为定价基础。虽然从定价机制上看，进口液化天然气价格似乎不与原油价格直接挂钩，但由于天然气与原油之间存在可替代关系，当石油价格上升时，会引起市场对天然气的需求增加，从而会引天然气价格的上升。

油气价格的正相关还与长期合同相联系。日本进口LNG和欧洲进口管道气时，在合同中约定液化天然气或管道气的交易价格与原油或石油产品的价格联动，这样也就保证了天然气价格会随着原油价格的变化按相同趋势改变。

中国目前进口天然气主要为液化天然气。与国际市场相比，国内天然气价格偏低，近年中国的天然气价格和进口原油价格之比不会超过0.4:1（一般的说法是0.2:1），的确低于国际市场上的0.6:1。但是，受管制的中国天然气价格相对稳定，没有随国际油价气价出现暴涨暴跌的局面。金融危机以来，国际油气价大幅度波动，而中国天然气的出厂价格指数基本稳定。但是，如果国际油价进一步上行，油气的价格的正相关性将对中国天然气价格上涨产生巨大的压力。

3.6 合理的天然气定价机制才能保障天然气供给

2009年11月，在遭受暴雪袭击的中国北部、中部和东部省份面临近几年来最严重的天然气供应短缺情况。原因应该很多，有季节性的（冬季），有突发性的（暴雪），但其中一个原因是生产商利润低，不愿扩大生产规模，更深刻的认识则认为天然气出现短缺是因为价格形成机制不合理。

为缓解天然气供需矛盾，优化天然气使用结构，促进节能减排，国家发

① 热值，用来衡量燃料性质的物理量，煤热值指每燃烧1kg煤所放出的热量，热值越高，说明这种燃料单位质量放热越多。

改委曾于2007年8月30日颁布实施《天然气利用政策》。其中提出7项保障措施："搞好供需平衡，制定利用规划与计划，加强需求侧管理[①]，提高供应能力，保障稳定供气，合理调控价格，严格项目管理。"要求力争供需总量基本平衡，推动资源、运输、市场协调有序发展。然而，供需总量基本平衡的关键是合理的天然气定价机制和价格体系。

历史上，石油作为战略资源一直受到国内各界的高度重视。相比之下，天然气的受重视程度要低得多。然而，随着国民生活水平大幅度提高，城市化进程加快，政府对能源环境问题越来越重视，节能减排力度加大，天然气作为清洁能源的优势日益突显，需求量近年出现爆炸式增长。西部地区近两年先后建成了一些大型气田，西气东输管道已经顺利建成。但由于东部地区对天然气的巨大需求依然无法满足，西气东输二线、川气东送、中国和土库曼斯坦天然气合作项目等重大项目得以实施，还有2010年初的一些国际合作项目也都先后启动。

天然气是一种热值高、洁净环保的优质能源。业内人士认为，全球能源的总趋势是天然气所占比重将进一步扩大。如果资源允许，到2030年天然气或将占首位，也就是所谓"天然气时代"的到来。中国可能是最早使用天然气的国家。据史料记载，公元前30年（西汉时期），四川就钻成世界上最早的气井临邛火井。但是，到了19世纪中期以后，中国天然气的生产和使用越来越落后于世界发达国家。目前，世界人均年消费天然气403m^3，中国人均年消费量不到30m^3。中国的能源消费以煤为主，目前煤炭的消费比重为70.2%，而天然气仅约3.6%，远低于世界平均水平25%。所以，即使未来有"天然气时代"，也是相对于全球能源市场的发展趋势来说。对于中国，"天然气时代"似乎还很遥远。

中国属于天然气资源比较丰富的国家。但是，相对于人口，中国又属于天然气资源比较贫乏的国家。与国外产气大国很不相同，中国的天然气资源主要分布在环境恶劣的西部，埋藏深，储量丰度[②]低，勘探开发难度大、技术要求高，勘探开发成本比国外产气国高得多。从总量指标看，中国的天然气市场前景尽管光明，但作为主流能源，它的发展受到资源和人口的限制。

由于"重油轻气"，中国以往对天然气的勘探投入相对不足，产量增长缓慢并有起伏。直到20世纪90年代以来，受需求推动，天然气产量快速增长，"九五"期间年均增长率为9.1%，"十五"期间年均增长率为12.54%。2002

① 需求侧管理，就是指合理安排这些用电企业、工厂、居民等，安排各企业、工厂进行错峰用电，合理安排各企业工厂的开工周期、时段，尽量避免用电高峰期开工，尽量安排低谷期多用电。

② 储量丰度，就是单位面积内的地质储量。计算就是用油田总地质储量除以总的含油面积，常用单位为亿立方米/平方千米。

年以来，天然气产量呈爆炸式增长趋势。相对而言，国内天然气生产的快速增长无法满足需求，进口日益增加。以目前的增长速度，预计到2010年，天然气对外依存度将达到35%。

中国天然气主要用于化工、发电、工业燃料和城市燃气，以化工和工业燃料为主。近几年，随着生活水平提高和城市化进程加快，居民燃气的比重上升。相对于全球的平均水平，中国近年天然气的消费量增长是爆炸式的，但总体能源结构并没有明显改变。这主要是因为天然气的比重基数太小，也受制于其他能源产品的高速增长。有限的资源储量意味着总体能源结构不会因天然气利用的增加而大幅度改变。

然而，政府对气价的控制不仅影响了天然气企业获利，也助长了天然气消费增长。从国际气价比较来看，国内民用气价格仍然偏低，事实上远低于多数经济发达的用气大国。《天然气利用政策》将城市燃气、工业燃料、天然气发电和天然气化工四大天然气领域划分为优先类、允许类、限制类和禁止类四个级别，其中城市燃气列为优先类。这意味着城市燃气将进一步大幅度增长。日益增加的进口天然气份额也意味着中国的天然气价格必须逐渐与国际接轨。

政府已经决定对天然气价格形成机制进行改革，主要内容包括：简化价格分类，规范价格管理；坚持市场取向，改变目前政府定价形式；理顺比价关系，建立挂钩机制；逐步提高天然气价格，实现价格与国际并轨。深化天然气价格改革，完善价格形成机制，逐步理顺天然气价格与可替代能源价格的关系，充分发挥价格在调节供需关系中的杠杆作用。教科书上关于价格改革的方方面面似乎都已说到，问题是，改革需要多长时间？

国内天然气价格确实偏低。2008年国内天然气的平均出厂价只有0.93元/m^3，相当于原油价格21美元/桶，国内天然气出厂价与国际原油（按2008年末40美元/桶计算）比价约为0.5:1，远低于国际市场汽油比价0.7:1。除了天然气企业的财务问题外，当价格不能反映资源稀缺和环境成本时，天然气需求出现爆炸式增长的背后一定存在低效消费。

当然，居民用气负担与收入有关。现阶段居民天然气补贴的存在有其合理性，政府在制定天然气价格政策时，也必然还会较多考虑到诸如居民支付能力和社会稳定等因素。一个有效的天然气价格机制并不排斥考虑居民的用气负担，政府可以对需要补贴的群体进行直接补贴。不加区分地人为压低价格会增加供需总量基本平衡的难度，因此必须设计公平有效的天然气价格补贴方案。

如果不理顺天然气价格，就无法促进有效用气、优化用气结构，促进天然气工业的持续健康发展，保证国内天然气市场供应。最近市场传闻中国将很快实施新的价格形成机制，我们期盼的不是简单的天然气价格上调，而是一个公平有效的天然气价格机制。

3.7 中国天然气价格改革的可能路径

中国的天然气目前正处于高速发展的初级阶段，市场的迅速发展造成天然气短缺将在较长的一段时间内难以避免。在技术层面，短时间内很难解决这个问题，这就诱发了对天然气价格改革的讨论。我们可以根据国际天然气市场改革的经验和教训，想象一下中国天然气价格改革的路径。需要说明的是，这仅仅是教科书式的想象，方向和做法应该是对的，但与具体改革应该会有出入。

对于未来中国完全竞争的天然气市场，我们可以想象到，在天然气的输送方面，输送管道网覆盖密集，无论哪种来源的天然气，都能够在达任何管道的终端市场上销售；同时，天然气终端的批发和零售环节都将引入竞争，所有的终端用户都有权选择他们的供应商。那时天然气的价格除了包含市场定价之外，也会有政府需要管制的部分，例如，天然气输送和储存的价格应该受政府管制，而其他部分则由交由市场定价。

市场定价的短期价格由短期供需决定，而燃料相互之间的竞争以及燃料的储存对短期天然气价格会有重要影响；长期需求则取决于经济状况、天然气的终端使用技术、竞争性燃料的价格以及在环境上的使用限制等。管制定价主要是指对管道输气费和储存费的确定，可按照服务成本法来定价，但由于这种方法对管道公司降低成本、提高运营效率没有激励作用，因此，还可以采用鼓励性管道输气费方法，管道公司与其用户可以共享效率提高带来的收益。

根据国际经验和教训，伴随着天然气价格改革，中国的天然气市场由现在的政府管制发展到完全竞争性市场，可能会大致经历以下三个阶段。

第一阶段天然气价格由政府严格管制。中国天然气在一次能源中的消费比例一直很小，其种种问题不足以引起重视，政府对天然气价格一直实行管制政策。天然气工业的生产、管输和分销整个过程的交易和价格都被严格管制，交易以长期合约的形式进行，天然气的销售路线和天然气的输送路线是一致的，这也就决定了天然气的销售必将受到天然气管道公司的约束。

在此机制下，管道运输公司垄断了天然气的运输与销售，下游的天然气消费者只能接受天然气管道运输公司的捆绑式价格。由于市场化程度低下，没有市场就很难形成竞争价格，天然气价格只能由政府依据成本加利润原则，加上对消费者负担和支付能力的考虑，以及某一时期的宏观情况来确定。政府对天然气生产商的过度管制抑制了天然气的有效供应，而经济发展使得社会对天然气的需求急剧增长，目前的短缺就是必然后果。事实上，在价格管制下，美国的中西部和东北部在1976年冬天就出现过天然气供应危机，而危机的出现迫使美国政府开始寻找新的天然气定价方法。

第二阶段是一个过渡竞争阶段。这一阶段首先需要改革天然气定价机制。对于天然气的使用，政府的原则是适度开发国内资源，加大国际资源购买的力度，而国际气价较高，这要求国内气价相应调整。据说，价格改革的核心思路基本是，放开上游的出厂价和管输价格，通过加权平均的方法，按照不同的片区划分，形成“一个区域一个价”，改革可能先针对工业用户，再逐步过渡到居民用户。

也就是说，2010年6月实施新的天然气价格方案之后，天然气价上调接近25%，这与国外的价格相比仍然偏低。这次调价方案的出台主要是弥补国外进口天然气价格的差额，真正的天然气价格机制并未完全出台，但却是整体价格机制走出的关键的一步，有利于整体天然气的价格走向市场化。

在天然气定价机制改革的前提下，首先考虑对管线使用权的放开，由此促进竞争性天然气市场的出现，天然气市场化体系和市场机制开始逐步形成。通过开放管道运输，允许本地分销公司和大的终端用户绕过管道公司，从生产者处直接购买天然气再经由管道输送到消费地，从而形成非歧视性的开放接入运输服务。提供公开接入管道服务的公司可以收取公开的接入费，但相关的服务条款和接入费率仍由政府制定。

第三阶段是一个充分市场化过程。这一阶段管线输送和销售分离，完成天然气向完全竞争市场[①]的初步转变。此后，管道公司不再购买或销售天然气，而是成为单一承运人，天然气销售业务与管道运输业务分离，并由不同的机构处理。输气公司只从事管输承运服务并不能对托运方有任何歧视，上游的生产商和下游的配售商能够在天然气批发市场里找到合适的购买者与供应商，天然气价格不受管制，由市场自由定价，某一地区的天然气原则上只有一个市场价。在运输价格的确定上，允许管道运输的使用者出售已经预订的富余容量，提高天然气的运输效率，使管道公司能够保持供给合同与公司的运输合同相匹配，从而减少价格扭曲。

至此，天然气批发市场的交易将逐渐从井口转移到管网中枢，也就是省际和地方管线的节点。这些结点允许市场参与者从多个独立的来源取得天然气，并可以将其运往不同的市场，分散了供给风险，同时最小化了天然气购买和运输成本，几乎所有的结点都可以发展成为现场交易市场。总体来说，

---

① 完全竞争市场（perfect competitive market），具备以下四个特征，大量的生产者和消费者，企业生产的产品具有同质性，生产者自由进入或退出市场，市场参与者都对产品拥有完全的信息。在这种市场类型中，市场完全由“看不见的手”调节，政府对市场不作任何干预。

伴随着天然气市场的价格改革，并配套施行一系列法律和政策，以取消对天然气行业的管制并转向市场导向。

事实上，美国早在1988年就建成了第一个管网中枢，之后又陆续建成了约50多个管网中枢，如今，美国大多数的天然气贸易都是在大型管网中枢和市场中心进行的，这种交易方式深受天然气批发市场的经纪商和其他参与者的欢迎。美国的实践证明，取消市场管制的政策是可以成功的。美国的天然气市场在解除管制的10多年以来已完全放开，且极具竞争性，据有关数据显示，从1989年天然气井口价完全放开开始，美国的天然气产量增加了31%，天然气行业在改革后快速发展。

可以说，天然气价格改革的过程是天然气市场化过程，也是天然气工业体制改革的过程。

3.8 成品油价格机制的几个思考

中国的成品油价格机制执行一年以来，在国际油价大幅度回升和波动的情况下，整体来说应该比较满意。政府调价处理日益成熟和老练，社会舆论日益减弱。如果国际油价能够维持在现在这一个水平上上下波动，再多调几次价，公众和媒体应该都习惯了。

就现行的价格机制而言，尽管有不足之处，但相对于目前中国的大经济政治社会环境，已经做得很好；相对于其他能源价格，也已经做得很好。接下去，在技术层面，还可以进一步完善。目前价格机制面临的最大的考验不是媒体常常提到的由于价格机制透明而引起的投机，也不是目前石油企业的亏损，事实上，炼油企业相比往年，今年的亏损已经减少了。

对于现行的成品油价格机制，最大的考验应该是，如果国际油价进一步上涨，将如何应对。基于目前的宏观环境，如果油价真的进一步上涨，目前的价格机制无法保证2008年发生的一切重演，而且，2008年还有养路费分担。如果政府选择价格管制，如何处理亏损和补贴？如果政府选择执行价格机制，那么，如何应付高油价的问题，如何补贴？

对于现行的成品油价格机制，争议比较大的应该是机制透明引起投机。讨论比较多的是价格机制是否需要模糊处理。要多模糊？谁来模糊？可能是由政府来模糊，结果可能就是政府定价，对企业未必有好处。模糊处理，投机者不知道何时调，企业也可能不知道；如果企业知道，投机者也一定知道。如果模糊到企业都不知道，那应该就是回到从前的政府定价。因此，现行的价格机制对于企业来说，还是好一些。至少现在你知道国际油价涨了，成品油价格就会调，可能没有到位，也可能没有及时，但会调。如果像电力那样，不知道调不调，情况可能更不好。此外，目前的4%对下调有约束，对上调没有，因为，政府也可以不调。如果调价方向确定，调价的幅度越大，投机的利润越高。

只要是价格机制，就不可能是深不可测，总是可以投机。如果是深不可测，就可能又回到政府定价，如电价，对石油企业肯定没有好处。此外，不透明还会加剧公众的舆论压力。我们都在讲投机和影响，但是对投机的量是否有一个估计？有的人说较大影响，有的说严重影响销售，有多严重？还有的说投机导致市场波动，如果认为目前的价格机制下市场波动，需要市场化改革，好像不对。因为改革后的市场波动会更大。权衡利弊，价格机制可能透明更好一些，我们可以从技术层面减少投机，或增加投机成本。

事实上，我们反对的不是投机，而是价格机制带来的无风险套利①。那么，抑制投机的办法就是增加投机风险。例如，往下调好像不能套利，可以按时调。往上调的时候投机可以通过囤积套利，那么，对付投机就是使投机踩不住调价的时间点，增加囤积成本。例如，不按时调，或有时就不调，但是，这样油企可能不干。另一个就是减小每次调整的幅度，使投机的获利减少。

另一个争议是成品油价格机制22天的调价期。缩短调价期限肯定是朝市场方向走，理论上，如果每天调一次，而且调价到位，就基本上是市场定价了。所以，缩短调价期间，应该是更靠近市场，是一个改革方向。而且，缩短期间可以减少投机，如果一天一调，能做的就是一般的投机了，不能无风险套利。而且，在一般情况下，缩短调价期可以减少调价幅度，也可以减少投机。我们是否可以考虑先把调价期限缩短为14天。问题是，政府价格调整的审批往往比较谨慎，操作上有没有可能。

税收在哪个环节，在消费环节而且价外征税应该是一个改革的方向。在消费环节征税除了有成本外，还需要相关配套。正如我们的个税是代缴，而发达国家是个人报税，是同一个道理。相关的问题现在就可以开始研究，改革之前，国家发改委是不是可以在调价时顺便提一下成品油价格内包含多少税。此外，对油企负担问题应该可以有措施解决。

如果按照某一价格机制，由企业自主调整，政府监管，那基本上就是价格市场化了。发达国家在能源价格调整机制很多方面也是这么做的，如燃料调整机制。然而，面临的问题可能是：第一，就把石油企业推到公众的前面，

① 套利，指同时买进和卖出两张不同种类的期货合约。交易者买进自认为是“便宜”的合约，同时卖出那些“高价”的合约，从两合约价格间的变动关系中获利。套利一般可分为三类：跨期套利、跨市套利和跨商品套利。

目前至少还有政府在一线挡着；第二，如果油价维持在某一相对较低的价位上波动，国内油价相应上下波动，消费者或比较容易接受企业定价，如果油价持续上涨，基于目前的政治社会大环境和以往的经验，消费者、企业和政府之间博弈的最终结果很可能是政府收回定价权。

3.9 定价当局可以跟公众把调价的机制以及幅度解析更清楚一些

2009 年 6 月 30 日的调价令许多人“出乎意料”，而提价使国内汽、柴油每吨均提高了 600 元，则令众多消费者心存疑虑。许多的质问和不满说明公众对提价的敏感和不理解，那么，定价当局是不是可以跟公众把调价的机制以及幅度解析得更清楚一些？要不然，目前国际原油价格是 70 美元每桶，油价再往上走，怎么调？

2009 年 5 月 8 日国家发改委发布的《石油价格管理办法（试行）》（以下简称《办法》）中第六条规定，当国际市场原油连续 22 个工作日移动平均价格变化超过 4% 时，可相应调整国内成品油价格；第七条规定，当国际市场原油价格低于每桶 80 美元时，按正常加工利润率计算成品油价格，当且仅当石油价格高出 130 美元时，政府出于保证国民经济平稳运行的原则，会采取一定的措施，并且汽、柴油价格“不提或者少提”。这意味着国际油价居高不下时，国家将会适当补贴成品油消费者。《办法》公开了石油价格调整的操作原则，不能将成品油定价公式完全透明，主要的原因是避免投机。

《办法》中用到的“可相应调整”说明，第六条提供的成品油价格调整条件是必要条件，但不是充分条件。《办法》没有明确，是否在达到这一条件之后就必须调整国内成品油价格。《办法》第七条将定价方案分成三种情况分别设计，提供了一个大致的价格组成成分和形成框架，但没有定价的关键细节，如以何种国际市场原油价格为参照，以及正常加工利润率如何确定等。政府对石油价格管理办法规则采取了有限透明和有选择的回避，是为了防止一部分经济实体进行成品油投机和保证政府在价格博弈中掌握主动权。

那么，我们如何理解国家发改委的做法？

我们看看经济学家是如何定义投机的。保罗·萨缪尔森认为，投机是从市场价格的波动中获利的活动。美国 D·格林沃尔主编的《现代经济词典》对投机的定义是：“投机是指商业或金融交易中，甘冒特殊风险企图获取特殊利润的行为。”投机通常用于期望从价格变化中获利的证券、商品和外汇买卖活动。除了那些对商品、证券和外汇等有实际需要的日常交易行为之外，市场上所有的交易都具有投机性。

目前中国成品油定价虽是行政定价，但已经带有市场成分。信息的公开程度在市场定价和完全政府定价两种机制下对投机的作用是相反的。目前中国的成品油的定价机制，尽管还是政府定价，但由于中国的石油进口依存达50%，政府定价已经带有市场成分，即可能按国际油价进行公式化调整。这种带有市场成分的政府定价使得信息公开程度对投机的作用也不是很明确。因为，即使信息不公开，市场参与者也可以通过国际油价走势进行投机。例如，由于近期国内成品油价格上调预期强烈，出现买家买货不提而借用中石化库存囤油的现象，迫使中石化采取了停批的措施。《办法》选择了不完全透明的方式，初衷是想达到既满足公众的知情权，又避免市场投机的目的。但是，对于带有市场成分的政府定价，信息是否公开都会导致投机，能选择的是哪一种的成本低。

首先，《办法》给出的信息是，在130美元以下，政府出于自身公信力的考虑，受到自身订立的机制约束，应当尽量按规则调整价格，或者把不能调价的情况在《办法》里说得更清楚一些。不按规则调整的成本很大，除了会影响政府声誉以外，还会导致更大的市场不确定性。当然，政府不按规则调价往往有其宏观考虑，如经济和老百姓负担承受能力的问题，在发展中国家，这是实实在在的问题。能不能按规则调价，负担问题采用其他补贴方式？或者，如果不能调整到位，跟大家说明为什么不能调到位，还差多少？

其次，公众最关心的问题之一就是定价的公平性与合理性。能源价格涉及千家万户，能源企业基本属于国企，质疑调价（尤其是上调）是公众的第一反应。那么，要求政府公开定价办法的社会压力就会很大，有选择的透明是不会让公众满意的。近期国际油价一路走高，市场上油价上调的预期越来越大，关于调价时间和合理性的讨论越来越多。信息不透明可能会使很多人批评政府跟垄断部门沆瀣一气，认为能源国企占据垄断地位，背后又有政府支持，公众是调价的牺牲者。政府怎么做都不会得到理解，价格往下调说没有到位，往上调的怨气更大，调价就是支持垄断企业，使政府信用蒙尘。每一次调价都是与公众的博弈，这是政府不愿意看到的。

最后，对于一次价格上调，买方可以提前买，卖方可以推后卖，关键是储存能力，就成品油来说，卖方占上风。由于中国的成品油基本上是国企控制，民营比例较小，只要国企不参与或配合，投机的量应该是可控的。因此，在目前的成品油定价机制下，信息是否公开都会导致投机，但是，信息公开的社会成本可能会低一些。

3.10 油价改革：成功和失败的两个故事

中国成品油费改税整一年，实施效果如何，改革是否成功，目前有许多讨论。对于成品油费改税成功与否，应该多方面评判，主要是可操作性、公平和效率。执行一年以来，现行的价格机制应该说是成功的，但显然还有不足之处，还需要进一步完善。但是，我们应当认识到，改革的速度和深度是要受现阶段中国的大经济政治社会环境所约束。

事实上，在成品油定价问题上，其他发达或发展中国家都大致经历过从管制到市场定价的过程。举两个我们比较熟的改革例子：韩国与印度的价格机制改革。他们的石油价格改革过程表面上很相似，成品油价格机制基本都相应经历了政府定价、与国际市场接轨、价格市场化三个阶段。但由于国情不同，一些具体政策和做法相异，有截然不同的两种结果，前者成功实现了石油价格的市场化改革，而后者的改革却几经反复，走回政府定价。

韩国1993年以前政府定价。1994年1月至1996年12月，与国际市场价格联动。这一阶段又分为与原油价格接轨和与成品油价格接轨两步。1997年1月以后，石油价格市场化。韩国政府放开国内成品油零售价和批发价，对内放开原油和成品油的进口及分销业务；允许外资投资韩国炼油业，开始对外国开放石油零售；取消政府对炼油新增设备的控制并对外资开放，允许外资持有国内石油公司50%以上的股份；在国内石油公司基本控制了油品销售网络之后，政府为促进石油公司整合成品油零售市场、提高公司竞争力，进一步减少了对国内石油公司的保护，于2001年9月开始允许加油站经营多种品牌油品。从此，韩国石油业完全进入市场竞争时代。为防止不正当竞争，韩国通过制定《公平交易法》来规范市场行为，韩国的公平贸易委员会作为韩国的反垄断机构，对国内各家石油公司油价的制定进行监督，以防止国内石油价格非正常上涨；此外，韩国政府通过税收对市场价格加以调控，还对农业和渔业用油实行免税，并对出口油品实行退税政策。

印度在20世纪90年代中期之前实行政府定价。2002年开始有管理的市场化定价，2002年4月取消了对油价的全面管制，实行有管理的市场化定价机制，企业有了一定的定价主动权，但政府并非对油价放任不管，因此被称为有管理的市场化定价。以上措施在一定程度上缓解了高油价向印度国内的传递，但国际油价一直走高，国内通货膨胀压力越来越大。第三阶段，2005年以后对改革的调整。这个阶段又可分为两步：第一步，针对2002年改革存在的问题；第二步，到2006年2月，印度市场一揽子原油价格达到63.2美元/桶，印度政府不得不收回了汽油和柴油的定价权，印度成品油价格机制刚刚迈开一步就又退回到政府定价模式下。

实际上，韩国和印度的石油市场价格改革的背景都与中国很相似，但由于种种原因，政策取向的不同，改革的结果迥异。两者的价格改革过程，对于我国的石油价格改革具有重要的借鉴意义。

一个成功的故事，背后肯定包含持续不懈的努力；而一个失败的故事，背后也常常有着持续不懈的努力。那么，韩国和印度的价格改革的成功与失败，区别何在？是不是与收入水平、经济发展阶段、价格走势、政治社会环境有关系？对比韩国和印度的油价改革过程可以看出，韩国在对石油价格进行市场化改革是逐步向前推进的，并且在实行市场化的同时制定了较为完备的制度以规范石油市场，稳定石油价格。从1994年启动油价改革，虽然改革过程中经历了严重的金融危机，但却坚持了下来，到1997年已基本实现市场定价。而印度在国际高油价的情况下过于急切地搞市场化，并在提高税收及价格的同时，没有充分考虑本国财政情况，进行不适当的补贴，一错再错，最终导致了改革的失败。

相对于完善目前的成品油价格机制，更为紧迫的是研究如何应对国际油价的进一步上涨对成品油价格机制的潜在威胁和应对办法。因为，当油价大幅度上涨的时候，通常也是通货膨胀的时候。近期国际油价和煤价走势数据说明煤炭价格与原油价格的高度正相关性，而且调整的幅度也大致相近。石油价格与煤炭价格下降基本同步，而煤炭价格的上升滞后于原油价格，滞后期大致是5个月。能源可替代性使一种能源价格的走高带动其他能源价格上涨。当石油价格上行，煤炭也可能会跟着上涨，尽管可能会有一段滞后期。如果中国煤炭价格真的走高，煤价推高CPI①和PPI②的作用会有一定的滞后性，对于引发通货膨胀却有着必然性。因此，我们应当准备相应的措施，以应对其造成的通货膨胀影响。

3.11 不能把油价上涨简单归咎于投机

国际金融危机使得石油价格在2008年大幅度下跌，一度跌至每桶30多

① CPI（consumer price index）：消费者物价指数，反映与居民生活有关的商品及劳务价格统计出来的物价变动指数，通常作为观察通货膨胀水平的重要指标。一般说来，CPI >3%增幅时我们称为Inflation，就是通货膨胀；而CPI >5%增幅时，我们把它称为Serious Inflation，就是严重的通货膨胀。

② PPI（producer price index），生产者物价指数，是衡量工业企业产品出厂价格变动趋势和变动程度的指数，是反映某一时期生产领域价格变动情况的重要经济指标，也是制定有关经济政策和国民经济核算的重要依据。

美元，之后波动性上涨；国庆节后石油价格大幅走高，一直在 80 美元/桶左右波动。虽然很难预测今后的油价走向，但是，2008 年国际油价到过近 147 美元/桶，随着全球经济复苏，再回 147 美元/桶也不是不可能的。石油价格的大幅度波动和高油价影响消费国的经济与社会稳定，更给石油资源匮乏的发展中国家带来沉重负担。

人们常常认为之所以无法预测短期油价，是因为投机。事实上，影响短期油价的因素还有很多，如近期导致油价上涨的美元走软，以及常常出现的地缘政治紧张等。但是，真正导致油价上升和大幅度波动的是中长期石油供需的基本面，高需求增长和增长预期，以及这种预期背后对稀缺的想象。在稀缺预期的推动下，产能不足时石油价格可以上涨，产能充足时石油价格也可以上涨。

这种高需求预期就使如中国和印度等发展中国家石油需求仍将继续强劲，增长量会很大。这是基于“后来”石油消费国经济高速发展、人口多、人均消费量非常低、现在的石油消费还刚刚开始、需求处于上升期等一些基本需求因素。IEA 曾预测，到 2010 年，亚洲日进口石油将达到 2000 万桶，将是美国目前的 2 倍。由于石油是不可再生资源，这种高需求预期很自然地转为中长期石油稀缺预期。当高需求预期转变为稀缺预期，并且在投机的推动下，就有了油价的持续或者波动上涨。

面对快速上涨和大幅度波动的油价，有种种的猜想和指责。比较直接的认为是美元贬值，可是原油期货从 2004 年底 44 美元/桶到 2008 年 7 月 147 美元/桶，上涨 3 倍多，其间美元贬值才多少？地缘政治在石油 44 美元/桶和 147 美元/桶时相比，也不见得恶化，显然解释不了油价如此大幅度的增长。更有人认为是金融战争、国际阴谋等，这都只是猜测。

当油价上涨，人们普遍指责投机，但是，投机是双向的，可以做多和做空，都必须有做多和做空的根据。

影响石油价格上涨的基本因素还是石油供需。现实的石油供需情况是，需求仍将较大幅度增长，特别是来自中国、印度等发展中国家；供给方则看着石油需求增长潜力、石油储备和石油替代。当油价很高的时候，供应方就不着急卖，一方面认为未来还能涨，另外一方面则是因为已经赚到了足够的钱而不急着卖。当 2008 油价大幅度上涨时，至少欧佩克就认为高油价是合理的，他们认为市场上原油供应充足，没有必要增加产量。对于不可再生资源，如果没有有效的替代，当总需求量大到足以导致稀缺预期时，需求快速增长推动的不是供给，而是价格。那么，当供需偏紧，一旦风吹草动，如地缘政治、美元贬值等，都会引爆油价加速上涨，这就是投机的威力。

令人担忧的是，如果我们都把油价上涨简单归咎于投机，而忽视了石油需求的基本面和石油替代，我们只是在给投机提供更大的空间。

考虑到地质学、科学技术以及国际政治的真实情况，除非找到经济可行的替代，期望今后的石油供给要满足高需求增长的同时维持合理的价格，确实困难比较大。因此，只有相对较小的石油需求增长才能减弱稀缺预期，减少投机，使油价格回落或者不上涨太快。

也就是说，所有稳定石油价格的举措都应当围绕减小稀缺预期，主要包括减低石油需求增长速度和减少需求的不确定性。一般来说，需求增长速度越快，需求的不确定性就越大。因此，降低能源需求增长速度是关键。如果经济增长目标不变，那么，降低石油需求增长速度的唯一途径就是提高利用效率和节能。

3.12 为什么近期国际油价大幅度波动

从国际油价的走势看来，近期油价波动越来越大。20 世纪 70 年代两次石油危机之前，国际油价一直是低价和稳定。危机之后，欧佩克和英国、美国等国家协商限产和采取一系列措施后，石油价格自 1986 年基本稳定，并一直维持到 1999 年。在此期间，两次危机造成油价较大波动。一次是 1990 年 8 月爆发的海湾战争，使 1990 年石油价格增长到 23.7 美元/桶，但 1991 年初就开始下降回归至 20 美元/桶；另一次是 1997 年亚洲金融危机，使 1998 年的石油价格下降到 12.7 美元/桶，但 1999 年油价恢复上升至 18 美元/桶。除了这两次短暂的较大幅度波动外，1986 ~ 1999 年，世界石油价格基本稳定在每桶 14 ~ 20 美元区间内小幅度波动。

进入 21 世纪，国际油价开始大幅度波动，对能源市场和供需直至整体经济活动都带来很大的负面影响。

石油投机不仅对近年油价上涨起到了明显的推动作用，还大大增加了国际原油市场的波动。根据美国能源对冲基金中心的分析师沃勒格（2008）指出，仅 2007 年进入国际商品期末交易市场的投机资金超过 2100 亿美元，是 2006 年的 2 倍，其中有一半即 1000 亿美元进入了原有期货市场。这只“投机之手”控制的资金超过 1000 亿美元，囤积的原油期货合约总量曾超过 10 亿桶，配合各种市场消息，投机使国际石油市场和价格大幅度波动。

造成国际油价持续走高的基本因素当然还是围绕着市场供需，尤其是将来产能无法满足需求快速增长的预期，而投机利用的就是这种稀缺预期。油价上涨的成因很复杂，即使供需平衡，任何相关因素，包括需求增加、汇率变化、地缘政治局势和自然灾害等，都会影响油价，均会成为投机和炒作的理由，甚至造成油价大幅度波动。历史说明，油价走高对经济稳定运行有很大的负面影响，油价大幅度波动同样也有很大的负面影响。

欧佩克的官员也曾多次强调，目前国际市场原油供应基本充足，不应当导致油价的大幅度上涨和大幅度波动。如何解析油价波动，比较困难。事实上，任何油价波动，都会有许多解析因素，而任何相关因素的波动，都会导致油价波动。专业的和不专业的，都可以来回地讲，既不会完全对，也不会完全不对，但基本上都是事后诸葛。

很大程度上，稀缺预期源于主流能源的不可再生性，也受能源不确定性的影响。不确定性是能源的一个重要特性。矿物燃料储量、未来价格和成本趋势、技术变革、发现新资源储量或新能源品种以及新技术的机会等，都包含着极大的不确定性。例如，对于矿石燃料的储量情况，包括数量、类别和分布，都很难做到完全掌握和精确估计，而与之相关的开采、投资活动以及能源价格的决定都是在信息不全的基础上做出的。种种不确定性都将影响到能源市场的供应和需求，从而造成市场价格大幅度波动。

能源的不确定性容易带来对能源供给不谨慎的乐观。虽然人们普遍认为能源资源是有限的，但没人知道这个限度是多少。例如，原油探明可采储量会随技术进步而不断增加，而且随着能源价格上涨，新的开采技术还将使原来不经济的开采变得经济可行。同时，整体能源的不确定性随着主流能源的日益稀缺而加大，影响价格预期。

然而，不可再生性使得能源的稀缺性主要取决于需求的增长速度。一般的预期是，需求增长越快，短缺出现越早，主要体现为价格上涨。技术变革、发现新资源品种和储量的机会的不确定，也会造成对将来能源替代可能性的不确定。目前可以确认的新能源和可再生能源都存在量和价的问题，即相对于常规能源，总量太小和价格过高，因而不能有效替代。如果不对能源需求加以控制，不需要短缺出现，稀缺预期本身就将推动能源价格上涨，现在不抑制能源需求的后果是今后更高的能源价格。

油价持续攀升，中国作为消费者为此买单似乎没有什么讨价还价的余地。直观地说，油价上涨加重了中国的整体能源开支负担。而从更宏观的角度讲，油价上涨还会带动其他大宗商品和原材料价格上涨（如煤炭和粮食），增加整体经济运行成本，对经济的影响是持续的成本推动型通货膨胀甚至滞胀。

现代经济发展不可能回避能源环境不确定性的问题，不同的理解会导致不同的能源战略与政策。如果冷静和动态地来看待能源问题，无论是已知的还是猜测的能源来源以及期望的技术进步，都不足以消除对于能否有供给充裕、价格合理的能源和足够的环境空间来支持中国经济长期可持续发展的担忧。中国的人均能耗还很低，能源的不确定性给中国带来很大的能源安全问题，中国本身的长久、可靠的能源安全应当立足于国内储备，因为只有国内的能源的价格和数量是最终可控的。

虽然我们知道能源价格长期向上的走势，却无法预测短期的波动。因此，在制定能源战略与政策时，科学和客观地对待能源的不确定性尤其重要。应当充分估计能源稀缺、相应价格上涨的影响，有效地保证中国能源不会过度依赖国际市场。进行具体的投资决策时，也必须尽可能考虑不确定性带来的能源稀缺风险。

3.13 中国的汽油比美国贵，中国的油企还亏损

2009 年 5 月 31 日，国家发改委发出通知，自 2009 年 6 月 1 日起将汽、柴油价格每吨均提高 400 元。至此，北京市 93 号汽油[①]已由每升 5.56 元上升到 5.89 元。而 2009 年 6 月 1 日，美国普通汽油的周平均零售价格为每加仑[②] 2.524 美元，按照 6 月 1 日人民币汇率中间价 6.83 计算，折合人民币每升 4.56 元。也就是说，6 月 1 日调价之前，北京汽油价格已经比美国普通汽油平均每升高 1 元，调整后更高出 1.33 元。即便与美国汽油价格最高的加利福尼亚州、汽油税最高的纽约州相比，6 月 1 日调价前北京汽油价格也分别高出两州每升 0.59 元、0.85 元，调价之后更高出 0.92 元、1.18 元。

当然，中国的汽油价格并不是一直比美国高。2008 年当油价上涨至每桶 100 美元以上，中国政府实行成品油价格管制，而美国汽油价格反映国际市场原油价格，中国的汽油价格就比美国低。2008 年国际原油价格经历了一次快速上升和急速下跌的过程，受此影响，中美成品油价差也发生了变化。2008 年 1~9 月，美国普通汽油零售价格一直高于中国。之后，国际原油价格急速下跌，从 2008 年 10 月开始，北京 93 号汽油价格开始超越美国价格，并且之间的差距一直保持在每升 2 元左右，2009 年 5 月，随着国际油价的上涨，两者之间的差距缩小。

了解目前美国汽油价格的人不禁会问，为何中国油价已经比美国高那么多，中国的油企还成天嚷嚷亏损？中美成品油价格到底差在哪里呢？

根据 EIA 统计，美国普通汽油终端销售价格由四部分组成：原油成本、

---

① 93 号汽油，汽油有 90、93、97 等标号，这些标号是表示汽油辛烷值的大小，代表汽油的抗爆性，与汽油的清洁程度毫无关联。油标号越高，辛烷值也就越高，也就表示汽油的抗爆性能越好，但标号高并不代表它就越干净。

② 加仑：是一种容（体）积单位，英文全称 gallon，简写 gal，分英制加仑、美制加仑。1 美加仑 =3.785 011 355 034L

炼制成本和利润、销售和输送成本、税收。其中原油成本是指炼油厂购入原油的到厂价格，它是零售价格中的最主要构成部分，一般会占到零售价格的50%左右，这使得美国成品油价格紧跟国际原油价格。2007～2009年，受国际油价剧烈波动的影响，原油成本在美国普通汽油零售价格中的比重一度上升到70%以上，随后又迅速下降，2009年4月回升至56.4%。税是汽油零售价的第二大部分，它包括联邦、州和当地政府税。第三部分是炼油成本和利润，指成品油现货市场价格与炼油厂原油成本之差。第四部分是销售和输送成本，指零售价除去以上三部分后的剩余部分。

中美两国的成品油价格构成不同。中国成品油价格一直采用政府指导价，终端零售价不完全反映生产销售各环节的成本和收益结构。为使两国成品油价格具有可比性，可比照美国成品油价格构成，计算出中国汽油零售价格构成。

厦门大学中国能源经济研究中心最近的一项研究对两者进行了细分比较，结果说明，至少有三个原因导致中国油价比美国高。

原因之一是税收。中国成品油价格中的税收主要包括增值税、消费税、城建税和教育附加费。增值税和消费税是最主要的税种，城建税和教育附加费以增值税和消费税为税基。2008年1～5月，中国汽油税（包含所有税种）约为每升0.84元，6～11月约为每升0.95元。2008年年底，燃油税改革方案出台，调整税额形成的成品油消费税收入主要用于替代公路养路费等6项收费的支出，补助各地取消已审批的政府还贷二级公路收费，并对种粮农民、部分困难群体和公益性行业给予必要扶持，消费税采取从量定额的方式征收，每升汽油征收额度为1元，由此，从2009年1月开始，汽油税上升到每升1.7元以上。

美国的成品油价格包含联邦和州燃油税、销售税、县和地方税等。其中，联邦消费税由联邦政府税务部门对国内成品油生产者和进口商进行征收，税负通过零售商转嫁给最终消费者。目前，普通汽油的联邦燃油税率为每加仑0.18美元，普通柴油的联邦燃油税率为每加仑0.24美元。州燃油税主要在批发和零售环节征收，其纳税人包括分销商、燃油（气）储存库（站）、进口商、加油站、油气管道或油轮运营商、消费者等，税款主要用于公路建设及维护等方面的支出。州税会不断调整，但调整幅度不大。此外，美国各州还有各自的消费税、销售税等税种，并且各州计税依据、税率都不相同。

如果不考虑县和地方税，根据EIA统计的美国普通汽油零售价格构成，从2008年至2009年4月，美国联邦和州税基本上变化不大。并且在进行税费改革之前，中国的增值税和消费税就已经高过美国汽油税。如果考虑县和地方税，以2009年4月为例，美国各州汽油税平均税率为每加仑0.19美元，其他税率为每加仑0.09美元，总的州税为每加仑0.28美元，加上联邦税后总的汽油税率为每加仑0.46美元，折合人民币为每升0.82元，比中国的每升1.71元低0.89元，中国汽油税约是全美平均水平的两倍。

美国各州的汽油税不同，纽约州最高。中国汽油税不仅高于全美平均水平，也远远高于纽约州。2009年4月，纽约州的汽油税为每加仑0.61美元，折合人民币每升1.1元，仍然比中国汽油税低0.6元。

原因之一是中国汽油税中多出的养路费。事实上，如果去掉养路费部分，中国汽油税就与美国汽油税很接近。在经济高速发展的阶段，公路有其必要的超前性，这就影响了其经济性，导致高路桥费。如果政府不能为高路桥费买单，消费者就得付费。如果需要收费，那么，费改税是一项以提升能源使用效率为目的的税收政策，是一个比较好的选择。关键是可让消费者有一个选择，即开“多少”车和“什么样”的车，这是提高能源效率和促进节能减排的一个主要措施。开征燃油税还支持社会公平。如果燃油税是用来满足公路养护和建设费用，那么，用多少路，负担多少费用也是公平的。因此，这一部分的中美差别应该是中国阶段性经济发展所要求的。

原因之二是中国汽油零售价格中输送和销售环节成本（或利润）所占比重过高。美国零售和输送环节成本一般占零售价格的12%左右，但中国零售和输送环节一般会占到零售价格的20%左右。如果从绝对值来看，2009年以来，中国汽油输送和零售环节一般比美国每升高出0.8元，2009年4月比美国每升高1元。

造成中国汽油输送和零售环节成本过高的原因很多，主要有两个方面：一方面是高输送和零售成本推高油价，而高油价又造成高运输成本；另一方面则是因为中国大部分成品油经营业务受中石油和中石化两家国企控制，历史的南北分界和省、市分级的经营模式没有完全打破，使成品油区域管制明显，缺乏一体化的配送体系，配送效率比较低。此外，忽视加油站和油库、配送中心的选址等因素可能也是造成中国汽油运距长、运输成本过高的主要原因。

原因之三是中国炼油厂的原油成本相对美国炼油厂的原油成本要高一些，但这个因素对成品油价格的影响要小于税收、输送和销售成本。根据《2008年中国国民经济和社会发展统计公报》，2008年中国原油进口依存度达到了50%（假定2008年至2009年4月中国炼油企业加工原油中50%来自国内市场、50%来自进口，中国炼油企业进口原油的到岸价格和国内购入价格要高于美国）。2008年，美国进口原油的平均到岸价为每桶93美元，而中国却高达每桶99美元，如果考虑到中国进口原油多为一些低质高硫的劣质原油，两国进口原油成本的差距可能会更大。进入2009年，随着国际油价走低，两国进口原油成本差距有所减小。2009年1~4月，中美进口原油到岸价格的差距缩小到了每桶3美元左右，换算成成品油价格大约为每升0.13元。总之，原油成本的变动对成品油价差影响相对小于税收、输送和销售环节。

由于中东地区仍然是我国主要的原油进口来源地，造成中美进口原油成本差距的一个很大原因就是所谓的“亚洲溢价”，即中东地区卖给欧美国家的原油价格要低于卖给亚洲主要消费国的原油价格。造成“亚洲溢价”① 的原因很多。

中国的原油进口来源过于单一。中国和美国对中东地区原油的依赖程度不同，因而对其原油的需求弹性和原油价格的承受能力也就不同。美国的原油进口来源比较分散，主要包括加拿大、墨西哥、委内瑞拉、沙特阿拉伯等多国。2008年，美国从92个国家进口原油，其中从非OPEC成员国进口的原油占原油进口总量的54%，从加拿大、墨西哥进口的原油分别占原油进口总量的19%和10%，而从中东最大的原油生产国——沙特阿拉伯进口的原油仅占原油进口总量的12%。原油进口来源分散，供应商多，竞争激烈，价格也就有了竞争性。中东国家为了保证其自产原油在美国市场的竞争力，必然会在价格上做出让步。中国对中东原油的依赖程度很高，近年的进口原油多元化并没有改变这一现实，中东进口原油占总进口量的45%以上。对于中国原油进口，中东原油处于相对的垄断地位，对原油定价问题拥有主导权。因此，为保证原油资源稳定供应，即使购买原油的离岸价格②高于欧美国家，中国也不愿因此而破坏与中东产油国的政治经济关系。

缺乏进口竞争机制也应该是一个问题。加入WTO之后，政府虽然引入原油非国营贸易机制，但由于申报自营进口经营权的条件不平等、政府行政性保护政策等原因，石油进口经营权仍集中在中石油、中石化等少数国有央企手里，对于“亚洲溢价”没有有效的应对措施。此外，亚洲市场缺乏石油定价话语权，还没有形成一个能够反映亚洲原油供需情况和代表亚洲利益的、可以跟美国纽约商品交易所和英国国际石油交易所相竞争的原油期货市场也是导致“亚洲溢价”的直接因素。

通过以上比较结果可以得出，在正常情况下，要使中国成品油便宜下来，应当解决比较高的输送销售环节成本（或利润）和“亚洲溢价”。解决“亚

---

① 亚洲溢价，即中东原油“亚洲溢价”（Asian premium）。中东地区的一些石油输出国对出口到不同地区的相同原油采用不同的计价公式，从而造成亚洲地区的石油进口国要比欧美国家支付较高的原油价格。2003年，中国一共支付了5.4亿美元的“亚洲溢价”。可以明显地看出，在“世界是平的”这样的背景下，石油这样的战略资源绝对是“不平的”。由于我国从中东进口的原油量逐年增加，“亚洲溢价”对我国的影响也越来越大。

② 离岸价格，以货物装上运载工具为条件的价格，又称装运港船上交货价格。

洲溢价”受到许多不可控的国际因素影响，比较难。但是，必须加强进口原油多元化，除了成本问题之外，还有能源安全问题。解决比较高的输送销售环节成本（或利润），政府应该可以有所为，可以在成品油各个环节（包括石油进口）引入民营企业，引入竞争，改变垄断割裂格局，提高成品油配送效率等措施，减少市场扭曲，都是降低中国成品油价格的有效措施。

3.14 国际油价走高了，国内煤价走势如何

受国际金融危机影响，自2008年7月以来，出现发电量持续下降态势，电力生产出现产能过剩，电力设备利用小时也持续下降。从现在经济增长与用电量看，种种数据说明情况在好转。但是，对于今后能源电力需求走势，还是众说纷纭。中国目前处于城市化进程与工业化过程，国际经验说明这一发展阶段的能源电力需求具有典型的刚性特征。短期的经济波动不能改变基本的阶段性经济发展规律和能源电力需求特征，一旦经济稳定下来，GDP与能源电力需求之间的关系也将很快调整，回到阶段性的基本关系上。

从2009年1月国际石油价格开始回升，最近则大幅度上涨，最高涨至71美元/桶，大约是最低点的一倍。国际石油价格上涨对中国经济的方面影响可以很直观，按目前进口量，每上升一元，我们每年多付13亿美元。但是，更重要的是间接的影响，尤其是对中国煤炭价格、通货膨胀的影响。石油价格与煤炭价格对中国宏观经济影响程度不同。对于中国来说，煤炭价格的影响远大于石油价格的影响，这与目前中国能源消费结构相吻合。2007年中国煤炭消费占一次能源的70%，而石油消费仅占20%。因此，国际油价上涨对中国的主要威胁是：中国的煤炭价格会不会大幅度上涨。

国际原油价格在经历了17年的低迷后，从2003年中起一路攀升，2002~2006年累计上涨了157.9%。2007年原油价格上涨速度加快，涨幅超过50%。2008年国际油价经历了大起大落的“过山车”历程。2008年上半年，国际油价加速上涨，2008年第一个交易日冲破100美元大关，7月11日纽约原油期货价格[①]达到146.2美元的历史高位（盘中曾出现147.3美元/桶）。然而，从8月开始，受以国际金融危机为主导等因素的影响，国际油价基本维持走低之势。美国纽约市场12月24日原油期货价格为每桶36.2美元，与高点相比，下跌幅度高达75.5%。2009年石油价格前3个月在40美元/桶左右波动。之

① 期货价格，期货交易是按契约中规定的价格和数量对特定商品进行远期（三个月、半年、一年等）交割的交易方式。而期货价格是指交易成立后，买卖双方约定在一定日期实行交割的价格。

后，在经济回暖的预期支持下，加上美元持续低迷，国际投行开始唱高油价。4月下旬，国际油价加速上涨至50美元，5月升至65美元，6月突破70美元/桶。

与石油价格走势相近，2007年后的煤炭价格也处于高速上升的通道中，尤其是2007年下半年以来，国际煤炭价格出现了大幅上涨。澳大利亚BJ现货价格2006年1月约是40美元/t；2007年9月为69美元/t；2008年1月90美元/t，3月升至132美元/t，于7月初到达191美元/t的历史高点。之后，与国际油价一样，2008年8月出现大幅下跌。澳大利亚BJ煤炭现货价格在2008年11月跌至78美元/t，2009年2月底跌至60美元/t，与高点相比，下跌幅度高达68.6%。2009年5月开始反弹，上涨到67美元/t，6月达到73美元/t。

至此，我们已经比较清楚地描绘了煤炭价格与原油价格的高度正相关性，而且调整的幅度也大致相近。如果对比2007年至2009年6月的澳大利亚BJ动力煤现货价格、秦皇岛动力煤价和WTI[①]原油价格，可以看出澳大利亚BJ动力煤现货价格和WTI原油价格走势基本一致，秦皇岛动力煤价走势相对平缓一些，但也基本相同。但是，煤炭价格变动滞后于原油价格。原油价格在2008年7月达到历史最大值后，7月中开始跳水，煤炭价格也是7月达到历史最大值，7月底急速下降，也就是说，石油价格与煤炭价格下降基本同步。但是，原油价格在2009年1月开始复苏，而煤炭价格在2009年初仍延续2008年的下降趋势，直到5月才开始反弹，煤炭价格的上升滞后于原油价格，滞后期大致是5个月。对比澳大利亚BJ动力煤现货价格和WTI原油价格周数据走势，对近期的煤价与油价走势就可以看得更清楚些：煤炭价格已经抬头上行。

为什么煤炭价格与原油价格有高度正相关性？虽然煤炭的供需结构、产能问题等，与石油不同，但数据说明它们之间存在高度正相关性。理论的解析是，各类能源之间有可替代性，随着能源日益稀缺和能源价格走高，各能源之间的替代性会越来越强。在能源价格比较低的时候，能源之间也会有替代。但是，替代成本也比较大，替代动力不强，替代需要的投资大，因而替代可能是不经济的。随着能源价格上涨，替代动力和替代条件日益充分。例如，在2008年煤炭和天然气价格高涨时，电价因政府管制而不涨，老百姓就买电磁炉，以电替代其他生活燃料。能源价格越高，替代投资就会相对小，替代可能性就越大，一旦能源价格走到一定高度，很多能源替代都将成为可

---

① WTI（west texas intermediate），即美国西德克萨斯轻质原油，是具有代表性的国际市场原油价格，其他还有诸如布伦特、阿曼、迪拜等市场的价格，是国际油价的风向标。

能。能源的可替代性，使各种能源产品的价格具有联动性。对于不可再生能源，能源可替代性使一种能源价格的走高带动其他能源价格上涨。

当石油价格上行，煤炭也一定会跟着上涨，尽管可能会有一段滞后期。这种价格联动关系既与能源替代相关，也受心理、预期和其他因素的影响，受产能的影响可能反而小一些，也就是说，即使中国产能充足，煤炭价格也可以上涨。此外，我们面临的气候问题也可能对煤价产生压力。

3.15 如果中国煤价上涨，通货膨胀可能重新抬头

对于2007年和2008年的通货膨胀所引起的种种宏观经济社会问题，我们仍心有余悸。中国目前CPI、PPI数据已经连续5个月负增长，有人认为中国短期甚至中期都不会出现通货膨胀，在很长一段时间内，防通胀都不是经济工作的主要的任务，其主要根据是中国的产能过剩。

从2009年1月石油价格开始回升，最近则大幅度上涨，目前在70美元/桶，大约是最低点的两倍。根据2000～2009年的国际煤炭和原油价格走势可以看出，煤炭价格与原油价格存在高度正相关性，而且调整的幅度也大致相近。那么，这意味着中国的煤炭价格即将走高。煤炭价格走高对于中国正在复苏的经济来说，是一个很坏的消息。除了使煤电企在2009年合同煤价争执不下、互不相让的情况更为复杂，在对宏观经济指标的影响中，煤炭价格对CPI和PPI的影响最令人关注。

如果将近年秦皇岛煤炭价格（大同优混6000大卡[①]平仓价格[②]）和中国CPI、PPI价格指数的趋势相对比，除了时间上有滞后外，走势基本相同。但是，相对于CPI而言，煤炭价格走势与反映生产资料价格的PPI指数的趋势更加吻合，换句话说，PPI价格指数走势受煤炭价格的影响更大。在普遍产能过剩的情况下，许多行业虽然由于能源价格上涨导致生产成本上升，但由于市场竞争，其向下游产业传导价格的能力较差，能源价格上涨主要体现为行业利润压缩，而不是通货膨胀。

但是，能源价格对通货膨胀的影响，也有其理论基础。CPI是消费者物价指数，是反映与居民生活有关的商品及劳务价格的物价变动指标。煤炭作为最主要的生产资料，其价格上升必然会对电价、成品油价以及汽车、家电等

---

① 大同优混6000大卡：是指山西大同出产的、发热量为6000大卡/kg的优混煤。

② 平仓价格，又称FOB价格，是指运输工具上交货价格，也就是说卖方把煤炭装在船舶上，但不支付海运运费的交易价格。与FOB价格相对应的是CFI价格，是指成本加保险费、海运运费（目的港）价格。

居民消费品价格产生影响。但是中国的电价管制使得煤炭价格上涨比较难传导到电价上。因此，煤炭价格对CPI的直接影响不会很大。计算CPI价格的一篮子商品主要是与居民生活有关的商品及劳务，受到煤炭价格的影响相对间接，程度也较弱。如果产能充裕，终端产品市场竞争激烈，即使煤炭价格的上涨使得终端产品的生产成本有所提高，终端产品的价格也不会很快大幅度提高。

另外，间接影响不容忽视。能源价格的大幅上涨将对非能源产品价格产生压力是值得担心的。例如，物价压力主要体现为农产品价格上涨，这跟能源价格上涨有关系。假定从农民那里购买农产品的价格不变，大幅度农产品运输成本的上涨也足以推动终端农产品价格上涨。相对于CPI，PPI受到煤炭价格的影响更大。近5年来，中国现阶段经济发展体现出对煤炭的高度依赖性，尤其是电力、冶金和建材行业是最主要的煤炭消耗行业，可以说中国整个庞大的工业都是建立在煤炭的基础上的。因此，反映生产领域价格变动指标的PPI受煤炭价格的影响巨大。事实上，PPI的走势与煤炭价格走势的形态非常接近，二者分别在2008年7月和8月达到峰值，之前的上升态势和之后的下降态势都相近。而PPI对CPI的影响，虽然会滞后，但不容置疑，这就是所谓的成本推动型通货膨胀①。

能源价格上涨的压力，一部分转向了生产资料产品价格，另一部分转向了消费品价格。但生产资料产品的价格上涨在经过一段时间后，也必然向消费品转移。从生产资料产品价格上涨向消费品价格上涨传递的过程是较漫长的，取决于市场状况、经济实体的产能和货币政策环境。但是，无论直接的或是间接的，能源价格上涨终是要反映为通货膨胀。

厦门大学中国能源经济研究中心的经济学模型研究也说明，煤炭价格对CPI和PPI的影响都是滞后的。煤炭价格上涨在第一个月就会对PPI产生影响，但影响比较小，大致在滞后6个月时会对PPI产生明显影响；PPI上涨大致在滞后5个月时会传导到CPI上，并对CPI产生一个持久的影响。

根据两次危机中的能源电力需求走势的对比，这次危机中需求下降更严重些，电力需求与GDP增长的背离也更大。但是，目前能源电力需求已经好转，这得益于政府从2007年亚洲金融危机中获得经验，及时进行大规模投资拉动。预测GDP增长会在未来的一年时间内仍高于电力需求增长。但是，根据世界上主要发达国家在城市化和工业化进程中所体现电力需求趋势的基本特征，我们发现电力需求呈现出一定的阶段性特征，短期的经济波动并不会

① 成本推动型通货膨胀，是指由于生产成本提高而引起的物价总水平上涨的现象。根据成本提高的原因不同又可以分为工资推进型通货膨胀和利润推进型通货膨胀。

影响经济发展的大的趋势，换言之，电力需求会随着短期的经济波动呈现出波动性，但在经济回到大趋势上之后，电力需求也会立刻得到调整。也就是说，现阶段中国能源电力需求是刚性的。

2000～2009 年国际油价和煤价走势数据说明煤炭价格与原油价格的高度正相关性，而且调整的幅度也大致相近。由于能源之间相互的可替代性的存在，能源的价格也存在着正向的相互影响，一种价格的走高会带动另外一种能源价格的攀升。2000～2009 年的价格数据显示，煤炭价格的上升与原油价格的上升相比滞后期约为 5 个月，价格的下降趋势基本同步。政府必须对此有所准备。那么，考虑煤炭价格上涨对 PPI 和 CPI 的滞后影响，从 2009 年石油价格上涨到最终对 PPI 的影响应该会滞后 6 个月，对 CPI 的影响大致会滞后 11 个月。也就是说，如果近期国内煤炭价格走高，PPI 可会比较快抬头，年底传导到 CPI。

如果中国煤炭价格真的走高，对于中国正在复苏的经济来说，是一个很坏的消息。除了使煤电的争执更为复杂外，煤价推高 CPI 和 PPI 的作用会有滞后，却是确定的。因此，政府应当准备相应的措施，以应对其对通货膨胀的影响。一旦煤炭价格上涨，可能会迫使政府上调电价。较高的能源价格更有利于能源效率的提高，减少排放。但是，2008 年政府选择的是管制电价。选择管制电价不是一个好办法，因为，只要电价受控，煤炭就无法完全市场化，仅仅控制产业链的终端价格会引起更大的市场扭曲、更大的浪费和更高的成本。

3.16　山西无煤说明目前中国煤炭市场的确出问题了

山西是国内最大的电煤供应省。但是，由于电煤供应短缺，太原供电分公司发布“限电令”，从 2010 年 1 月 5 日起对部分高能耗企业实施拉闸限电，同时对市内 40 余家高耗能企业实行“开三停四”的限电措施。据说，当前山西大部分发电企业存煤已经处在警戒线以下，多家电厂因为无煤而出现连续停机现象，坐在煤山上的山西电厂由于本地无煤可购，不得不出省寻煤。

事实上，各港口煤炭价格普遍上涨，大多用煤省份都在找煤，电力企业将难以承受煤价上涨的成本压力。这一次煤价上涨是否会演变成一场新的“电荒”，引起了广泛的关注和讨论。以往比较常见的“电荒”主要是装机容量不足造成，解决办法也比较简单，就是尽快增加电力装机。对于本次电力短缺，各方基本达成共识，即源于电煤供应不足。以山西为例，山西并非

“硬缺电”，据统计，当前山西电力装机容量超过4200万kW，而山西的电力需要不过3000万kW。但是，对于电煤供应紧缺的原因及解决方案，则众说纷纭。

国内煤炭产能应该没有问题，小煤矿停产的问题对煤炭产能有影响，但应该不足以造成如此大规模缺煤。中国煤炭运输跟不上需求增长不是才出现的一个问题，煤炭大省山西电煤供应短缺也说明目前缺煤的主要原因可能还不是运力。有人说，这是每年签煤电合同的博弈而引起的短期煤炭短缺，好像有一些道理。

在当前以及今后很长一段时间之内，煤炭仍然是中国电力的主要能源来源，煤电之间的焦点在价格。如果不尽快解决煤炭问题，电力供需平衡将非常脆弱，“电荒”将会由不同原因引发（包括煤电矛盾、异常气候等）而持续出现，并成为中国经济发展的一个障碍。我们都知道，缺电的社会经济成本远大于电力供应成本。

现在我们看到的电荒不是突发事件。冬季是能源需求高峰以及气候会影响煤炭运输是一个常识。而年年抢运电煤使我们思考：为什么电厂不能早做准备，在用煤高峰期来临前就增加电煤库存。在煤炭价格大幅波动的情况下，煤炭的市场化和电力政府定价使得煤价对电力存在很大风险，此外，囤煤本身也有成本。电价影响到国计民生，在市场转型过程中，把电的定价权完全交给市场有一定难度。厦门大学中国能源经济研究中心的一项研究说明，在电力市场化改革未到位的情况下，目前找不到其他更好的解决办法，切实推进“透明的”和“有限制”的煤电联动是解决煤电矛盾的有效手段。

煤电联动的一个目的是防止电动了，煤接着动。在特殊的情况下，即当煤价出现快速上涨，可以考虑像对石油一样，由中央政府对煤炭征收“特别收益金”。中国的煤炭资源基本是国有的，产量相对集中，以国有大型煤炭企业为主。2008年，全国煤炭产量大致是27亿t，其中神华集团、中煤能源、大同煤矿等35家大型国有煤炭企业产量超过1000万t，神东等13个大型煤炭基地产量超过20亿t。因此，对煤炭征收“特别收益金”，即通过测算煤炭资源的成本、各种费用以及利润空间，保证留给企业足够的收入用于可持续发展的开支后，计算出特别收益阶段。中央政府征收煤炭“特别收益金”提供了卖多而不是卖高的动力，可以缓解煤价上涨的压力。中央政府还可以用“特别收益金”的收入建立特别基金来稳定电价，避免电价大幅度波动。

中国目前煤炭发电量占总发电量的80%，煤炭成本占发电成本的60%～70%。煤价上涨电价不上涨就会对电力供应有影响，解决电力短缺就会是政府必需面临的一个重要问题。如果电力短缺是由于缺煤，解决短缺问题的选择就不是很多；要么煤电联动，要么抑制煤价。如果政府不想管制煤价，那就只能通过降低煤炭运输成本，或者增加煤炭产能，使煤炭供应相对宽松。

由于铁路垄断和运力紧张，中国的煤炭运费一直居高不下。为获得运力，煤炭企业还需要支付一些不合理的收费。据估计，煤炭价格中运费可以占到50%，高运费是高煤价的一个重要因素，也可以为煤价下降提供空间。一方面，中国“北煤南运”的格局将长期存在，晋陕蒙仍将是主要的煤炭调出基地，增加和提高铁路运力效率可以确保煤炭供应和降低煤炭运输成本。另一方面，政府的关闭小煤矿，严格控制煤矿超负荷生产等措施将减少煤炭生产能力，然而中国从来不缺增加产能的动力和能力。问题是，降低煤炭运输成本或者增加煤炭产能都需要时间，解决煤炭问题要从根本上缓解煤炭运输紧张。

在煤炭生产和消费速度快速提升的情况下，如何使得中国铁路运输、水路运输和公路运输的建设能够跟上煤炭增长的速度以缓解煤炭运输紧张的现状是我们需要考虑的问题。而现实的情况是，煤炭需求的急剧上升使得运输紧张的状况越来越严重。煤炭铁路运输请车满足率的逐年降低说明了运输能力与消费增长的矛盾逐渐激化。从更长远的方面看来，运输能力将直接影响到煤炭全国性统一市场的建立。运力配置的竞争决定着煤炭市场的竞争，煤炭价格的扭曲会对社会经济生活产生严重的负面影响。

能源运输系统的发展得到了政府的高度重视。2010年10月召开的十七届五中全会上通过了关于“十二五”规划的建议中，综合建设运输体系与建设现代能源产业被并列提出。传统的能源运输的发展模式已经不能适应目前能源消费快速增长的国情，同时也很难做到与资源环境的协调发展。对传统能源运输模式的改革势在必行。一个观点是，我们必须建立有效的能源运输。所谓有效的能源运输是满足能源需求，能源和环境资源优化配置，能提高能源效率的运输模式。中国传统能源运输没有考虑运输业在能源和环境资源的优化配置和能源安全等方面的功能，对运输的外部性也没有采取有效的对策。

根据世界银行1996年《可持续运输：政策改革的关键》，可持续交通运输应该包含三个方面的内容：一是经济的可持续性，是指交通运输必须保证能够支撑不断改善的物质生活水平，即提供较经济的运输并使之满足不断变化的需求；二是资源与环境的可持续性，是指交通运输要最大限度地支持资源优化配置和环境质量；三是社会可持续性，指交通运输产生的利益应该在社会的所有成员间公平分享。能源运输的发展只有与能源结构和能源的发展战略保持一致，才能顺利走上可持续发展路。

跟煤最近的山西电厂望着煤山却买煤无望，说明目前中国煤炭市场的确有问题。如果电厂国有，山西省外买煤这种舍近求远造成的高运煤成本最终必通过推高电价，由消费者承担。

3.17 期盼一个可靠有效的煤电联动机制

2009年年初全国煤炭产运需衔接合同汇总会因煤电双方价格分歧过大，五大电企一单未签。这一年尽管有些困难，也增加了一些成本，但总算是基本上过来了。现在大家关心的是，2010年的合同汇总会马上又要来了，煤电双方的格分歧会不会再次导致合同问题。

目前中国煤电之间矛盾的关键是价格，根本原因是煤价市场决定、电价政府管制。从现实看来，电价市场化可能还需要相当长一段时间，电力政府定价使得煤电联动成为发电企业应对燃料价格上涨的基本依靠，及时合理的煤电联动成为解决煤电之间矛盾的关键。

中国政府根据2004年《国家发展改革委员会关于建立煤电价格联动机制的意见》，建立了煤电联动机制。其基本内容是，原则上以不少于6个月为一个煤电价格联动周期，若周期内平均煤价比前一周期变化幅度达到或超过5%，相应调整电价，其中煤价涨幅的70%由电价来补偿，其余30%由发电企业通过降低成本来承担；若变化幅度不到5%，则下一周期累计计算，直到累计变化幅度达到或超过5%，再进行电价调整。机制建立之后，2005年和2006年进行了两次煤电联动。

厦门大学中国能源经济研究中心的一项研究对美国、日本和中国燃料价格调整机制（联动机制）进行了具体内容的比较，内容包含燃料价格调整机制的目的、联动对象、燃料成本传递比例、调整时间、测量燃料成本的基准、有无保护低收入者的措施、所使用的数据、对于使用预测数据进行联动的电力企业有无进行预测偏差纠正机制、价格调整的方向是单向还是双向，基本包含了调整机制的所有主要内容。比较的结果说明了一些问题。

首先，从理论上说，任何燃料价格调整机制的主要目的都是确保电力服务。但是，国情不同，实践就很不一样了，根本的不同在于，在美国和日本，发电企业基本私有，确保电力服务就必须确保电力企业的财务安全。中国发电企业基本国有，短期来说，确保电力服务不一定必须确保电力企业的财务安全，也就是说，中国的电力服务不会因为发电企业的亏损而受到很大影响。这样，中国的煤电联动目的就带有一定的偏差。

美国的燃料价格调整机制于第二次世界大战以后，尤其在两次石油危机中得到广泛应用，主要原因就是两次石油危机中由于燃料价格的快速上涨，严重威胁到电力企业的财务安全，从而使得电力服务无法得到保障。日本是一个能源极度缺乏的国家，其能源供给的95%靠进口，国际能源价格的上涨直接威胁到电力企业的财务安全。因此，为保证电力企业不因为亏损而危及提供电力服务的能力，日本电力监管部门采用了燃料价格调整机制。中国煤电联动推出的背景也是煤炭价格上涨，但是，与美国和日本略有不同的是，由于体制和历史的问题，如中国市场煤[①]与计划电的矛盾，其目标从一开始就包含缓解发电企业的财务负担和解决煤电矛盾，并兼顾其他社会问题，如居民电力负担、通货膨胀等。美国、日本和中国的燃料价格调整机制的不同目的，在其内容中也得到了充分的体现。

由于目标有所不同，在燃料成本传递比例方面，美国和日本基本上是100%燃料成本传递，而中国规定70%的煤炭上涨成本可以传递，另外30%的燃料成本由电力企业承担。在调整时间和使用的数据方面，日本和美国多是月度调整和季度调整，而且美国的联动机制中有一大部分是使用电力企业本身的预测数据，提前联动，这是为了更好地保证电力企业的财务安全，保障其提供电力服务的能力。当然，因为使用预测数据进行提前联动，在之后的规定时间里面就有偏差纠正机制，也就是当实际燃料价格数据与预测数据不一致时，便进行偏差纠正调整。日本和中国使用的是历史数据，是滞后联动，因此不需要这种纠正机制。

其次，价格调整方向也反映了中国电价的一个基本问题。美国和日本都是可以双向调整，即当燃料价格上涨时，电力价格上涨，当燃料价格下跌时，电力价格也随之下跌，这体现了联动价格的主要目的是确保电力公司的财务安全。由于中国的电价管制（没有调价到位）和历史的低价特征，煤电联动调价至今仍是单方向的，燃料价格上涨，电力价格随之上涨；而当燃料价格下跌时，电价无法随之下调，比如说，2008年下半年煤价大幅度下降，电价却没有下调。这体现了中国的煤电联动机制并不是单纯地为了解决电力企业的燃料成本问题，而更多着眼于缓解电力企业的财务困难和解决短期煤电之间的矛盾。

最后，日本和中国的燃料价格调整机制中都有保护低收入者的措施，例如，日本是对居民最小电量不予联动，而中国的联动机制要求居民电价、农业电价和中小化肥电价保持相对稳定，一年最多联动一次，美国则没有这方面的规定。对于中国来说，现阶段电力补贴是可以接受的，但是无目标的补贴方式需要改革。

综上所述，美国和日本由于其燃料价格机制的主要目的是确保电力企业的财务安全，煤电之间的关系主要通过煤电一体化和长期合同等方式来解决。

---

① 计划煤、市场煤：中国1993年进行煤炭价格部分市场化改革，国家为了确保电价稳定，设定了国有大型电厂的电煤价格，从而形成了“计划煤”与“市场煤”之间的价格双轨制。以前计划煤比市场煤便宜很多，这也就造成了多年来的煤电矛盾。煤炭价格机制双轨制已于2006年12月取消。

而中国的煤电联动由其产生的特殊背景，决定了其主要目的更多的是缓解发电企业的财务负担和解决煤电矛盾，还兼顾其他宏观社会问题，这种多目标性直接导致了联动机制无法顺利实施。事实也是如此，在2005年和2006年进行了两次煤电联动以后，就没有出现第三次煤电联动。

改革中国煤炭联动机制，其重要性不仅在于缓解发电企业的财务负担和解决煤电之间矛盾，更重要的是可以为发电投资提供一个可以相对确定的商业环境，为电力投资，尤其是民营和外企的电力投资提供一个可以预期的财务保障。自2003年以来，我国煤炭价格持续上涨，以秦皇岛5500大卡煤炭为例，2003年至今，煤炭价格累计上涨超过150%，销售电价上升幅度仅为32%。自2004年煤电联动机制颁布以来，我国共实行了四次煤电价格联动，热电价格长期倒挂的问题仍然存在。持续亏损，发电企业的财务危机显著增加，可能会导致电力供应的风险。一旦煤炭价格再次上涨，煤电联动可能是必须的选择。

选择管制电价不是一个好办法，电力消费了中国近50%的煤炭，只要电价受控，中国煤炭就无法完全市场化，也是一个扭曲的市场。由于大型煤电企业的电煤价格谈不拢，没有稳定的电煤契约就难以保证稳定的电力供应，中国煤炭运输主要靠计划安排，没有煤炭合同，就很难安排运力，而煤电之间通过中介也会产生交易成本。作为产业链，仅仅控制产业链的终端价格会引起更大的市场扭曲、更大的浪费和更高的成本，这些最终都将进入终端电价。也就是说，如果政府选择管制电价，可能需要考虑同时管制煤价；既然管制电价，为什么不能管制煤价？

目前，市场上传来电价即将上调的消息，但是，煤电双方期盼的不是简单的电价上调，而是一个可靠有效的煤电联动机制。

3.18 煤电为什么难以联动

目前中国煤电之间矛盾的关键是价格，即煤价市场决定、电价政府管制。在电力市场化和价格改革不能到位的情况下，找不到其他更好的解决办法，煤电联动仍然是解决煤电矛盾的有效手段。从2004年煤电联动机制建立以来，虽然有过多次电价调整，但真正按照煤电联动机制调价只有两次。为什么煤电难以联动？

一般来说，电价有两个最基本的目标：第一，传递价格信号以帮助消费者和投资者对其消费与投资做出正确的决策；第二，保证受管制的电力企业能够收回合理的成本以确保其有能力提供电力服务。现在中国的电价现状是，受到行政管制的电价没有完成第一个目标，即并没有向投资者和消费者提供经济有效的价格信号以优化资源配置；也没能完成好第二个目标，即使电力企业没能够收回合理的成本以确保其有能力提供电力服务，发电企业去年集体亏损，今年电网亏损。

理论上，煤电联动机制除了可以保证第二个基本目标之外，还可以有效地提高完成第一个目标的程度。煤电联动机制是在电价管制背景下，由于煤炭占电力企业成本比重较大，而电力企业对煤炭价格的控制力很小，为保证电力企业在煤价变动幅度较大时能够收益的一种机制。及时的联动价格调整可以提供相对有效的价格信号，这样，消费者可以意识到燃料价格的变化，并相应的做出反应，如节约使用电力。从短期看，消费者的负担重了，但是可以保证消费者不缺电，所以，煤电联动对电力企业和消费者都是有益的。因此，世界各国在使用传统回报率管制的电力产业中，大多都使用联动机制来解决受管制的电价和价格波动性较强的燃料之间的矛盾，而煤电联动实质上是提供了在电价中反映煤炭成本变化的机制。

煤电价格联动机制不是中国独有的。煤电价格联动机制在国际上被称为燃料调节机制，许多国家都在使用。厦门大学中国能源经济研究中心的一项研究说明，美国和日本的燃料调整机制的主要目的是保护发电企业，联动周期更短，而且有许多电力公司都是使用预测燃料价格数据进行联动，也就是说预先补偿发电企业的燃料成本，以保护发电企业提供电力服务的能力。但中国的联动周期较长，而且要求发电企业承担30%，中国煤电联动的目的更多是为在煤炭市场化而电力受到管制的背景下理顺煤电关系。美国和日本的燃料调整机制主要是通过听证完成的，目的就是补偿发电企业由于燃料价格上涨而造成的成本增加，并不涉及理顺煤电之间的矛盾，只与发电企业与终端电力消费者有关，与燃料提供者无关。

根据对国际以及中国燃料调整机制的对比，中国的煤电联动无法顺利执行的原因主要在于：首先，中国煤电联动的动机不单纯，希望弥补发电企业燃料成本的增加，又旨在理顺煤电之间的关系，同时还要顾及消费者支付负担和物价压力，要同时达到几个相互牵制的目的自然很难执行下去；其次，中国还没有形成统一规范的煤炭市场，煤炭价格基准的确定需要投入很大的精力进行煤矿成本核算、煤炭市场价格数据采集、煤电双方认可的煤炭价格指数的计算以及合理的中间环节加价比例的计算等。事实上，中国至今没有能够建立起来一个完善的煤炭价格数据库。此外，如果有了煤炭期货市场，企业就可以进行保值操作，保障财务安全。

目前中国的煤电联动无法保证发电企业的稳定收益，尤其是在煤炭价格大幅度上涨的情况下。原因很多，主要原因是电力行业的国企垄断以及政府行政定价。国有企业因为其性质的特殊性，常常成为政府实施其职能的工具，能源补贴等政府行为常常被强加其头上。同时由于电力对国计民生的重要影响常常成为政府调控宏观经济的工具，政府掌握了定价权，企业很难维持稳定的收益。在2008年消费者价格指数一路走高的情况下，为了避免通货膨胀，煤电联动的时机并不成熟。如果民营企业在发电行业中占据了绝对位置，政府的做法可能就不再可行，在企业亏损的情况下保证电力的供应难度加大，电力短缺问题将会变得更加严重。电力与经济活动和居民生活直接相关，由于其重要性、复杂性和敏感性，以及中国经济转型过程中存在和面临的社会经济问题很多，电价成为政府宏观政策工具的另一个风险就是电价改革可能因为各种社会经济问题而搁浅，煤电难以联动。但是，以往的电价政策导致了电价不能随煤炭价格上涨而调整到位，使得中国电力价格只能上调，无法下降。实际上，至今为止的电价一路上涨，老百姓难以接受。

电力企业除了短期要求尽快煤电联动以外，在中长期战略上必须对煤电联动的困难有所准备。应对煤炭成本压力的办法应该有许多。实行能源结构多元化的战略，如增加核能和各种可再生能源的份额，加强煤炭长期购买策略，签订长期的能源购买合约，以将煤炭价格锁定在比较稳定的区间，主动进行保值策略，例如，可以对未来所需要的能源在金融市场上利用能源金融衍生品[①]进行保值，还可以通过购买煤炭资源增加煤炭存量，如煤电一体化，即在较低的煤炭价格时，进行成本收益核算，储存合理数量的煤炭。

当煤价大幅度上涨，政府必须考虑电力企业的财务状况，煤电联动可以短期拖后，但联动却是必需的。政府除了设立和执行煤电联动机制以外，与联动相配合的管理还应该主要体现在两个方面：一是严格对电力企业进行成本和价格的监管，二是如果政府认为有必要维持相对稳定的电价水平，可以运用直接补贴，但是补贴的设计很重要。大多煤电企业都属国有，政府可以加大对煤炭资源税和企业合理税利的征收，用来补贴应该受到补贴的电力消费者。通过建立透明合理的电价形成机制，理清电力企业的成本，可以清楚地让消费者知道电价形成的每个环节，并明确哪些是由财政补贴的、补贴了多少。这样，公众可以清楚煤电企业的利润来源和利润幅度，从而也就能够接受煤电价格上涨的事实。

及时到位的煤电联动的另一个好处是，能够使电价随着煤炭价格上下波

① 金融衍生产品（derivatives），是指其价值依赖于基础资产（underlyings）价值变动的合约（contracts）。这种合约可以是标准化的（如期货），也可以是非标准化的（如远期协议）。金融衍生产品的共同特征是保证金交易，即只要支付一定比例的保证金就可进行全额交易，不需实际上的本金转移，合约的结算一般也采用现金差价结算的方式进行，只有在满期日以实物交割方式履约的合约才需要买方交足贷款。因此，金融衍生产品交易具有杠杆效应。

动，改变中国电价一路上涨的状况，调价也就更容易被公众所接受。

3.19 煤电联动是现阶段缓解煤电矛盾的必要措施

2009年全国煤炭产运需衔接合同汇总会因煤电双方价格分歧过大，中国华能集团公司、中国大唐集团公司、中国华电集团公司、中国国电集团公司、中国电力投资集团公司等五大发电集团一单未签，致使合同量不足50%，导致一些地方煤炭交割受阻。由此，出现港口煤炭库存上涨，电厂存煤下降。据统计，直供电厂电煤库存已由11月末的5000万t（可用天数27天）快速降至12月末的4300万t（可用天数23天）。电企靠前期积累的高库存与煤企博弈，虽然电厂煤炭库存下降加快，但仍处高位。2009年一季度季节性的低电力需求也为电力企业提供了机会，由于政府的干预，国内大型煤炭企业还可能在无价的情况下供煤，电煤双方的僵持至少还会持续一段时间。

煤电双方出现价格争议早在预料之中。首先，订货会的形式本身就有待商榷；其次，在能源价格大幅波动的形势下，期望订货会能够达成有价的合同是不切合实际的。煤炭产运需衔接合同汇总会的形式，对于煤电双方增进了解、政府部门协调运力有一定帮助；但是，在当前能源价格大幅波动的情况下，期望在年初就锁定有量有价的合同不切合实际，对煤电双方来说都存在很大风险，对电力行业尤其如此。中国目前正处在市场转型的阶段，如果电价完全市场化并不有利于保持经济的稳定发展。厦门大学中国能源经济研究中心的一项研究成果则指出，政策的作用都是阶段性的，在电力市场化改革并不完全的情况下，推进“透明”的和“有限制”的煤电联动不失为现阶段解决煤电矛盾的一个较好的手段。

煤电联动政策始于2004年年底。联动方案透露的信息是5%的变化幅度是煤电联动启动的标准。按照设想煤电联动的机制可以将高涨的煤价顺加到电价上，然而目前中国的现实却很难实现销售电价的随时调整。虽然煤电联动的本质仍是政府主导，不是市场的自动调整，但它是现阶段一条联动煤炭和电力行业的重要纽带。“透明的”煤电联动可以为煤电行业提供一个相对确定的商业运行环境，降低企业运营风险。

应该认识到，煤电联动不是一个市场定价制度，因为它不是符合条件就自发联动，只是市场化过程中的一个过渡性措施。目前的做法是，由政府相关部门根据宏观条件以及其他情况综合考虑是否联动。即使按规定联动，仍是典型的政府定价。

当初在煤电联动机制建立时，对它的预期是：持续的煤炭价格上涨将一步步迫使政府走进“煤电联动”的困境，因为涨电价可能影响到经济增长和社会稳定和谐，这是政府不愿意做的事。但是，之后出现的更大问题是煤电不能联动，受通货膨胀等多种宏观决策因素的影响，2008 年的煤电联动并未如期执行，直接造成电力企业的大面积亏损和装机充裕情况下的局部性缺电。

这样，作为一个政府定价机制，煤电联动目前并不为人们尊重。

当然，2008 年的情况比较特殊，我们也可以理解政府为什么不实行联动。但是，现在的情况已经基本改变，政府有必要尽快恢复煤电联动的权威性；否则，计划电和市场煤的矛盾将影响煤炭、电力行业的生产和供应，从而影响经济发展。

如果价格风险预期不明确，煤企和电企就必须博弈，甚至与政府博弈、与消费者博弈。问题是，不能让煤电的价格博弈影响经济运行。有效推进煤电联动，需要有透明的规则，并且政府严格按照规则执行。如果政府认为在煤炭价格大幅度上涨的情况下，承诺严格进行煤炭联动有风险，建议实行“有限制”的煤炭联动机制，即上网电价按规定联动，政府通过补贴电网来把握可接受的终端电价调整限度。中国电网只有两家，都是国有，补贴的方式可以比照石油补贴，应该比较容易，联动周期也可以根据市场变化适当调短，这样，就像成品油价格一样，至少上网电价是可以有上有下。以前政府定电价，基本是“只上不下”。如果“煤电联动”后还是只上不下，就无法向公众解释：为何煤炭上涨的时候需要涨电价，煤炭价格下降时不能下调电价。有限制的、透明的煤电联动机制可以部分解决这一问题。

在煤电联动的前提下，政府通常有两种做法：一是在源头上严格对电力企业进行成本和价格的监督，这需要较高的监督管理成本；二是在电力交易完成后通过对消费端直接补贴的方式稳定电价。补贴经费的来源可以从煤电企业增收资源税等获得，用以补贴应当补贴的用电消费。这种方法是一种可以兼顾效率和公平的方法。

从经济学理论看，中国目前的能源和环境的许多问题（还有其他，包括春运问题)，都可以通过提高价格来解决，价格足够高（或让价格反映成本)，需求就下去了。但是，从其他角度看待价格问题，会有不同的结论，之所以政府定价，就是要解决平衡的问题。但是，我们不能为这个平衡付出太大的代价。

现阶段要走出“煤电联动”的困境，仅靠“透明”的和“有限制”的煤电联动可能还不够。要保证煤价、电价按时能联动，就不能出现类似 2008 年上半年煤价增长过快的情况。因此，首先必须保证煤价不过快地上涨，电煤价格管制显然不是好办法，对解决问题的作用不大，还会造成扭曲。如果政府不直接干预煤价，那就必须从降低煤炭运输成本或者增加煤炭产能入手，造成煤炭供应相对宽松。

其次，在2008年，国际煤炭价格出现了高速上涨的情况，从2007年初的60美元/t上涨到200美元/t，国内煤价也从300元/t上涨到550元/t，在这样的情况下，类似石油，针对煤炭推出特别收益金是可行的。征收“特别收益金”的关键在于对于特别收益阶段的确定。特别收益阶段的基准应该剔除了资源成本、人工费用以及利润空间，保证足够的收入用于可持续发展的成本之。征收煤炭特别收益金的最大的意义在于给厂家提供了做多产量而不是做高价格的动力（高价格的部分会被政府收走），能够缓解煤炭上涨的压力。我们建议由点及面地推广这个政策，并且由中央政府统一收取，避免地方政府通过补贴返还煤企。

缓解当前煤电价格矛盾，还可以由煤电企业双方自主确定合同期。例如，根据市场变化按季度确定价格。运力是左右煤价的一个重要因素，运输成本占煤炭成本的很大比重。更科学规划、设计运力，提高铁路运输效率，使运输更好地配合市场，对缓解煤电矛盾有很大帮助。

当然，根本的解决办法是，改革电力定价机制，推进电力市场改革，使电价能充分反映煤电成本和市场供需，提高发电用电效率。在煤电联动政策出台的同时应该从根本上改革电力制度建立科学合理的电力规范和电价系数以实现最终的电力市场化。具体而言，配合有限制透明的煤电联动政策，首先应该意识到的是政府的监督管理和惩罚措施的确立，运用行政手段规避煤炭市场的缺陷。同时应当更加透明电价的形成机制，使公众的信息完全，从而接受电价上涨和下调的事实。这都是老生常谈，需要提醒大家的是，上述办法都应该是过渡性的，市场化改革才是最终目标。

3.20 阶梯电价[①]应当是居民电价改革的突破口

自2004年6月起，为了促进经济、环境与资源的协调发展，建立资源节约型和环境友好型社会，政府提出对于工业用电电价采取调整措施。为了遏制高耗能产业盲目发展、促进产业结构调整与升级、促进节能减排、提高能源利用效率，国家发改委和电监会提出，按企业能耗情况，区分为淘汰类、

① 阶梯电价，全名为“阶梯式累进电价”，是指把户均用电量设置为若干个阶梯，第一阶梯为基数电量，此阶梯内电量较少，每千瓦时电价也较低；第二阶梯电量较高，电价也较高一些；第三阶梯电量更多，电价也更高。随着户均消费电量的增长，每千瓦时电价逐级递增。因为这种电价照顾低收入人群维持最低生活水平的用电要求，又被俗称为“穷人电价”。

限制类、允许和鼓励类，执行差别电价[①]定价办法。之后，差别电价的执行不是很顺利。2009 年 3 月 6 日，政府还在清理各地差别电价执行情况。

对于居民用电，政府一直采用保护政策，用工业和商业高电价来补贴居民用电。居民电价按月耗电量采取每度电同一电价，月缴费额等于月耗电量乘以每度电电价的简单计价模式。只是各省市之间每度电的单价略有差别，并没有像工业用电一样对用户类别加以区分，实施有差别的电价。

发展中国家对居民电价补贴的理由很充分。对于发展中国家，在制定电价政策时，政府通常会考虑到较多因素，如社会稳定。中国是一个发展中国家，由于收入问题，经济转型中实行过渡性的电价补贴是合理的，有时甚至是必须的。政府应该努力以可承受的价格为每位公民提供能源普遍服务，并以实际购买力来考虑居民电力消费占可支配收入的比例，力图体现社会公平，构建和谐社会，这就需要居民电价补贴。

因此，政府不愿意提高居民电价的做法就可以理解。事实上，2008 年电价调高就没有涉及居民电价。中国整体电价改革会是一个渐进性的过程，目前很难期望大范围的电价改革。但是，可以在不提高整体电价水平的情况下，将居民电价设计得更好，或者将对居民用电的补贴实施得更有效。居民用电的定价除了应该保证居民的最基本需要外，在能源和环境问题日益突出的今天，还要注重抑制不合理需求，鼓励节约能源和保护环境。现行居民用电单一电价不能做到这两点，补贴也没有针对性。因此，有明确针对性的居民递增式阶梯电价应当是下一步居民电价改革的重点，用经济手段来鼓励全社会节约用电，是居民电价改革的一个突破口。

厦门大学中国能源经济研究中心最近的一项研究说明，发达国家和地区已经较为普遍地实行了居民阶梯式递增电价。20 世纪 70 年代石油危机以后，能源和环境问题日益受到重视，发达国家对居民生活用电基本上实行递增制，即用电越多，电价越高。

日本的电价制度规定了多种计价模式。其中，针对居民生活用电，采用分段电价制：第一段为 120kW · h，是生活必需用电，电价最低；第二段为 121 ~ 250kW · h，电价与电力平均成本持平；第三段为 250kW · h 以上，电价最高，反映电力边际成本的上涨趋势，用以促进能源节约。

美国对居民生活用电采用生命线电价，这是政府对低收入居民特殊照顾的一种电价。生命线电价作为对贫困户的优惠，对在生命线用电量以下的每

---

① 差别电价，为抑制高耗能行业盲目发展，促进技术进步和产业结构升级，根据国家产业政策，按照能耗、物耗、环保、技术装备水平等，将电解铝、铁合金、电石、烧碱、水泥、钢铁等 6 个高耗能行业的工艺装备、技术和产品划分为允许与鼓励类、限制类、淘汰类三类。对限制类和淘汰类的用电执行相对较高的销售电价。

户每月用电量，规定一个较低电价；对超过生命线用电量限额的用户，按合理电价收费；再超过某一用电量限额时，按高于合理电价收费。这种电价递增体现了超额用电对资源和环境的压力，是合理的。

在中国香港，供电服务由香港中华电力有限公司（简称中华电力）和香港电灯有限公司提供。其中，由中华电力提供服务的用户和电力需求均占全港 70% 以上。在电价分类上，中华电力将电价分为四类。其中，对居民住宅用电，实行电价随用电量增加分段增加的办法，即阶梯式递增收费法。

以上各种计价模式都是阶梯式递增电价，分段略有不同，基本原则一样。其理论基础是拉姆齐定价策略（Ramsey，1927），这是以拉姆齐法则为基础的一种定价方式，核心思想是追求预算平衡（满足垄断企业的收支平衡）约束下的社会福利最大化[①]。拉姆齐定价要求产品定价应考虑到不同产品的需求弹性[②]，高需求弹性的产品价格上升幅度小，反之则相反。简单地说，拉姆奇定价法是使用“与弹性成反比”规则，价格弹性较低的用户被收取较高的价格，因此也为补偿固定成本作出更多贡献。拉姆齐模型既考虑了生产者自身的成本，又兼顾到消费者的支付意愿，一直被看做符合社会福利要求的定价模型，对设计差别定价具有重要的指导意义。

拉姆奇定价法根据不同收入群体定价，而实践中则采用针对不同用电量分段实行阶梯式递增电价，不容易确定家庭收入情况是其中一个重要原因。居民大致可以分为三个群体：低收入家庭、中等收入家庭和高收入家庭。各群体有不同的用电预算，一般低收入家庭用电少，高收入家庭用电多。因此，对用电量分段定价基本符合收入群体定价原则。

对于电力企业来说，不同的细分用电市场上，经济性上合理的定价方式应该是根据不同细分市场的价格弹性来确定。通常来说，低收入群体对电价很敏感，容易因电价上涨而减少电力消费，价格弹性大；而高收入消费群体不太在乎电价上涨，价格弹性小。因此，根据拉姆齐法则，对价格弹性大的消费群体，定价应低于价格弹性小的群体。也就是说，供电企业在追求最大利润的前提下，合理的定价策略也应该是低收入居民低电价，高收入居民高电价。事实上，低收入消费群往往存在较大用电增长空间，扩大低价市场，可显著增加用电量。因此，对于售电量来说，一旦区别定价，低收入居民会由于电价降低而提高消费量，而高收入居民不会因为电价调高而降低消费量，因此整体电力消费会增加。就整体电价水平说，企业能否获得更多利润取决

---

① 社会福利最大化，其定义为社会从自然环境中所获得的资源由资源所产生的产品以及产品服务人类的总价值为最大。

② 需求弹性，一般用来衡量需求的数量随商品的价格变动而变动的情况。通常来说，因为商品价格的下跌会导致需求数量的增加，所以这种情况下需求的价格弹性系数为负数。

于阶梯电价的设计。如果政府不愿意提高电价水平，可以对某一时间的阶梯电价采取中性设计，即按现有电量计算，电网企业总收入持平，由于售电量增加，电力企业也能获得更多利润。

对于居民来说，中国现行的居民用电平均定价，没有考虑不同的消费群体。按照目前的电力平均定价或平均提价，那么低收入居民会减少用电量（相对贵），而高收入居民则增加用电量（相对便宜）。现行的对不同消费量实行统一电价的模式，居民平均电价低于供应成本，居民消费基本上是峰荷用电，用电量越多，峰越高，供应成本越贵。在这种的情况下，或通过高工业电价进行交叉补贴，或通过国有电力企业的亏损进行补贴，实质上更多地补贴了高收入居民，因为高收入家庭用电最多。实行阶梯电价，除了能反映社会公平之外，还更有利于鼓励居民节约用电、减少能源浪费。

对于政府来说，对居民用电实行阶梯式递增电价可以提高能源效率。从社会公平的角度来看，也应当对低收入群体实行低电价，效率与公平的方向是一致的。通过分段电量可以实现细分市场的差别定价，提高用电效率。并且，在公平性上，能够相对更多地补贴低收入居民。

如果将某一户居民的用电量根据其用电特征简单地分为几个递增梯段，那么，处于最低梯段的用电量应当是最基本的居民生活用电，是生活必需消费，这一梯段电量的价格弹性很低。既然保证居民生活基本用电是政府的责任，对最基本的生活用电就不一定还要根据价格弹性定价，而可以用生命线电价来保证基本需求，作为政府对低收入居民实行特殊照顾的一种电价。

就整体而言，中国的电力定价基本上是成本加成定价，即成本加收益定价或投资回报率价格规制模型。这种定价方法以全部成本作为定价基础，忽视了市场供求和竞争因素的影响，缺乏适应市场变化的灵活性，不利于电力企业参与竞争，容易掩盖电力企业经营中非正常费用的支出，不利于企业提高经济效率。因此，电价改革的长期目标应当是市场定价，政府监管。

4 低碳转型与节能减排

4.1 为什么“十一五”规划的节能目标不易完成

中国“十一五”规划纲要提出，“十一五”期间单位国内生产总值能耗降低20%左右，主要污染物排放总量减少10%。实现“十一五”节能和减排目标，是政府提出的一项硬性任务，行政约束性比较强。目前减排目标完成比较顺利，节能虽然有进展，但成效有限。2006～2008年，单位GDP能耗累计下降仅10.1%。如果没有2008年经济危机使能源需求大幅度下降，完成情况可能还会更差。为什么“十一五”规划的节能目标不容易完成？要回答这一个问题，主要可以从两个方面来分析，即阶段性能源需求的刚性问题和低能源价格政策。

首先是现阶段能源需求的刚性问题。中国的城市化进程使得能源消费快速增长。对比世界各国的城市化进程，我们发现，在城市化的进程中会出现阶段性的能源需求的特征。能源需求的刚性与高速的经济增长是一致的，这样的特征出现在每个完成了或者正在经历城市化的国家。厦门大学中国能源经济研究中心的一项研究报告预测，在不出现重大灾难性问题的前提下，中国将在2020年进入中等收入国家的行列。

经济快速增长带来能源的刚性需求，其传导机制在于：经济快速增长推动城市化的进程，工业化特征在城市化进程中的体现在于高耗能产业的迅速发展，从而呈现出能源的刚性需求。中国的城市化带来的高耗能产业的刚性需求主要表现在：第一，城市人口能源消费相对农村人口的大幅增长；第二，城市化进程引发的大规模城市基础设施和住房建设，大量水泥和钢铁等高能耗产业将大大推动能源消费。因此，为了满足经济增长和社会现代化的需要，能源刚性需求总是不可避免要经历一段高速增长的时期，即使在技术进步的条件下，能源效率的提高存在一定的空间。

日本是世界上能源效率最高的国家，其城市化和工业化进程中的能源需求也可以说明这一阶段的能源需求刚性问题。由于本身能源匮乏，日本能源战略重视通过技术创新提高能源效率。在第二次世界大战后的工业化阶段，日本的GDP年均增长10.3%，一次能源需求年均增长9.1%，基本接近1∶1的关系，与目前中国的经济和能源需求增长状况十分相似。经济全球化使日本可以利用技术外溢和全球资源进行工业化，缩短工业化时间。但是，日本在工业化阶段的能源需求高增长并未因能源资源匮乏受到影响，而是在相对较短的工业化过程中呈现出能源集中消费的特征。

因此，我们不要低估中国现阶段节能的难度，这也是科学发展观。当然，比较高的“十一五”规划的节能目标可以鞭策我们节能减排。

其次是能源价格问题。通过提高能源效率来达到节能目标需要能源价格改革的配合。目前的低能源价格政策也加大了节能的难度。能源经济学的能源替代理论说明，整体经济或某一制造业部门的能源、资本和劳动力之间可以相互替代。各国在不同时期资本和能源有时具有替代性，有时具有互补性。发达国家的基本总结是：在经济发展的前期阶段，新技术资本的投入需要能源配套，这时，两者存在互补关系；随着能源价格提高，节能技术被大量使用，以节能为目标的资本投入将使能源消耗下降，这时，能源和资本之间通常表现为替代关系。

例如，发明自行车是以资本投入替代了劳动力；发明电动车则是以资本和能源投入替代了劳动力；进一步提高发电机的效率，是以资本替代能源，也就是我们说的通过提高效率节能。然而，改进发动机的节能动力可以来自两个方面：一方面是把能源价格提得足够高，让个人有动力去买更高效的电动车，推动企业去生产更高效的电动车；另一个方面，如果政府不想提高能源价格，那么只能靠政府投入来改进发动机，从而实现节能。

那么，提高能源价格还是政府的节能投入，哪一种对节能更有效？能源经济学的反弹效应理论回答了这个问题。简单地说，提高某种能源产品的使用效率，开始会降低该种能源的消费；然而，如果能源价格不变，因节能而获得的产品成本或能源服务使用成本的下降，会引起能源需求的反弹。许多研究证实了反弹效应的存在，它使政府为提高能源效率而进行节能投入的效果小于预期。

通过提高能源价格迫使个人和企业进行节能投入，实际上是能源价格上涨，导致能源服务成本增加而提供了节能动力。对个人和企业而言，由能源效率提高的节省将抵消能源价格上涨对成本的影响。如果整体能源成本没有下降，就不会有需求反弹，或反弹效应更小；进一步说，能源价格上涨也抑制了需求反弹。因此，以提高能源价格来实现节能更有效。

反弹效应取决于许多因素，包括资源形式、资源使用设备以及资源市场和总体经济的发展程度。在特定条件下，由于存在反弹效应，能源效率提高甚至最终可以导致能源需求增加。这种情况发生在一些发展中国家或新兴国家的低能源价格政策下的能源市场。对于成熟的市场，尽管存在反弹效应，但节能效果依然存在。

充分考虑反弹效应，能更加准确地衡量和评估可能取得的节能减排效果。如果目前中央政府分发给各省的节能目标是以提高能源效率为主，却人为压低能源价格，那么通过提高效率而可能得到的节能减排效果就会小于目标。在环境评估上，反弹效应也将使减排预测因能源效率提高而变得困难。

因此，除非以能源价格改革为配套，否则提高能源效率不一定能降低能源消费总量，也不一定能减少排放总量。反弹效应和能源替代说明，现阶段中国增加资本投入将导致能源需求增长，能源和资本是互补关系。也就是说，在大规模基础设施建设中，资本投入和能源投入同时进行。如果承认目前中国节能减排的迫切性，就必须逐步提高能源价格，尽快使资本和能源之间出现替代关系，从而提高能源效率。反弹效应和能源替代还说明，节能减排应当遵循市场为主，政府行政为辅的原则。行政的节能措施可能有短期效应，但经济社会成本会很大，不是长效机制。

中国经济越强大，对能源和环境问题的关注就越紧要。中国必须节能减排，而且需要付出的努力会比发达国家大得多。这就有必要在认识现阶段节能困难的同时，寻求有效的节能减排策略。

4.2 提高能源价格还是政府的节能投入，哪一种对节能更有效

2009年的十一届全国人大二次会议和全国政协十一届二次会议，又提出了能源价格改革。不论是目前的煤电顶牛，成品油调价，还是比较混乱的天然气价格，都说明了能源价格改革的迫切性，而缓慢的能源价格改革则说明了改革的复杂性。然而，更重要的是，能源价格直接与中国的节能减排相关。

节能目标需要通过能源价格这只“看不见”的手来实现。由能源经济学的能源替代理论，某一经济体或经济体中的经济部门，其能源、资本和劳动力具有相互替代性。一国资本和能源在不同时期，呈现互补或者替代的不同关系。就发达国家而言，在经济发展初期，由于能源价格低廉，能源和资本是互补的关系；随着能源资源的耗竭，能源价格不断提高，资本和能源是相互替代的关系，这主要体现在用资本投入来进行节能技术研发。

举一个具体的例子：人类发明滑轮，是用资本替代了劳动力；发明起重机，是进一步用资本和能源投入替代劳动力；人类提高发电机的效率，是用

资本投入替代能源。节能的动力来源于节能的成本低于能源使用价格。在政府控制能源价格的条件下，节能的投资一般只能来源于政府。那么，讨论提高能源效率的两种手段，哪一种更有效就显得尤为重要。

能源经济学的反弹效应理论告诉我们，在能源价格不变的条件下，能源使用效率的提高会使得能源消费需求经历一个先下降后上升的过程。这种情况多发生一些发展中国家或新兴国家的低能源价格政策下的能源市场。当能源价格上升到足够高，高耗能企业就有了节能的动力。当能源效率的提高，不仅能够弥补节能的投入成本，还能降低整体的能源使用成本，这时能源需求量就会扩大，直到节能投入成本与能源价格上升所导致的能源使用成本的上升相等。因此，总体来说，能源需求量会伴随着能源效率的提高，呈现先上升后下降的过程。

充分考虑反弹效应能更加准确地衡量和评估可能取得的节能减排效果。如果政府人为地压低能源价格，那么即使能源使用效率提高了，其可能产生的节能减排效果却会小于预期目标。因此，必须配合能源价格改革，提高能源效率，才能在降低能源消费总量的同时，减少排放总量。当然，提高能源效率，即使不能减少能源消费，也会增加社会福利，无论如何是一件好事。

反弹效应和能源替代说明，中国目前经济发展阶段的能源需求具有刚性，是能源和资本互相补充的阶段。伴随基础设施建设，能源投入和资本投入同时进行。因此，中国的节能减排不仅要通过能源价格的市场化，还需要在提高能源效率的同时，抑制反弹效应。

综上所述，中国的节能减排，应当以市场为主，政府为辅；以节能优先，发展清洁能源为辅。为了经济的发展和社会的稳定，政府一般人为地压低能源价格，从短期来看，行政措施可能起到一定的效果；然而，其带来的经济社会成本不可估量，并且也是不可持续的。总结起来，首先要提高能源价格，只有提高能源价格才能引导节能技术的大量使用；其次，节能减排需要资金投入。前者需要能源价格改革，后者需要政府的政策资金支持。

4.3 有目标的能源补贴是能源价格改革的关键

只要政府行政定价，补贴就如影相随，如果政府不能改革能源价格，那就必须改革能源补贴。政府能源行政定价意味着补贴。随着能源消费的增加和日益严峻的环境问题，能源价格改革成为中国政府改革的难题。在无法尽快进行能源价格市场化改革的前提下，能源补贴成为能源价格改革的重点。由于电力是居民正常生活的保障，是现代化生活的基础，与居民生活联系最紧密，因此也是居民最敏感的问题。

厦门大学中国能源经济研究中心最近对中国居民电力补贴进行研究，得到如下几点主要结论：①对居民电力消费交叉补贴现象严重，规模巨大。2007年对居民用电的交叉补贴高达2097.6亿元。虽然按人数农村居民多于城镇居民，但对城镇居民的用电补贴远大于对农村居民的补贴。②目前对居民不加区分的电力补贴机制既无效率又不公平，大部分电力补贴最后落到不需要补贴的高收入人群中。占总人数22%的低收入组的用电量只占总用电量的10.7%，而人口比例为9%的高收入组却消费了19.7%。与用电量相对应的，在补贴总量中，真正需要补贴的低收入人群只得到了10.1%，而高收入人群却得到了18.6%。③如果完全取消对居民的用电补贴，越是低收入人群，受电价上涨的负影响越大；其中低收入组的福利损失最大，而高收入组的损失却最小。④改革目前的电价机制，按照居民用电量有针对性地补贴，不仅可以提高居民电力补贴的效率，还能降低补贴支出。新机制下的补贴支出将比目前的补贴机制减少1107.6亿元。如果将这部分减少的补贴支出用于有目标的财政支出，将拉动居民消费，特别是低收入居民的消费。

经济转型国家的政府在制定能源政策时，通常会较多考虑到诸如居民支付能力和社会稳定等因素，所以现阶段居民电力补贴的存在有其合理性。它在一定程度上减轻了居民的支出负担，既保证了居民的基本生活用电，也扩大了用电范围。

但是，目前的电价补贴机制是对于所有的居民实行统一电价，即每消费一单位的电，就会获得相同的补贴。由于电力补贴是通过低于电力供应成本的售电实现，而电网是国企，这种无目标补贴是不公平的。由于没有针对性，以及高收入群体消费更多电力的现实，大部分的补贴最后落入到了不需要补贴的高收入阶层。而低收入群体，特别是其中的贫困的、还处在温饱线上的居民由于其极少的用电量，最终也就只获得了极少的补贴。而且对于少数目前还没有电网接入的贫困地区的居民，则根本就没有机会获得补贴。能源补贴量既定，提高能源效率是不涨或者少涨电价的唯一途径。目前的“一刀切”电力补贴不利于提高居民用电效率。无目标的低电价补贴除了不能引导居民有效用电之外，还刺激了高收入人群对电力的过度消费。这样的结果是与最初的补贴目标背道而驰的。

如果能源价格不能市场化，那么，能源的公平和效率取决于补贴机制的设计。因此，改革后的补贴应该是有针对性的，使低收入人群能够获得大部分补贴。因为不容易确定家庭收入情况，所以用电量是界定补贴范围相对有效的方法。不同收入群体有不同的用电预算，一般低收入家庭用电少，高收入家庭用电多。而对于收入最低的人群，可以采用生命线用电量确定保证其基本生活的最低用电量。作为政府对低收入居民实行特殊照顾的一种电价，对生命线以内的用电量可以采取免费或者定很低的电价。

目前对居民用电的补贴是通过终端电价低于电力供应成本来实现的，所以对补贴机制的改革在一定程度上可能意味着电价的上涨。作为和居民生活联系最紧密的电力价格的上涨，是一个对公众和决策者都很敏感的话题。例如，2008 年在煤炭价格节节攀升时，根据煤电联动机制，电价应该有一定比例的上涨。但政府考虑到通货膨胀、居民承受力等因素，提高了上网电价，却没有提高销售电价[①]。这也说明了电价机制改革的艰难，需要综合考虑对经济、社会和环境的影响。但是，由于低收入阶层的用电弹性[②]最小，电费支出在其消费性支出中所占的比例最高，延续目前的整体调价和实行“一刀切”的价格改革方法必然会对这部分社会最脆弱的群体产生最大的负面影响。

事实上，改革目前的居民用电补贴机制可以是多赢的。从用电的效率和公平的角度说，真正需要补贴的贫困人群获得了补贴，对高收入群体的高电价又可以抑制电力过度消费和提高用电效率；从补贴的角度看，改革后的补贴支出显著减少，利用这部分节省的资金，增加财政支出，特别是对教育、医疗卫生以及社会保障等的投资，还能提高居民的生活福利水平；从电力企业的角度看，低收入消费群体往往存在较大用电增长空间。同时，整体电力消费量也会增加。主要来源于两个方面：第一，低收入居民由于电价降低，增加了电力消费；第二，对高收入居民而言，由于电力消费占总收入的比重很小，其对电价上升不敏感，电力消费量不会有明显的变动。

目前的居民用电补贴机制是缺乏效率和不公平的，因此电力补贴机制的改革是必须的。如何更准确地估计居民用电的价格弹性和用电量，更合理地在补贴机制设计中对居民用电量分段以及再分配减少补贴而节省的资金，都是未来进一步研究的方向。

4.4 燃油消费税率争议的根本问题是能源补贴

期望已久的燃油税方案出来了。有 10 位专家认为方案提出的燃油消费税 1 元/升的税率太低，联名建议应该提高到 3～4 元/L，理由是大幅提高燃油消费税不仅能解决当前能源短缺问题，更能为建设资源节约型、环境友好型社会奠定良好的基础。经济学的理解是，他们认为消费税 1 元/L 不足以反映中

---

① 销售电价，是指电网经营企业对终端用户销售电能的价格。见《销售电价管理暂行办法》。

② 用电弹性，这里指用电的需求价格弹性，是指用电需求量对电价变化的反映程度，或者说电价变动百分之一时，用电需求量变动的百分比。

国的能源稀缺和环境成本。

虽然不知道将燃油消费税提高到3～4元/L，是否就能反映成本，但是，中国的能源价格长期不能反映能源稀缺和环境成本，却是一个事实。低于成本的消费意味着补贴，可以理解为政府对消费者的补贴。而能源稀缺和环境成本都可以后推，如果成本后推，那就是下一代人对现代人的补贴。对提高消费税的反驳者也很多，他们认为目前1元的燃油消费税已经不低，还有的从目前“拉动内需”的紧迫性说明1元/升的合理性。

其实，政府一直在进行能源补贴，发达国家和发展中国家都一样。能源补贴肯定有问题，但一定也有其合理的一面，因为大家都在做。我们可以从能源补贴的定义、能源补贴对经济、社会和环境的影响，来讨论其合理性及其问题。

第一，应当理解能源补贴存在的合理性。理论上可以提几个：能源补贴可以用于弥补由于能源外部性导致的市场失灵；可以保护国内企业不受国际竞争的影响，促进就业；促进地区或农村经济的发展；减少对进口能源的依赖；对特定社会群体，降低能源价格或提供享受现代能源的途径，提高贫困人群的生活水平；保护环境等。因此，无论喜欢与否，能源补贴是政府，尤其是发展中国家政府宏观经济发展政策的一个重要方面。

对于发展中国家而言，能源补贴的存在更具必然性。目前中国仍然有社会负担和弱势群体的问题，过渡性的能源消费补贴是合理的甚至是必须的。问题的关键在于，如何建立一个更加科学合理的能源补贴机制。在兼顾公平和效率的原则下，使得每一位公民在可承受的价格范围内获得普遍的能源服务。此外，鉴于能源在经济中的重要地位和行业本身的特殊性，政府对能源部门和行业的干预一般较多，通常以补贴形式出现。经济发展中的一些补贴的确无法避免，而且，补贴的成本与收益也不好估计。例如，我们常说的“要致富，先修路”，如果政府在路桥方面进行补贴（投资或拨款），这时政府补贴的直接受益者是路桥公司，间接受益者是在补贴路桥两旁致富的努力。

第二，能源补贴的形式多样。能源补贴形式的选择取决于很多因素，包括补贴成本、交易费用和管理费用，以及补贴对不同社会群体的影响。当然，最简单、最透明的补贴形式就是支付给生产者或消费者的单位现金，但可能会产生较大的交易成本，还会增加财政负担。出于政策和其他原因（如简便），政府常常偏好非财政补贴（如管制价格）。事实上，由于财政补贴常常是特殊利益团体的目标，利益问题使得财政补贴复杂化，政府只好采取价格管制来补贴，使能源价格低于供应成本。能源补贴的形式不同，其实质影响和作用也不同。一些补贴直接影响成本或价格，如拨款或税收抵免；另一些补贴间接影响成本或价格，如政府资助技术研发或对能源基础设施进行直接投资。

能源补贴的规模一般都很大。IEA估计，2005年20个最大的非经济合作与发展组织国家（非OECD）的能源消费补贴总额为2200亿美元，其中化石燃料补贴为1700亿美元。全球的能源补贴每年为3000亿美元左右，占GDP的0.7%。化石燃料中，对石油产品的补贴最多，为900亿美元。

能源补贴不仅出现在发展中国家，也出现在发达国家。但是，补贴的规模、目的和方式不太一样，发达国家和发展中国家的能源补贴有一些异同点。相同点是对化石燃料的补贴占了绝大部分，根据《联合国气候变化框架公约》2007年的报告，基于2005年的数据，对化石能源的补贴为1800亿~2000亿美元。大约330亿美元用于低碳能源，其中可再生能源100亿美元，核能160亿美元，生物燃料60亿美元。不同点在于非OECD国家的能源补贴远远高于OECD国家。而且，在大部分的OECD国家，能源补贴都基本通过税收得到补偿，即一手进，一手出，有人得利，就有人买单。OECD国家大多对生产者直接补贴，通常是直接支付或者支持研发；而大部分的发展中国家和转型国家，是对消费者补贴，主要通过价格和税负控制，使终端消费价格低于生产成本，如我们讨论的燃油消费税率。

第三，能源补贴对经济的直接影响比较复杂。在各个发展阶段，在不同的国家，补贴的影响很不一样，由于能源的牵涉面太广，某种补贴的最终收益很难估计。只能说，基于补贴的合理性，尽量通过补贴的设计将补贴的负面影响最小化。

中国2009年6月以前的能源价格管制就是一个典型的案例。虽然能源价格管制有其抑制通货膨胀的大背景，但是，这种价格管制的问题的确很多。政府管制终端能源价格，会导致更多的能源消费，降低节能和提高能效的积极性；由于降低了能源生产者可以接受的价格，降低了他们的投资回报，会影响新的能源投资和对新技术的投资；由于减小了生产者承受的市场压力（如对中石油、中石化的补贴），对能源企业的补贴就减少了他们降低成本的积极性，也降低了他们的效率；直接补贴还增加了政府的财政负担，低于市场价格的限价会导致实际短缺，需要行政定量配给（如限电），等等。

能源消费补贴还会增加能源进口，减少能源出口，不利于国际收支平衡和能源安全。中国的国际收支平衡没有问题，但石油安全有问题。其他发展中国家则不一样。例如，印度尼西亚2001~2005年由于能源补贴损失的出口收入为160亿美元。对特定能源技术的补贴可能会有害于其他能源技术的发展和商业化。1999年IEA作了一个估计，按7%的贴现率算，由于对能源消费的补贴，8个最大的非OECD国家每年经济损失的净现值为2570亿美元。

第四，不当的能源补贴无益于社会公平。本来，对消费者能源补贴的基本出发点是通过使贫困人口获得和有能力承担现代能源，提高他们的生活水平。但是目前通常采用的无目标、通过压低能源价格对消费者补贴的方式，可能使贫困人口面临更糟的境遇。即使在补贴情形下，贫困人口也无法承担或没有能源设备使用。即使贫困人口真的获得补贴，他们获得的价值也很少，而中高收入人群则可以获得更多的利益。补贴还可能以其他的方式损害贫困人口的利益，例如，不当的财政收入投向。

第五，能源补贴还会影响环境。这或许是3元税率倡议者的主要担忧。能源补贴对环境的影响取决于能源类型和补贴性质。在各个国家，能源补贴对环境的影响各不相同，取决于他们的能源需求和供给情况以及环境影响度。被补贴的能源产品供需对价格弹性越大，补贴对环境的影响就越大，燃料替代也将决定某一燃料补贴对环境的整体影响。国际经验说明，目前对化石能源的补贴，的确增加了能源消费，降低了能源效率，增加了废气和二氧化碳的排放。IEA1999年的估计表明，如果取消最大的8个非OECD国家的能源补贴，他们的一次能源消费和二氧化碳排放将分别减少13%和16%，而整个世界的一次能源消费和二氧化碳排放将减少3.5%和4.6%。OECD 2000年的研究表明，如果取消全球用于降低工业和电力部门化石燃料使用价格的补贴，到2010年，全球二氧化碳排放将减少6%以上。

燃油消费税每升1元或3元税率的争议，其根本是能源补贴问题。发展中国家的能源补贴虽然有其合理性，但是，即使最后的收益为正，化石能源也补贴必然导致能源效率降低，化石能源补贴的规模越大，对环境的负面影响就越大。而通过降低终端消费价格对贫困人群的补贴，也可能无益于贫困人群。因此，即使发展中国家的能源补贴有其合理性，能源补贴方式仍需要改革，能源补贴规模需要减小。燃油消费税每升1元或3元的税率各有其理，政府需要找一个平衡，这种话说得容易，做起来难。但是，只要愿意，我们一定可以做得更好。

4.5 改革燃油税也是改革能源补贴

目前进行的燃油税改革，稍稍复杂地说，是一个能源补贴改革。改革的主要目的是变费（养路费[①]）为税（燃油税），改革的含义是让多用路的人、多用油的人多付费。燃油税的开征代表了公平和效率，跟能源价格机制的改

---

① 养路费，专指中国2009年1月1日以前实行的，对在普通公路上行驶的车辆征收的专用于普通公路修建养护的行政事业性收费。公路养路费是国家按照“以路养路、专款专用”的原则，向有车单位和个人征收的用于公路养护、修理、技术改造和管理的专项事业费。

革一样对中国的可持续发展具有重要的作用。燃油税取代了养路费和其他一些费，以税代费，这在中国是必须的。开征之后，公民对于开车次数和车型的选择体现了效率，同时也促进了节能减排，进一步说，燃油税的收入用于公路维护和建设，也体现了公平。而以前的养路费实际上是少用路的人补贴多用路的人，少用油的人补贴多用油的人。

燃油税改革以后，对于一些无法“选择”的消费者，如出租车和公交司机等，他们的成本会增加，这一问题只能通过政府补贴来解决。燃油税改革解决了一部分能源补贴问题，也提出了新的能源补贴问题。

能源价格中补贴和交叉补贴普遍存在，如电力的城乡同价、工业电价高于居民电价、石油的窗体顶端成品油价格倒挂，都是典型的价格补贴和交叉补贴。这种状况有历史原因，也与能源价格改革艰难缓慢有着直接关系。能源既是生产资料又是消费资料，既影响经济增长和就业，又影响百姓生活。能源企业基本上是国企，又是垄断，在目前的能源价格机制下，赚的是国家低能源资源税的钱，赔的是为国家承担社会责任。在补贴必然存在的情况，如何在兼顾经济、社会和环境影响的情况下对补贴方式进行改革是目前要考虑的首要问题。

能源补贴也是一个战略问题。对于一个国家来说，常常是在短期与长期之间的战略选择，这就需要对改革补贴的影响有一个把握。一些研究结果说明，取消能源补贴可以减轻财政负担，有利于经济增长。根据 IEA 的估算，对于 8 个最大的非 OECD 国家，取消能源补贴后，其经济增长率每年可以平均增加 0.73%。厦门大学能源经济研究中心近期的一项研究结果虽然不能直接得出取消能源补贴导致经济增长的结论，但说明了通过适当的税收来降低能源补贴对经济增长影响不大。

有趣的是，一个国家的能源补贴对其他国家也会有影响。当一个国家取消了能源补贴，导致其能源价格上升，该国的能源消费相对减少；继而，能源出口增加（进口减少），国际能源市场供给增大（尤其是能源生产大国）；之后，国际市场能源价格可能下降（或者价格不上涨），从而导致其他国家的能源消费增加。于是，补贴取消国家的二氧化碳排放减少，但其他国家的排放反而增加。因此，改革补贴也是一个与长期环境战略相关的问题。

改革能源补贴的一些基本考虑包括：能源补贴的评估标准；能源补贴是否到达真正的补贴对象；能源补贴是否能够鼓励企业以最小成本提供服务；能源补贴是否以最小的规划成本实现社会目标，激励对贫困和农村人群的能源服务。设计补贴方式时，使补贴的社会效益（包括环境效益）超过最终的经济成本[1]，补贴才是合理的。

改革能源补贴时应该遵循一些基本原则，主要包括：补贴只针对应该获得补贴的人群；补贴不应该降低生产者生产和消费者使用高效能源的积极性，减少市场扭曲；补贴方案应该通过全面的成本效益分析，得以证实有效；补贴总额应该在可以承受的范围以内；补贴方案的实施成本也应该是合理的。另外，应当公开用于能源补贴的经费使用情况以及补贴对象的相关信息。

政府在能源补贴方面面临的挑战还包括，补贴政策的初衷与最终效果之间常常有很大差距。按照以上的补贴基本原则，能源补贴可以归结为几个最基本的问题，即对象、范围、方式和幅度。在能源补贴设计之初，就必须考虑这些问题，避免生产者和消费者过度依赖补贴。能源补贴的主要对象是还没有获得现代能源的居民，特别是农村人口。补贴范围主要是没有获得能源服务的用户，补贴应该是投资的最初费用。补贴方式应该是，在保证对特定人群的补贴时，尽管消费侧的补贴[2]管理成本可能更高，但消费侧补贴的效果仍好于生产侧补贴[3]。补贴的幅度应该足够激励能源供应者为贫困人口提供能源服务。例如，采用生命线价格，可以将能源消费限制在合理的范围内。

对于中国这样正处于经济转型期的国家来说，改革能源补贴有很大障碍。主要来自现有既得利益者，以及改革对社会稳定影响的担忧。首先，补贴成本由全社会承担，而收益却可能仅归于一小部分人，其中大部分获益者可能不是真正的目标群体，现在的受益人群将会抵触和反对改革。在发展中国家，受益人群通常比较大，有些时候甚至是大部分人，因此，改革对社会稳定的影响也必须考虑，这就是以渐进的、有计划的方式进行改革的基本论据。例如，在燃油税改革的初期采取比较低的税率。如果改革某种能源补贴会降低某一特定群体的购买能力，政府应该引入更直接、有效的补偿措施，维持他们的实际收入。例如，燃油税改革后对出租车和公交部门进行补贴。要使改革获得广泛支持，政策制定者应该清楚地向公众传达能源补贴对经济和社会的整体效益。从整体经济效益看来，改革能源补贴对竞争力的负影响常常是个伪命题。

政策制定者通常认为，取消能源补贴就等同于放弃社会政策目标。其实不然，改革补贴可以通过更好的办法实现某一社会政策目标，并且不会与其他社会目标冲突。也就是说，我们应当不断寻找更有效的方法实现社会目标（如对贫困人群的服务），而不是仅仅依靠能源补贴。例如，社会保障系统，对于贫困人群来说，它比低能源价格可能更有效。另一种方法就是利用减少

---

① 经济成本是企业使用的所有资源总的机会成本。

② 消费侧补贴，指用于稳定人民生活的农副产品和工业品的补贴。

③ 生产侧补贴，是针对生产商而言，指支援工业生产的生产资料价格补贴。

或取消能源补贴而节省的资金，直接用于社会福利项目融资，包括直接增加收入、健康和教育投资，等等。

能源补贴改革不是孤立的，必须将其纳入一个更广泛的经济和社会改革中。能源补贴改革应该与财政改革齐头并进，建立更完善的能源税收制度，燃油税改革就是一个范例。从长期来看，竞争有助于减少能源供应成本和价格，减少补贴还必须进行市场化改革。关键是，政策制定者应该认识到，能源补贴是解决社会问题的一个方法，但不是首要方法，教育、健康和福利政策更重要。此外，与收税一样，补贴（负税）的关键是透明，不透明的补贴不仅使人曲解补贴的用意，还会使补贴流入不该受补贴的人手中。

改革能源补贴基本上是一个效率选择问题，是在短期措施与长期战略之间如何选择的问题。我们知道能源稀缺与环境问题的严重性，但他们的不确定性却往往使我们不知所措。乐观主义常常是人们选择短期措施的借口。问题是，这种乐观是盲目的。

4.6 能源审计：保障节能减排效果的一个重要环节

公正有效的能源审计是节能减排的重要保证。不管是节能减排指标的确定、完成质量的确定都直接关系到最终对节能减排任务的处罚和奖励。节能减排的目标通常与企业追求利润最大化的目标相违背，如果缺乏公正有效的能源审计，节能减排的处罚和奖励无法落到实处，将会直接影响到节能减排的效果。

发达国家一直把能源审计作为掌握本国能源消费状况、提高能源效率及促使企业节能降耗的重要手段。20 世纪 70 年代以来，美国、英国、日本等发达国家，以及联合国开发计划署（UNDP）、亚洲开发银行（ADB）、欧盟（EU）和经济合作发展组织（OECD）等国际机构都逐步开展了能源审计。能源审计最初主要用于安排节能项目，对取得节能贷款的企业必须进行能源审计，以确定节能项目的节能效益，提高节能资金的使用效率。之后，英国比较大规模地通过能源审计调查行业和企业能源利用状况。许多国际大公司为了节能或树立公司形象，对能源审计持积极态度。例如，美国杜邦公司就有 35 名专家长年从事本公司在全球各子公司的能源审计。

发达国家逐步形成了一套行之有效的能源审计制度和方法。总结起来，其中政府主导推动能源审计是一个普遍做法。例如，日本委托节能中心对企业进行能源审计；荷兰政府对一些企业提供免费能源审计；20 世纪 70 年代英国政府补贴了大约 5000 万英镑的资金进行能源审计调查，占能源部总费用的一半，当时英国9万多个企业中，就有5万多个企业接受能源审计调查，费用全部由政府承担。

西方国家的能源审计着眼于从能源使用方面寻求节能改进措施，降低能源消耗成本费用，提高企业竞争力。能源审计已成为企业的自觉行动，同时得到政府的大力支持，逐渐进入了良性循环的轨道。经合组织成员国的单位GDP能耗近20年来一直不断下降，其中能源审计功不可没。

美国的能源审计制度也比较完整，大概可分为三种：基本审计、普遍审计和投资审计。基本审计是对现场进行简单审计，提出节能建议。普遍审计则要收集更多的设备运行信息，对节能措施进行详细评估，其过程需要关注很多细节。例如，对电费账单进行12～36个月的分析，彻底弄清设备的能源需求和消耗结构。为了收集更多资料，深入了解能源消耗，往往需要新增一些计量装置，并与设备运行人员进行深度交谈，除了提出节能建议以外，还要进行节能财务分析。投资审计则与政府扶持相关，为了不让企业的市场竞争力因能效改造而受影响，政府必须对能源审计进行投资。

中国能源审计起步也不迟。20世纪80年代，原国家经济计划委员会就曾进行企业能源审计的课题研究，在全国14个省市11个部门40多个企业做过试点。亚太经社会、联合国开发计划署、欧盟、亚洲开发银行等国际机构也多次在中国举办能源审计培训或试点工作，支持中国开展企业能源审计推广工作。例如，亚行早在80年代就通过贷款，与中国政府进行了多次能源审计合作。从80年代中期到90年代中期，配合能源审计企业和行业的试点工作，亚行先后向中国提供了近9亿美元的节能技改贷款。

这些国际合作为寻求适合中国市场经济特点的能源审计，提供了有价值的经验和教训，是政府推动节能的一个重要举措，也收到了效果。但是，之后的节能审计中，政府主导的作用相对淡化。一些地方政府做得比较好，例如，河南省出台了《企业能源审计方法》，使该省的能源审计初步有了工作依据和可操作性。但是，除了一些省份以外，全国没有普遍开展这项工作。与节能减排相比，目前政府对能源审计的重视不够，但是，能源审计是保障节能减排效果的一个重要环节。

厦门大学中国能源经济研究中心最近的一项研究说明，目前中国能源审计的主要问题是缺乏强制性和权威性。

首先，经济转型中的主要问题是能源补贴，当能源价格相对低廉，不反映稀缺和环境成本，对一些企业的成本影响不大，或者企业本身节能观念不强，能源审计就是一种负担；对于一些能源效率低的企业，又没有节能的动力，审计就是在给自己找麻烦；如果审计还要收费，那就更难了。因此，这个阶段企业对能源审计不自觉，能源审计就需要有强制性。但是，能源审计中政府的主导作用相对淡化，使得能源审计不具备强制性。

其次，能源审计机构没有法律定位和权威，使得审计不具备权威。没有强制性和权威性，能源审计收费标准就很低。由于对能源审计没有具体的法律、法规及相关实施细则，各项审计监测标准还不健全，审计人员资格的国家严格认证缺失（如财务审计资格），造成审计人员的业务素质较差，审计工作不规范，审计质量差。低审计收费标准进一步造成审计人员的低素质和低审计质量。

最后，作为节能减排的重要环节，能源审计在西方发达国家普遍得到政府或基金的资助，但目前中国的能源审计受政府支持不多，能源审计的教材、规程、标准等技术书籍缺乏。

经验说明，无论是发达国家还是发展中国家，政府都应该是能源审计的主导。除了主导作用以外，政府还可以结合各方力量，促进能源审计信息共享。节能需要能源计量、统计、审计等多方面的基础工作，不同部门的分工既存在联系，也有侧重。但是，事实上中国目前除了缺乏专业的能源审计人才之外，能源统计力量也相当薄弱。

总结起来，政府至少可以在以下几个方面努力：

首先，政府需要使能源审计具有强制性和权威性。目前财务审计的发展已经较为成熟，其规章、考核以及认证流程都可以为能源审计提供借鉴。例如，政府可以考虑成立国家能源审计局，进行专门的人才培养、资格标准考试和认证，并统筹能源审计的管理工作。

其次，政府需要加强能源审计的强制性和权威性。政府可以以能源审计为中心，进一步完善整体节能业绩考核体系。国家发改委已明确提出，将能耗指标纳入各地经济社会发展综合评价和年度考核体系，其关键点是作为地方政府领导干部、国有大中型企业负责人的业绩考核的重要内容。严格有效的能源审计，除了用来根据基准找差距、提出节能降耗方案之外，关键是可以提供地方政府和企业领导人的客观考核依据。对于地方政府来说，经济增长指标可能比能耗指标重要；对于企业来说，产品产量、销量和利润指标都很重要；因此，能耗高低是否重要，能源审计是否重要，主要看政府提供的动力。将经过严格审计的能耗指标纳入对地方政府领导干部和国有大中型企业负责人的业绩考核，就是政府可以提供的动力。

最后，完整的能源管理体系是有效能源审计的基础，而能源审计是有效能源管理的重要手段。能源审计的首要任务就是分析企业能源管理、包括用能概况及能源流程。能源审计其实是对企业能源管理水平的量化考核。长期以来，中国能源价格不能反映资源稀缺和环境成本，使得许多企业在能源管理方面非常薄弱，粗放式的耗能比较普遍。如果企业能源管理的基础工作不扎实，加上能源审计的种种问题，可能使能源审计弄虚作假，流于形式，无法真正把握节能减排的效果。因此，政府应督促企业建立比较完整的能源管理体系。对重点耗能企业，必须强化基础能源管理工作，完善能源消耗计量、统计制度，建立健全原始记录。能源审计还可以将计量、统计和节能机构的力量相结合，实现信息共享，通过各方加强协调，制定相应的能源数据规范。

4.7 推广合同能源管理需要解决两个问题

虽然中国从1996年开始引进和推广合同能源管理[①]（Energy Management Contracting，EMC）节能模式，但是，EMC模式真正为大众了解，比较大规模扩张，还是近几年。因为节能服务公司一般规模小，时间不长，业绩一般，没有很好的资信记录，银行能够直接给EMC提供贷款的可能性不大。那么，节能服务公司何以说服节能单位，表明其有实力达到预期的节能目标呢？其信誉，至少开始时，应来源于强大的背景支持（如政府的支持、大公司的实力支撑等），即使节能服务没有完成，也有人能出来为后果负责，不会半途而废。

目前节能服务的业务性质特点是节能项目小，节能服务公司和节能单位都比较小，决定了企业的实力和信誉环境都一般，无论是EMC公司还是节能单位，常常互相不信任。节能单位怀疑节能服务公司的承诺是否是真的；而节能服务公司自身面临着项目开发周期长、短期获利能力差、负债率高、项目融资困难等压力，也认为客户能否真正按合同分享节能效益，是一个很大的风险。不幸的是这些问题也常常是融资机构（银行）所担心的问题。

这就是目前的现状。我们都懂的大道理是：中国节能减排任重道远，在能源市场发展空间良好的前提下，任何服务于节能的项目都是前景光明的。尽管对于EMC节能模式和“节能服务公司”都感觉前景很好，相信一定会发展为新兴的节能产业，但是，真正的节能服务公司却普遍感到做起来很辛苦。倒是一些节能设备公司走在了前面，从更换适用节能设备入手，积极与企业接洽，既卖设备，同时充当节能服务公司的角色，他们所面临的问题实际上和一般节能服务公司所面临的问题一样，只是他们还卖设备，动力更大一些。

---

① 合同能源管理，一种全新的节能机制——节能服务公司为客户提供节能潜力分析、节能项目可行性建议、项目设计、项目融资、设备选购、施工、节能量检测、人员培训以及运行、维护和保养等项目的全过程服务；向客户保证实现合同中所承诺的节能量和节能效益。节能服务公司的收益来自项目的节能收益，以未来所减少的能源费用来支付节能项目全部投资及节能服务公司的合理利润和客户的收益。

合同能源管理的动力是双赢（多赢）与节能，合作形式可以多样，主要问题是节能服务公司的信誉和融资问题，也就是节能服务公司的实力和节能投资的资金来源问题，那么，解决问题就可以从这里着手。在 EMC 还未发展为产业时，关注点不应在于它以什么形式出现，而在于其是否可以取得节能的实质效果。

国际经验说明，合同能源管理从起步到发展壮大离不开政府的政策支持和产业引导。但是，合同能源管理目前没有得到政府足够的重视和扶持。例如，节能作为政策支持的产业，由于其典型的先投入后收益的特点，在现行税收制度下纳税负担比较重，没有得到区别对待。节能服务公司为客户出资做项目承担了风险，如果他们需要为尚未得到的收入提前支付所得税，风险更大。

虽然政府为节能提供了多方面的政策和技术支持，《中国节能促进项目》也为在中国具体条件下实施合同能源管理项目提供一些经验，但是，中国节能服务公司毕竟还是处于早期发展中的产业，还没有比较成熟的行业规范，诸如服务标准、节能量检测和认定方法、合同规范等。政府建立和完善这些规范，可以避免目前比较混乱的状态，也是对 EMC 发展的一个重要支持。

大型国有企业可以率先考虑建立起自己的、（至少是）服务于本集团的 EMC 公司。大型国有企业的优势在于整体实力强，融资比较容易，可以解决信誉和融资问题。这些企业可以将比较烦琐的节能工作交给 EMC 公司，EMC 公司还可以同时承担企业外的节能项目，既培养了队伍、锻炼了人才，也能在项目中总结出优良的管理经验。没有信誉和融资之忧的 EMC 公司，以节能项目为导向，节能效果会很好，同时，可以为社会做出节能榜样，这也是国企承担社会责任的一种表现。

此外，目前中央和地方政府提供的节能资金仅限于支持一般企业的节能项目。如果能把节能服务公司列入其支持范围，政府的背景和资金支持至少可以部分解决他们的信誉和融资问题。节能服务公司具有节能资金再造血功能和扩大节能再投资功能，也可以放大节能资金的作用。

4.8 大型国有企业可以率先建立节能服务公司

合同能源管理节能机制的出现和基于“合同能源管理”机制运作的节能服务公司（Energy Service Corporation，ESCO）的繁荣发展，带动和促进了北美、欧洲等国家节能项目的普遍实施。20 世纪 70 年代中期以来，“合同能源管理”在发达国家中逐步发展起来，90 年代以后，EMC 模式被视为提高能效的一项重要措施发展十分迅速，在全球范围内推广。在美国、加拿大和欧洲，EMC已发展成为一种新兴的节能产业。例如，在过去的10年里，美国ESCO产业的收入年均增长率为24%。在这些国家，由于政府的重视、ESCO资金来源比较充足、信用体系建立较为完善，ESCO已涉及节能领域多个方面。

在发展中国家，虽然合同能源管理已经取得一些进展，但大面积的推广却不尽如人意，牵涉的问题很多。但是，发展中国家节能的空间比发达国家大，节能的效益也可能比发达国家大，EMC是一个急需发展壮大的产业。

1996年，中国政府与世界银行合作实施的“中国节能促进项目”拉开了在中国引进、推广合同能源管理的序幕。项目中的三家EMC示范公司能效投资逐年稳步增长，实施这些项目，产生了良好的节能和环境效益。重要的是，三家示范公司的成功实践证明：合同能源管理在中国是可行的。2000年6月，原国家经济贸易委员会资源司向全国发布了《关于进一步推广合同能源管理机制的通告》，并做了大量的宣传、培训工作。三家示范公司展示的成果说明EMC模式是基于市场的可持续发展的节能机制，许多人受到示范成功经验的鼓舞和激励，投入到宣传、推广和实践合同能源管理工作中来。

10多年来，特别是近几年，中国EMC模式的节能服务加速扩大，但规模相对于中国的节能空间和节能事业来说，还非常小，肯定可以做得更好。合同能源管理是一种“看上去很好”的节能模式，它的形式可以多样、灵活，参与的各方面可以多赢。进一步说，不只是参与项目合作的企业（个人）的多赢，节能最终受惠的是整个社会。目前的一些EMC公司正是因为热爱、关注环保事业，才一直坚持到现在。

为什么EMC作为节能模式没如我们想象的那样，迅速在中国发展成为庞大的节能产业呢？一个好的东西，如果不能推广做大，一定有其原因：要么是大家不知道（对EMC模式不了解）；要么就是存在机制障碍。随着节能减排的日益迫切和各方面宣传，人们对节能的意义理解日深，对各种节能模式，包括合同能源管理的认识也多了。事实上，做节能宣传的人很多，可以说，做合同能源管理的人很多，但真正做得好的不太多。

因此，主要问题还在于机制障碍，其中应该包括两个方面：一是对节能服务公司的可信度（实力）的认可，二是节能管理的融资问题。节能投资收益回报的时间往往很长，有背景和有实力的公司通常会有更好的赚钱机会；而现在的节能服务公司通常规模小，实力差。采用EMC方式的节能项目，一般需要节能服务公司垫付资金，一旦项目多起来，垫付的资金量就会很大，节能服务公司无法承受，他们需要融资。这两个问题又是相互影响的。节能服务公司没有实力，融资就很困难，融不到资，节能服务公司就没有做项目的实力。

如果EMC模式的主要问题是节能服务公司的信誉和融资问题，那么，解决问题就可以从这里着手，方法应该很多。

EMC（合同能源管理）模式于1996年进入中国，经过几年的发展，EMC模式逐渐被大众所了解，并有了较大规模的扩张。但是EMC模式在中国的发展并非一帆风顺，并且出现了“水土不服”等质疑的声音。分析ECM模式出现困境的原因，我们发现，由于节能产业的出现时间较短，公司经营时间短，规模小，业绩一般，缺少良好的信贷记录，因此很难从银行直接获得贷款。对于节能达标能力的证明的也是节能公司立足的关键所在。目前而言，节能公司信誉的建立需要强大支持力量，包括政府支持和大型企业的支撑。这样会使得节能服务更有保障，从而坚定了节能服务消费者的信心。

目前而言，在中国EMC项目遇到的主要问题还是各个环节的风险规避的问题。节能单位和节能服务公司互相信息不完全导致相互不信任的问题使得节能服务的工作存在着较大的风险。节能服务公司本身面临着盈利周期长、负债率高、项目开发周期长等风险，节能单位能否按合同分享节能效益是节能服务公司面临的又一大风险。从节能单位的角度出发，节能服务公司的承诺能否兑现则是他们将要面临的风险。同时，这些问题也将会直接影响融资机构的决策。

在EMC模式发展遇到“瓶颈”的情况下，我们应该看到中国节能减排发展的整体前景是很光明的。随着制度的不断完善，越来越多的企业将会进入这个行业。这是资源整合的一个非常有利的方式。EMC是一个系统的工程，包括了金融保险在内的九大环节，只有各个环节之间的联系紧密、合作顺畅，才能够使得EMC模式顺利地推进。

目前节能服务公司的普遍感觉发展困难，在节能减排的大的机遇下，一些节能设备公司获得了发展。从节能设备的更换入手，积极与企业接洽，买设备的同时充当起了节能服务公司的角色。

合同能源管理的目标是要实现多个主体的共赢，同时实现节能目标。就目前的发展情况看来，关键在于节能服务公司的信誉和融资问题。要解决EMC模式的发展问题，就应当从节能的资金和节能服务公司的信誉入手，即是要实现节能服务的实质性的效果。

目前中国一些地方出现了EMC联盟推动节能减排事业的发展，比较突出的是广东省。2009年12月成立的广东绿色产业投资基金并且在2010年5月建立了EMC联盟。基金的建立将全力投入广东省的节能减排事业中。EMC联盟的建立则是为了确保技能减排项目的顺利实施。这是中国解决合同能源管理的一个典型案例，但是效果如何还有待时间的考证。

国际上关于合同能源管理的一些经验表明，政府的支持和产业引导在合同能源管理发展壮大的过程中有着非常重要的作用。目前中国的合同能源管理并没有得到政府足够的重视和扶持，以税收为例。现行的税收体制并没有对节能服务行业进行区别对待。对于节能服务行业而言，先行为客户出资垫付做项目已经承担了一定的风险，如果还需要其为尚未得到的收入提前支付高额的税收，将会对本来就很紧张的节能资金雪上加霜，不利于其运作。

目前中国的能源合同管理尚处于初级阶段，一些政策和行业规范并不完善，这可能需要政府甚至国企承担起建立规范市场的责任。一个可行的计划是大型国有企业率先建立、服务于集团的EMC公司。EMC为本集团提供节能减排服务的同时还可以承担企业外的节能项目。这就为中国培养专业的节能减排队伍创造了条件，同时也能总结出优秀的管理经验，有利于将来的发展。有强大的国企作为后盾，节能服务公司能够更好地实施节能，也会获得更好的节能效果。这也算国企社会责任的体现。

如果政府在政策上能够更加具体地提出对节能服务公司的支持，那么相信节能服务公司的融资和信誉问题能够获得较为完满的解决。在节能服务公司对节能资金在造血和扩大节能再投资的情况下，节能资金的作用能够得到进一步的放大。

4.9 为了节能环保，应当统一充电器

对于常常外出的人，每次出行都会发现行李重量中很大一部分是充电器重量，如计算机、照相机、手机、刮胡刀、MP3等的充电器，还会常常因为忘了带某一个充电器而备受折磨。可以想象，如果统一了充电器后，机场、饭店和其他公共场所都可以充电，能省去许多麻烦，提高工作效率。

当然，统一充电器的好处不仅是方便。随着手机等电子产品的普及，其造成的电子垃圾问题也越来越引起人们的关注。由于充电器的不统一，手机等电子产品的充电器往往是作为产品的附件一同出售，随着人们不断地更新这些电子产品，积累的旧充电器数量巨大却又毫无用处，厂商依旧强制搭售充电器，在制造和运输这些充电器的过程中不仅增加了成本也耗费了资源，同时污染了环境。

对于充电器不统一所造成的能耗和污染，环保人士和专家多有提议。例如，在环保压力下，厂商推出的充电器能耗比系统，就旨在倡导人们使用能耗更低的充电器；也有专家不断研究如何开发更高效的电池和充电器以达到最大的节能，详细介绍使充电器和电池配合以达到电池最大使用寿命的方法，希望以此减少环境危害；还有科学家欲设计出利用耦合技术的无线充电器以

解决充电器和电池老化问题；全球电气与电子工程师协会还发起倡议，希望设计出一个智能充电器，该充电器可以识别不同的电池（如铅酸、镍镉、镍氢电池、锂离子电池）并采取最优化的方式对其充电，美国能源部和全球电气与电子工程师协会还共同资助了一个这样的项目。

因此，统一充电器的呼声早已有之，那么为何迟迟不能统一？2009 年 6 月欧洲委员会表示，全球主要的手机生产商都同意统一欧洲手机充电器，从 2010 年开始欧洲的充电器将统一标准。可以说，欧盟为各个国家和地区做出了表率，但其具体实施结果还有待观察。2009 年 2 月 16 日 ~ 19 日在西班牙举行的 2009 年世界移动通信博览会上，GSM 协会与 17 家移动运营商和制造商共同宣布，计划将 Micro-USB 采用为通用充电接口。按照协定目标，自 2012 年 1 月 1 日起，所有上市的新手机款式，都支持通用的充电连接器，而且新充电器节能 50%。

我们现在还无法预测三年后这项标准实行的情况如何，究竟会有多少厂家参与，新的充电器售价如何，数量巨大的旧的充电器如何处理。这一系列问题都有待发现和解决。即使手机充电器真的实现了统一，其他电子产品充电器的统一何时才能实现？统一的道路似乎还非常漫长。

厦门大学中国能源经济研究中心最近的一项研究讨论了统一充电机的困难。首先是既得利益的问题。据赛迪网称，诺基亚与手机相关的销售和服务利润率近三年来维持在19%~20%。单看充电器销售一项的利润，就可以发现，手机制造商的大部分利润来源于这样的配件销售和维修服务。按前述计算，如果成本按 10 元，售价按 100 元计，销售利润率就达 90%，远高于手机业务利润率。如此丰厚利润，制造商当然不会轻易放弃。难以统一的首要原因就在于制造商在充电器上已经形成了庞大的既有利益。

其次是技术的原因。不同的制造商在电池及充电器上的技术投入不同。如果统一，这样的投入和收益如何划分？手机（包括电池）本身的不断进步，例如，更加轻和薄，已经统一的充电器是否可以适应手机和电池的变化？例如，诺基亚生产了更轻便的手机同时需要更细小的充电器端口，或者该公司设计出耗能更少的充电器，那么已经统一的市场必将面临选择，是诺基亚将其技术“贡献”给全社会（这样一来就又面临大规模的旧充电器淘汰）还是回到“各自为政”的多样化状态？

第三是事故责任的划分。现有的手机免责条款上一般会有这样的提醒：如果使用非本品牌原装充电器，则由于充电时造成的诸如漏电、爆炸等损失，制造商概不负责。可以想象统一以后，即使有完备的充电器安全等标准，但一旦出了问题，谁来负责？

但是，除了利益问题（统一的动力）比较难之外，其他技术问题都应该可以解决。2009年世界移动通信博览会倡议的全球生产商统一充电器的最后期限是2012年。事实上，早在2007年时，这些主要厂商也曾就统一充电器达成共识，之所以需要耗费这样久的时间，据称也是因为充电机统一的要求不仅是简单的使用USB接口，而是要统一的能耗标准，因而可以节省更多的能耗，这就要求电池统一乃至所有手机设计重新进行安排，这将需要长时间协调和解决。基于上述种种原因与充电机的外部性问题，市场是无法解决统一要求的种种问题，政府基于能源和环境的强势介入是尽快解决统一的唯一途径。

最好的方法应该是各厂商就充电器达成统一协定，在统一的基础上采用智能、高效的充电器，以此达到最大限度的节能减排。技术进步和对环境和资源的关注，必将使我们生活中的诸多产品走向兼容和节能。事实上，只要我们想做，在很近的某一个时点，制造出一个优质、节能的统一充电器不应该有技术上的困难。存在的问题是技术进步所产生的外部性，以及产品责任的划分。而这些问题的解决，往往需要更大的技术投入，也需要政府政策的引导，以及在制度和法律上做出更完善的安排。

4.10 中国应当领先统一充电器

可以想象，如果技术可行，所有产品的充电器都统一，并且到处都设有通用的充电器，人们出门可以不必携带各种大大小小的充电器。除了方便和提高工作效率之外，还可以减少充电器制造、运输和电子垃圾的处理所产生的耗能和排放。

厦门大学中国能源经济研究中心最近的一项研究将统一充电器和节能减排问题联系起来，计算了充电器不统一造成的能耗和二氧化碳排放。在充电器统一的情况下，如果厂商不再出售充电器，充电器统一所减少的二氧化碳排放可以达到600多万吨，再考虑到我国电子产品制造大国的地位，以及各种配运和人们出门携带的运输能耗排放，这一数字还会更大，估计每年能够减少排放的二氧化碳可以达到千万吨。

这些数字是什么概念呢？也许有人会说，和全国每年67亿t的二氧化碳排放量相比，和火电厂这样的排放大户相比，这样的数字微不足道，但是考虑到电子产品市场的不断膨胀，因充电器不统一所造成的资源损耗和环境破坏非常值得关注。2008年全球光伏市场增至550万kW装机，全球太阳能安装总量累计达1500万kW装机，也就是说2008年的太阳能装机可以减少的二氧化碳排放也就大约300多万吨。如果我们将充电器统一后，可以不用花力气去利用这些可再生能源来减排了，统一充电器还可以有更好的减排效果。考虑到温室气体的累积效应以及全球减排的难度之大，任何一点可以帮助我们减排的探索和尝试都值得我们进行研究和探讨。

信息产业部电信研究院泰尔实验室2006年在推出充电器统一标准后，开始调研规划手机电池标准化问题。电池的标准化主要是为了解决电池不能互换的问题，电池的统一有利于降低消费者的使用成本，也有利于避免浪费、减少垃圾，我们认为，统一手机电池不仅仅是减少其本身的浪费和污染，也将有助于推进充电器的统一步伐。例如，我们对手机电池设立标准后，其安全必须达到一定的标准，如果出现责任问题，可以追溯究竟是充电器还是电池的问题，以此追究厂商责任。

说到不同厂商的技术问题，例如，诺基亚在降低充电器和电池能耗上拥有技术优势，日韩等厂家在降低电池重量和大小方面拥有优势，那么在统一的标准面前，就会有所抵制，可以采取政府补贴和税收差别等手段使统一部门（如泰尔实验室）获取更好的技术，不断完善手机电池及充电器的统一标准，在不妨碍技术进步的情况下最大限度地获取“统一”所带来的好处。这些显然需要政府的参与。

至于已有厂商尤其是大厂商在电子配件上所拥有的既得利益，统一要靠市场。消费者出于价格和服务方便性乃至环保的考虑，对于统一标准的充电器更为偏爱的话，那么为迎合顾客需求，厂商趋于统一也就水到渠成了。我们看到，欧洲委员会在2009年6月29日发表声明，欧洲充电器开始实行统一标准的政策于2010年开始实行，欧盟在统一充电器的进程上为全世界做出了表率。我们也可以从其身上学习统一的技术和规则。

事实上，“统一充电器”的呼声在我国也早已有之。早在2006年12月我国就发布了手机充电器标准《移动通信手持机充电器及接口技术要求和测试方法》，要求的实质是“在变压器加装USB接口”，手机充电器改为由一根USB数据线和一个带有USB母座的充电器，使用USB数据线还可以从PC端直接充电。该标准实行后，许多国产厂商做了相应的调整，但主流手机如诺基亚、摩托罗拉等都没有采用。究其原因，一方面该标准是推荐性质的，另外就是该“统一”仅限于“USB”接口这一头，连接线（数据线）和手机一侧的接口仍无法统一，也就是说，以后出品的每种型号的手机虽然不用配充电器了，但都要配一条个性化数据线，还是不方便。因而，该标准最后也未达到预期的成效。

对比欧盟或者其他任何国家，中国在统一充电器进程上还有很多优势。首先，相比欧盟，中国在技术和环保标准等方面更易统一。例如，在欧盟各国，可能各个国家都会有自己的相关技术实验室，并且各个国家的环保标准可能不同，因而沟通成本会增加。但是在中国，一个国家的实验室可以制定出统一的标准，包括耗能和充电器型号等标准，并要求各省各地方实施。

其次，中国人口众多，并且相比于发达国家，中国的手机乃至其他电子产品的普及率还较低，又由于人口基数大和相应的量，小小的进步带来的规模效将是巨大的，因此，在统一后，中国的收获，不论是消费者还是国家的环境改善，将是巨大的，因而存在更大的激励；另外，由于中国市场巨大，中国政府有更大的主动权可以向制造商施压，以更快的步伐实现充电器的统一。

最后，中国是制造大国，全球电子产品以及大量的充电器，许多是中国制造，中国统一充电器将直接影响全球。从中国制造着手，可以方便各个厂商与政府之间的协调，也有利于政府的监督。可以说，充电器的统一只是时间问题，中国的领先具有重大意义。

也许在充电器和电池统一的开始，我们将会面临一定的问题，制造商会有一定的损失，但从资源与环境的长期成本来看，短期的不便和损失显然是值得的。从消费者角度看，除节省费用外，充电器和电池的统一所推动手机制造的专业化，以及带来的规模效应，市场竞争将更为激烈，对电池、充电器、裸机、软件的专业化研究将为消费者带来更好的服务。更为重要的是，由此减少的制造和运输能耗及减少的电子垃圾，对环境和气候的改善，是人类更为长远的利益所在。

参考文献

蔡秀云．2009. 中国能源税制的现状、问题及对策．税务研究，(9)：16－20.

陈启鑫，周天睿，康重庆，等．2009. 节能发电调度的低碳化效益评估模型及其应用．电力系统自动化，(16)：24～29

陈诗一．2009. 能源消耗、二氧化碳排放与中国工业的可持续发展．经济研究，(4)：41～55

陈新华．2003. 理直才能气壮——论中国天然气发展的七大关系．国际石油经济，(12)：34～38

崔民选．2006. 2006 年中国能源发展报告．北京：社会科学文献出版社

崔民选．2007. 2007 年中国能源发展报告．北京：社会科学文献出版社

段红霞．2010. 国际低碳发展的趋势和中国气候政策的选择．国际问题研究，(1)：62～68

高峰．2007. 国际能源政策比较及对我国的启示．山西财经大学学报，(2)：11，12

龚建文．2009. 低碳经济：中国的现实选择．江西社会科学，(7)：27～33

顾列铭．2009. 中国新能源汽车的理想与现实．生态经济，(9)：21～25

郭万达，郑宇劼．2009. 低碳经济：未来四十年我国面临的机遇与挑战．开放导报，(4)：5～9

国家发展和改革委员会资源节约和环境保护司．2009. 2009 年上半年节能减排工作进展情况及下半年政策措施建议．中国经贸导刊，(17)：29，30

海闻．2008. 中国有可能创造持续 50 年经济增长的奇迹．现代商业银行，(3)：16～19

何晓萍，刘希颖，林艳苹．2009. 中国城市化进程中的电力需求预测．经济研究，(1)：118～130

赫丛喜，安亚娜，王振喜．2006. 国际化石油价格形成机制研究．辽宁工程技术大学学报(社会科学版)，(2)：145～147

胡奥林．2002. 国外天然气价格与定价机制．国际石油研究，(4)：40～45

胡仁淮．2007. 浅析煤炭企业的政策环境．经济师，(5)：221～223

焦建玲，余炜彬，范英，等．2004. 关于我国石油价格体系若干思考．管理评论，(3)：3～7

靳光辉．2004. 关于天然气价格定价方法的探讨．华北航天工业学院学报，(3)：35～38

康荣．2007. 我国当前煤炭税费问题研究及其建议．中国煤炭，(7)：20～23

康晓．2009. 中国开展可再生能源国际合作的途径与问题．现代国际关系，(6)：43～49

康永尚，徐宝华，徐显生，等．2006. 中国天然气战略储备的需求和对策．天然气工业，(26)：133～136

克里斯托弗·费雷文，尹小健．2009. 低碳能源：世界能源革命新战略．江西社会科学，(7)：247～256

李国俊，朱璃博．2005. 国际石油定价机制与中国石油价格防范体系构建．上海经济研究，(6)：38～43

李云峰，鲁刚．2009. 关于我国能源可持续发展战略的探讨．中国矿业，(09)：1～5

梁永乐. 2006. 我国石油价格机制改革的思路及建议. 改革与战略，(10)：94，95
林伯强. 2001. 中国能源需求的经济计量分析. 统计研究，(10)：34～39
林伯强. 2003a. 电力消费与中国经济增长：基于生产函数的研究. 管理世界，（11）：18～27
林伯强. 2003b. 结构变化、效率改进与能源需求预测——以中国电力行业为例. 经济研究，(06)：57～65
林伯强. 2004. 电力短缺、短期措施与长期战略. 经济研究，(03)：28～39
林伯强. 2005a. 将环境影响因素纳入投资决策过程：方法与运用. 金融研究，（02）：159～171
林伯强. 2005b. 中国电力工业发展：改革进程与配套改革. 管理世界，(08)：66～79
林伯强. 2006a. 从能源战略看特高压建设. 国家电网，(09)：42
林伯强. 2006b. 中国电力发展：提高电价和限电的经济影响. 经济研究，(05)：115～126
林伯强. 2007a. 节能减排的动力和机制. 中华建设，(12)：16，17
林伯强. 2007b. 节能：一个艰难的选择. 上海经济，(06)：22
林伯强. 2007c. 警戒"荷兰病". 上海经济，(05)：42
林伯强. 2007d. 煤转油：一个可能的陷阱. 新西部，(08)：17，18
林伯强. 2007e. 南堡油田如何影响中国中长期石油战略. 书屋，(10)：12，13
林伯强. 2007f. 能源价格如何定. 上海经济，(Z1)：19
林伯强. 2007g. 投资项目的收益分配分析和扶贫效益评估. 金融研究，(03)：175～190
林伯强. 2007h. 推进电改的路径选择. 中国电力企业管理，(11)：8～20
林伯强. 2008a. 低能源价格政策：我们在补贴谁？. 北京纪事（纪实文摘），(08)：80
林伯强. 2008b. 节能减排的市场模式：合同能源管理. 中国乡镇企业，(03)：21，22
林伯强. 2008c. 节能减排：能源经济学理论和政策实践. 国际石油经济，(07)：23～31
林伯强. 2008d. 解决通胀不能依靠价格管制. 中国石油石化，(12)：33
林伯强. 2008e.《能源法》的几个重要问题. 中国发展观察，(01)：9，10
林伯强. 2008f. 能源合同管理：节能减排的市场化模式. 环境经济，(05)：36～40
林伯强. 2008g. 能源经济学的历史与方向. 中国石油石化，(16)：32，33
林伯强. 2008h. 能源经济学理论与政策实践. 北京：中国财政经济出版社
林伯强. 2008i. 石油补贴：方式决定效果. 中国石油石化，(01)：32，33
林伯强. 2008j. 推进能源经济学研究. 中国石油企业，(Z1)：20，21
林伯强. 2008k. 为什么煤电需要联动. 中国电力企业管理，(01)：19，20
林伯强. 2008l. 我们有足够的能源吗. 招商周刊，(15)：69
林伯强. 2008m. 油价上调还有空间吗. 中国石油石化，(14)：33
林伯强. 2008n. 2008 中国能源发展报告. 北京：中国财政经济出版社
林伯强. 2008o. 资源税约束垄断性收入. 经营管理者，(02)：84
林伯强. 2009a. 高级能源经济学. 北京：中国财政经济出版社
林伯强. 2009b. 中国能源政策思考. 北京：中国财政经济出版社
林伯强. 2010. 危机下的能源需求和能源价格走势以及对宏观经济的影响. 金融研究，(01)：46～57

林伯强，何晓萍.2008.中国油气资源耗减成本及政策选择的宏观经济影响.经济研究，(05)：94~104
林伯强，蒋竺均.2009.中国二氧化碳的环境库兹涅兹曲线预测及影响因素分析.管理世界，(4)：23~31
林伯强，蒋竺均，林静.2009.有目标的电价补贴有助于能源公平和效率.金融研究，(11)：1~18
林伯强，牟敦国.2008.能源价格对宏观经济的影响：基于可计算一般均衡（CGE）的分析.经济研究，(11)：88~101
林伯强，王锋.2009.能源价格上涨对中国一般价格水平的影响——基于投入产出价格影响模型和递归的SVAR模型的研究.经济研究，(12)：65~150
林伯强，魏巍贤，李丕东.2007.中国长期煤炭需求：影响与政策选择.经济研究，(2)：48~58
林伯强，姚昕.2009.电力布局优化与能源综合运输体系.经济研究，(6)：105~115
林伯强，姚昕，刘希颖.2010.节能和碳排放约束下的中国能源结构战略调整.中国社会科学，(1)：58~71
刘虹.2006.中国绿色照明工程实施十周年回顾与展望.中国能源，28（6）：17~20
刘群.2007.财税政策如何有效促进节能减排.中国财政，(12)：46，47
刘英杰.2009.能源效率的动态变化与能源价格的影响.扬州大学学报（人文社会科学版），(04)：97~101
吕文斌.2007.英国能源利用、气候变化及提高能效的政策及启示.节能环保，（10）：12~15
牟敦国.2008.中国能源消费与经济增长的因果关系研究.厦门大学学报（哲学社会科学版），(02)：100~107
潘家华.2009.金融危机、经济发展与节能减排——中国温室气体减排的长远挑战.江西社会科学，(07)：14~20
任娜，孙暖.2007.地缘政治视角下的能源安全.世界经济与政治论坛，(02)：84~89
任晓娟，段爱萍.2007.中国石油短缺经济问题研究.统计与决策，(14)：54~56
沈龙海.2007.合同能源管理：节能新机制.中国科技投资，(7)：41，42
史丹.2002.对我国能源消费量下降的认识及建议.中国经贸导刊，(18)：26
史丹.2007.我国能源经济的总体特征、问题及对策.中国经济研究报告，(39)：5~12
史丹，张金隆.2003.产业结构变动对能源消费的影响.经济理论与经济管理，（08）：30~32
史丹.2006.中国能源工业市场化改革研究报告.北京：经济管理出版社
世界环境与发展委员会.1989.我们共同的未来.北京：世界知识出版社
宋洪远，马永良.2004.使用人类发展指数对中国城乡差距的一种估计.经济研究，(11)：4~15
孙光奇.2007.完善保障能源安全的税收政策.中国税务，(12)：40，41
王碧峰.2006.中国能源安全问题讨论综述.经济理论与经济管理，(06)：75~79
王迪，聂锐.2009.能源效率、结构变动与经济增长关系的实证研究.中国矿业，（09）：

9～13
王庆一.2003. 中国的能源效率及国际比较. 节能与环保，(08)：10～13
王庆一.2007. 中国煤炭工业面临根本性的变革. 中国煤炭，(2)：19～23
王小鲁，樊纲.2000. 中国经济增长的可持续性. 北京：经济科学出版社
魏巍贤，林伯强.2007. 国内外石油价格波动性及其互动关系. 经济研究，(12)：130～141
杨景民.2003. 现代石油市场——理论、实践、研究、创新. 北京：石油工业出版社
杨鲁，李红欣，孙长远.2006. 中国油气资源税金改革探讨. 当代经济管理，(1)：73～75
杨彤.2007. 中美煤炭环境对比分析及启示. 煤炭经济研究，(12)：15～17
叶静怡.2007. 发展经济学. 北京：北京大学出版社
于洁，肖宏.2007. 从美国能源部预算分析美国能源战略. 科技进步与对策，(08)：139～141
张抗，周总瑾，周庆凡.2002. 中国石油天然气发展战略. 北京：地质出版社
张美娟，杨博文.2007. 天然气涨价背后的利益博弈. 价格月刊，(09)：17，18
赵宏图.2009. 国际能源转型现状与前景. 现代国际关系，(06)：35～42
中国科学院能源战略研究组.2006. 中国能源可持续发展战略专题研究. 北京：科学出版社
周剑，刘滨，何建坤.2009. 低碳发展是我国应对经济危机与气候危机的必然选择. 中国经贸导刊，(15)：18～20

庄贵阳.2009. 中国发展低碳经济的困难与障碍分析. 江西社会科学，(07)：20～26
Anderson J F，Sherwood T. 2002. Comparison of EPA and other estimates of mobile source rule costs to actual price changes. Society of Automotive Engineers Technical Paper，2002-01-1980
Ang B W，Choiki-Hong. 1997. Decomposition of aggregated energy and gas emission intensities for industry：A refined divisia index method. The Energy Journal，18（3）：49～73
Ang B W.，Liu F L. 2001. A New Energy Decomposition Method：Perfect in Decomposition and Consistent in Aggregation. Energy，26（6）：537～548
Ang B W，Zhang F Q，Choi K H. 1998. Factorizing Changes in Energy and Environmental Indicators through Decomposition. Energy，23（6）：489～495
Ang J B. 2009. CO_2 Emissions，Research and Technology Transfer in China. Ecological Economics，68（10）：2658～2665
Anthoff D，Richard S J Tol，Gary W Yohe. 2009. Risk aversion，time preference，and the social cost of carbon. Environmental Research Letters，4：2
Anthoff D，Richard S J Tol. 2009. The Impact of climate change on the balanced growth equivalent：An Application of FUND. Environmental and Resource Economics，43（3）：351～367
Arrhenius S. 1896. On the influence of carbonic acid in the air upon the temperature of the ground. Philosophical Magazine，41（4）：237～276
Arrow K J. 1962. EconomicWelfare and the allocation of resources for invention//Nelson R. The Rate and Direction of Inventive Activity. Princeton NJ：Princeton University Press
Arrow K J. 1963. Social choice and individual values. Second Edition. New Haven：Cowles

Foundation, Boadway

Balke N S, Fomby T B. 1991. Shifting trends, segmented trends, and infrequent permanent shocks. Journal of Monetary Economics, 28: 61 ~ 85

Baraket H, Eissa M A M. 1989. Forecasting monthly peak demand in fast growing electric utility ising a composite multi-regression decomposition model. IEE Proceedings, 136: 35 ~ 41

Bardi U. 2005. The mineral economy: a model for the shape of oil production curves. Energy Policy, 33: 53 ~ 61

Bentzen J. 1994. An empirical analysis of gasoline demand in denmark using cointegration techniques. Energy Economics, 16: 139 ~ 143

Bentzen J, Engsted T. 1993. Short- and long- run elasticities in energy demand: a Cointegration Approach. Energy Economics, 15: 9 ~ 16

Berman E, Bui L. 2001. Environmental regulation and productivity: evidence from oil refineries. Review of Economics and Statistics, 83 (3): 498 ~ 510

Billinton R, Ollefson G, Wacker G. 1991. Assessment of electric service reliability worth. Third International Conference on Probabilistic Methods Applied to Electric Power Systems: 9 ~ 14

Bollerslev T. 1986. Generalized autoregressive conditional heteroscedasticity. Journal of Econometrics, 31: 307 ~ 327

Box G E P, Tiao G C. 1975. Intervention analysis with applications to economic and environmental problems. Journal of the American Statistical Association, 70: 70 ~ 79

Boyd G, McClelland J. 1999. The Impact of environmental constraints on productivity improvement and energy efficiency an integrated paper and steel plants. The Journal of Economics and Environmental Management, 38: 121 ~ 146

BP. 2008. BP Statisticel Review of World Energy 2008

Brandt, Adam R. 2007. Testing Hubbert. Energy Policy, 35: 3074 ~ 3088

Brookes L. 1990. The greenhouse effect: the fallacies in the energy efficient solution. Energy Policy, 18: 199 ~ 201

Brown, S. B. 1983. An aggregate petroleum consumption, odel. Energy Economics, 5: 27 ~ 30

Brown S P A, Phillips K R. 1991. U. S. Oil demand and conservation, Contemporary Policy Issues, IX: 67 ~ 72

Bruce G M. 2005. Coal's role in providing United States energy security. Coal Energy Systems: 445 ~ 471

Bruno M. 1968. Estimation of factor contribution to growth under structural disequilibrium. International Economic Review

Carson, et al. 1994. Accounting for mineral resources, issues and BEA's initial estimates. Survey of Current Business, 74 (4): 50 ~ 72

Chan H L, Lee S K. 1997. Modeling and forecasting the demand for coal in China. Energy Economics, 19: 271 ~ 287

Charles A, Darne O. 2006. Large shocks and the september 11th terrorist attacks on international stock markets. Economic Modelling, 23: 683 ~ 698

Charles A, Darne O. 2005. Outliers and GARCH models in financial data. Economic Letters, 86 (3): 347 ~ 352

Chen C, Liu L. 1993. Joint estimation of model parameters and outliers effects in time series. Journal of the American Statistical Association, 88: 284 ~ 296

Chenery H B, Elkinton H, Chritopher S. 1970. A uniform analysis of development patterns, Economic Development Report No. 148. Cambridge, MA: Harvard University

Cheng B L, Lai T W. 1997. An investigation of cointegration and causality between energy consumption and economic activity in Taian. Energy Economics, 19: 435 ~ 444

Christensen L R, Jorgensonm D W, Lau L J. 1973. Transcendental logarithmic production frontiers. Review of Economics and Statistics, 55: 28 ~ 45

Clark J. BAS. 2005. Industry's 2004 finding, development costs soar. Oil & Gas Journal (5): 5 ~ 16

Cline W. 2007. Comments on the stern review. New Haven, CT: Yale Center for the Study of Globalization

Coase R. 1996. The Problem of Social Coast. Journal of Law and Economics, (3): 1 ~ 44

Cole M, Elliott R, Wu S. 2008. Industrial Activity and the Environment in China: an Industry-level Analysis. China Economid Review, (19): 393 ~ 408

Cremer J, Salehi-Isfahani D. 1991. Models of the oil market: UK: Hardwood Academic Publishers

Dasgupta P, Heal G. 1979. Economy Theory and Exhaustible Resources. Cambridge: Cambridge University Press

Dean J, Fung K C, Zhi Wang. 2007. Measuring the Vertical Specialization in Chinese Trade. Office of Economics Working Paper, No 2007-01-A

Dean J, Mary E, Hua Wang. 2009. Are Foreign Investors Attracted to Weak Environmental Regulations? Evaluating the Evidence from China? Journal of Development Economics, 90: 1 ~ 13

Dietz S, Maddison D J. 2009. New frontiers in the economics of climate change. Environmental and Resource Economics, 43 (3): 295 ~ 306

Du L M, Mao J, Shi J C. 2009. Assessing the impact of regulatory reforms on Chinas electricity generation industry. Energy policy, 37 (2): 712 ~ 717

EIA. 2008. Annual energy outlook 2008 with projections to 2030. Energy Infor-mation Administration

EIA- International Energy Agency. 2002. World Energy Outlook 2002. http: //www. iea. org/tertbase/nppdf/free/2000/weo2002. pdf [2009-10-25]

EIA-International Energy Agency. 2003. World energy investment outlook 2003. http: //www. iea. org/work/2003/beijing/6WEIO. pdf [2009-10-25]

El Serafy. 1981. Absorptive capacity, the demand for revenue, and the supply of petroleum, Journal of Energy and Development, 7 (8): 73 ~ 88

El Serafy. 1989. The proper calculation of income from depletable natural resources in environmental accounting for sustainable development, A UNDP- World Bank Symposium. World Bank, Washington DC: 10 ~ 18

El Serafy. 2002. The 'El Serafy' method for estimating income from extraction and its importance for economic analysis, A Synoptic Paper, Revised, Arlington: Virginia

Engle R F. 1982. Autoregressive conditional heteroscedasticity with estimates of the variance of united kingdom inflation. Econometrica, (50): 987 ~ 1008

Engle R F, Granger C W J. 1987. Co-integration and error correction: representation, estimation, and Testing. Econometrica, (55): 251 ~ 276

Ernst R. Berndt, Christensen L. 1973. The internal structure of functional relationships: seperability, substitution, and aggregation. The Review of Economic Studies, 55: 403 ~ 410

Erol U, Yu E S H. 1987. On the causal relationship between energy and income for industrializing countries. Journal of Energy and Development, (13): 113 ~ 122

Eto J. 2004. Pilot evaluation of electricity reliability and power quality monitoring in California's Silicon Valley with the I-Grid system. Energy Storage Program of U. S. Department of Emergy under Contract No. DE2AC03276SF00098

Feder G. 1982. On exports and economic growth. Journal of Development Economics, (12): 59 ~ 73

Feng Yi. 2000. Dynamic energy demand models: A Comparison. Energy Economics, (22): 285 ~ 297

Fisher Vanden K, Jefferson G H, Liu H M. 2004. What Is Driving China's Energy Intensity. Resource and Energy Economics, (26): 77 ~ 97

Fouquet R. 1995. The impact of VAT introduction on UK residential energy demand: An Investigation Using the Cointegration Approach. Energy Economics, (17): 237 ~ 248

Garcia-Cerrutti L M. 2000. Estimating elasticities of residential energy demand from panel county data using dynamic random variables models with heteroskedastic and correlated error terms. Resource and Energy Economics, (22): 355 ~ 366

Garnaut R, Howes S, Jotzo F, et al. 2008. Emissions in the platinum age: the implications of rapid development for climate-change mitigation. Oxford Review of Economic Policy, 24 (2): 377 ~ 401

Gately D, Rappoport P. 1988. The adjustment of U. S. oil demand to the price increase of 1970s. The Energy Journal, (8): 93 ~ 107

Gellings G. 1996. Demand forecasting in the electric utility, 2nd ed. Oklahoma: PennWell Publishing Company

Gerlagh R, van der Zwaan B. 2003. Gross world product and consumption in a global warming model with endogenous technological change. Resource and Energy Economics, 25 (1): 25 ~ 58

Gómez V, Maravall A. 1997. Programs TRAMO and SEATS: instructions for the user (beta version: June 1997). Working Paper No. 97001

Goldemberg J, Johansson T B. 1995. Energy as an instrument for socio-economic development// Johansson T B, Goldemberg J. Energy for sustainable development: a policy agenda. New York: United Nations Development Programme

Gonzalo J. 1994. Five alternative methods of estimating long-run equilibrium relationships. Journal of Econometrics, 60: 203 ~ 233

Granger C W J. 1969. Investigation of casual relation by econometric models and cross spectral models. Econometrica, 37: 424 ~ 438

Gray W B, Shadbegian R J. 1998. Environmental regulation-investment timing and technological choice. Journal of Industrial Economics, 46: 235 ~ 256

Gray W B, Shadbergian R J. 1998. Environmental regulation-investment timing and technological choice. Journal of Industrial Economics, 46: 235 ~ 256

Greene W H. 2000. Econometric analysis. New Jersey : Prentice Hall

Grossman G M, Krueger A B. 1991. Environmental Impacts of a North American Free Trade Agreement. National Bureau of Economic Research Working Paper No. 3914

Grubler G. 1993. The Transportation Sector: Growing Demand and Emissions. Pacific and Asian Journal of Energy, (2): 179 ~ 199

Guan D, Hubacek K, Weber C L, et al. 2008. The drivers of Chinese CO_2 emissions from 1980 to 2030. Global Environomental Change: Human and Policy Dimensions, 18 (4): 626 ~ 634

Hagen E E, Hawrylyshyn O. 1978. Analysis of world income and growth, 1955 – 1965. Economic Development and Cultural Change, 18: 1 – 96

Hamilton J D. 2000. What is an oil shock. http://www. nber. Org/papers/w7755 [2009-10-25].

Harmo Y, Masulis R W. 1990. Correlations in prices changes and volatility across international stock markets. Reviews of Financial Studies, 3: 281 ~ 307

Hartwick J M, Hageman A. 1993. Economic depreciation of mineral stocks and the contribution of El Serafy. Washington, DC: World Bank

Hartwick. 1977. Intergenerational equity and the investing of rents from exhaustible resources. American Economic Review, 67: 5

Hendry D F. 1995. Dynamic econometrics. New York: Oxford University Press

Hepburn, Cameron. 2006. Discounting climate change damages: working note for the stern review. http://www. economics. ox. ac. uk/members/cameron. hepburn [2007-9-9]

Hicks J R. 1946. Value and capital. Oxford: Oxford University Press

Hoch I. 1962. Estimation of production function parameters combining time-series and cross-section data. Econometrica, 30

Hogan W W. 1989. A dynamic putty2semi2putty model of aggregate energy demand. Energy Economics, 11: 53 ~ 69

Hotelling H. 1931. The economics of exhaustible resources. Journal of Political Economy, 39: 137 ~ 175

Hunt L C, Yasushi Ninomiya. 2005. Primary energy demand in japan: an empirical analysis of long-term trends and future CO_2 emissions. Energy Policy, 33: 1409 ~ 1424

Hurd D. 2007. China petroleum trade A race to the finish. Berlin: Deutche Bank

Hwang D B K, Gum B. 1992. The causal relationship between energy and GNP: the case of Taian. The Journal of Energy and Development, 16: 219 ~ 226

IEA. 2008. CO_2 Emissions from Fuel Combustion. http://www. iea. org/Textbase/a. t/copyright. asp [2009-10-25]

Intergvernmental Panel on Climate Change (IPCC) . 2007. Climate Change 2007: mitigation of climate change fourth assessment report, Summary for Policy Makers. http: //www. Ipcc. ch [2009-10-25]

International Energy Agency (EIA) . 2006. World energy outlook 2006: Paris: IEA

International energy outlook. 2002. US Department of Energy. http: //www. tonto. eia. doe. gov/ ftproot/forecasting/0484 (2002) . pdf [2009-10-25]

Jaffe A B. 2000. The US patent system in transition: policy innovation and the innovation process. Research Policy, 29: 531 ~ 558

Jefferson G H, Rawski T G, Zheng Y X. 1992. Growth, efficiency, and convergence in china's state and collective industry. Economic Development and Cultural Change, 40: 239 – 266

Johansen L. 1960. A multi-sectoral study of economic growth. Amsterdam: North-Holland

Johansen S, Juselius K. 1994. Identification of the long- run and the short- run structure: an application to the ISLM Model, Journal of Econometrics, 63: 7 ~ 36

Johansen S, Juselius K. 1992. Testing structural hypotheses in a multivariate cointegration analysis at the purchasing power parity and the uncovered interest parity for the UK. Journal of Econometrics, 53: 211 ~ 244

Johansen S, Juselius K. 1990. The full information maximumLikelihood procedure for inference on cointegration- with application to the demand for money. Oxford Bulletin of Economics and Statistics, 52: 169 ~ 210

Johansen S. 1995. Likelihood- based inference in cointegrated vector autoregressive models. New York : Oxford University Press

Johansen S. 1988. Statistical analysis of co- integration vectors. Journal of Economic Dynamics and Control, 2: 231 ~ 254

Judge G G, Griffiths W E, Hill C R. 1985. The theory and practice of econometrics. New York: Wiley

Kaufmann R K, Cleveland C J. 2001. Oil production in the lower 48 states: economic, geological, and institutional determinants. The Energy Journal, 22 (1): 27 ~ 49

Kaufmann R K, Dees S, Karadeloglou P, et al. 2004. Does OPEC matter? An econometric analysis of oil prices. The Energy Journal, 25 (4)

Koopman R, Wang Z, Wei S. 2008. How Much of Chinese Exportsis Really Made in China? Assessing Domestic Value-added with processing Trade is Pervasive. NBER Working Paper No14109

Kraft J, Kraft A. 1978. On the relationship between energy and GNP. Journal of Energy and Development, 3: 401 ~ 403

Kulshreshtha M, Jyoti K. Parikh. 2000. Modeling demand for coal in india: vector autoregressive models with cointegrated variables. Energy, 25: 149 ~ 168

Kushler M, York D. 2004. State public benefits policies for energy efficiency: what have we learnned//Proceedings of the 2004 summer study on energy efficiency in buildings, Pacific Grove, CA, vol. 5. Washington, DC: American Council for an Energy Efficiency Economy, 2004, 156 ~ 167

Kwiatkowski D, Phillips P C D, Schmidt P, Shin Y. 1992. Testing the null of stationarity against the alternative of a unit root. Journal of Econometrics, 54: 159 ~ 178

Lehtonen M, Lemstrom B. 1995. Comparison of the methods for assessing the customers' outage costs. IEEE Transactions on Industry Applications, 31 (1): 1 ~ 6

Leontief W. 1970. Environmental repercussions and the economic Structure: an input-output approah. Review of Economics and Statistics, 52: 262 ~ 271

Lewis W A. 1950. The industrialization of the british west indies. Caribbean Economic Review

Lieberthal K. The political implications of document No. 1, 1984. 1985. The China Quarterly, 101

Lin B Q. 2001. An econometric analysis of energy demand in the People's Republic of China. Statistic Research 10: 34 ~ 39

Lin B Q. 2003. Economic Growth, Income Inequality, and Poverty Reduction in the People's Republic of China. Asian Development Review, 20 (2): 57 ~ 85

Lin B Q. 2003. Electricity demand in the People's Republic of China: investment requirements and environmental impact. EDR Working Paper Series No. 37

Lin B Q, Liu J H. 2010. Estimating coal production peak and trends of coal imports in China. Energy Policy, 1

Lin B Q. 1994. Rural reforms, structural change and agricultural growth in the PRC. Staff Report Series. Asian Development Bank, 62

Lin B Q, Sun C W. 2010. Evaluating carbon dioxide emissions in international trade of China. Energy Policy, 1

Lin Z D. 2003. An econometric study on China's economy, energy and eviromental to the year 2030. Energy Policy, 31 (11): 1137 ~ 1150

List J McHone, W Millimet D. 2004. Effects of Environmental Regulation on Foreign and Domestjc Plant Births: Is There a Home Field Advantage? Journal of Urban Economics, 56: 303 ~ 326

Liu Lancui, Fan Ying, Wei Yiming. 2007. Using LMDI method to analyze the change of China's industrial CO_2 emissions from final fuel use: An empirical analysis. Energy Policy, 35: 5892 ~ 5900

Liu Lancui, Fan Ying, Wei Yiming. 2007. Using LMDI method to analyze the change of China's industrial CO_2 emissions from final fuel use: An empirical analysis. Energy Policy, 35: 5892 ~ 5900

L. Pinguelli Rosa, S. Kahn Ribeiro. 2001. The Present, Past, and Future Contributions to Global Warming of CO_2 Emissions from Fuels: A Key for Negotiation in the Climate Convention. Climatic Change, (48): 289 ~ 308

Lvovsky K, et al. 2000. Environmental costs of fossil fuels- a rapid assessment method with application to six cities. Washington, DC: World Bank

Lynch, Michael C. 2002. Causes of Oil Price Volatility. Eighth International Energy Forum, 9:

1 ~ 47

Mabro R. 1975. 'Can OPEC hold the line', in OPEC and the world oil market: the genesis of the 1986 price crisis, Mabro R. Oxford Institute for Energy Studies

Machado G, Schaeffer R, Worrel E. 2001. Energy and carbon embodied in the international trade of Brazil: an input-output approach. Ecological Economics, 39: 409 ~ 424

Maddala G S, Kim In- Moo. 2000. Unit roots, cointegration and structural change. Cambridge University Press

Martin P. 1999. Public policies, regional inequality, and growth. Journal of Public Economics, 73: 85 ~ 105

Masih A M M, Masih R. 1996. Energy consumption, real income and temporal causality: results from a multi- country study based on cointegration and error- correction modeling techniques. Energy Economics, 18: 165 ~ 183

Masih A M M, Masih R. 1997. On the temporal relationship between energy consumption, real income and prices: some new evidence from asian- energy dependent NICs based on a multivatiate cointegration vector error- correction approach, Journal of Policy Modeling, 19

MATTHEW A C. 2004. Trade, the pollution haven hypothesis and the Environmental Kuznets Curve: examining the linkages. Ecological Economics, 48: 71 ~ 81

Mongelli I, Tassielli G, Notarnicola B. 2006. Global warning agreement, international trade and energy/carbon embodiments: an input-output approach to the Italian case. Energy Policy, (34): 88 ~ 100

Munasinghe M, Sanghvi A. 1988. Reliability of electricity supply, outage costs and value of service: an overview. Energy Journal, 9: 1 ~ 18

Munksgaard J, Pedeksen K A. 2001. CO_2 accounts for open economics: producor or consumer responsibility. Energy Policy 29: 327 ~ 334

Neumayer. 2004. Does the 'Resource Curse' hold for growth in genuine income as well. World Development, 32: 10

Nguyen H V. 1987. Energy elasticities under divisia and btu aggregation, Energy Economics, (9): 210 ~ 214

Nicholas S. 2006. Stern review on the economics of climate change, UK Treasury.

OECD- NEA. NEA Annual Report 2007. 2007

OECD- NEA. 2007. NEA annual report 2007

OECD- NEA, Nuclear Energy and Sustainable Development, 2007, May

Osterwald- Lenum M. 1992. A note with quantiles of the asymptotic distribution of the maximum likelihood cointegration rank test statistics. Oxford Bulletin of Economics and Statistics 54: 461 ~ 72

Osterwarld- Lenum M. 1992. A note with quantiles of the asymptotic distribution of the maximum likelihood cointegration rank test statistics. Oxford Bulletin of Economics and Statistics, (54): 462 ~ 472

Pan J H, Phillips J, Chen Y. 2008. China's balance of emissions embodied in trade: approaches to measurement and allocating international responsibility. Oxford Review of Economic Policy, 24 (2): 354 ~ 376

Pan, Jiahua. 2005. Fulfilling basic development needs with low emissions-China's challenges and opportunities for building a post-2012 climate regime. Governing Climate: the struggle for a global framework beyond Kyoto. Canada: Institute for Sustainable Development (IISD): 86 ~ 108

Pan, Jiahua. 2008. Welfare dimensions of climate change mitigation. Global Environmenta! Change, (18) (Issue 1): 8 ~ 11

Peters G P, Hertwich E G. 2006. Structural analysis of internationd trade: environmental impacts of Norway. Economic systems Research, 18: 155 ~ 181

Pindyck R S. 1980. The structure of world energy demand. Cambridge, MA: MIT Press

Popp D. 2004. ENTICE: endogenous technological change in the DICE model of global warming. Journal of Environmental Economics and Management, 48: 742 ~ 768

Popp D. 2002. Induced innovation and energy prices. American Economic Review, 92: 160 ~ 180

Popp D. 2001. The effect of new technology on energy consumption. Resource and Energy Economics, 23: 215 ~ 239

Ramanathan R. 1999. Short-run and long-run elasticities of gasoline demand in india: an empirical analysis using cointegration. Energy Economics, 21: 321 ~ 330

Ramsey F P. 1927. A contribution to the theory of taxation. Economic Journal, 37 (145): 47 ~ 61

Repetto R, et al. 1989. Wasting assets, natural resources in the national income accounts. Washington DC: World Resource Institute

Richard F Garbaccio, Mun S Ho, Dale W Jorgenson. 1999. Why has the Energy-Output Ration Fallen in China. The Energy Journal, (20): 63 ~ 91

Sabuhoro J B, Larue B. 1997. The market efficiency hypothesis: the case of coffee and cocoa futures, Agricultural Economics, 16: 171 ~ 184

Samimi R. 1995. Road transport energy demand in australia: a cointegration approach. Energy Economics, 17: 329 ~ 340

Samuelson P A. 1974. Foundations of economic analysis. New York: Atheneum Press

Schlegel J, Goldberg M, Raab J, et al. 1997. Evaluating energy efficiency programs in a re-structured industry environment: a handbook for the PUC staff. Washington, DC: National Association of Regulation Commissioners

Sen A. 1997. Development as Freedom. Oxford: Oxford University Press

Sharma N. 1988. Forecasting oil price volatility. http: //scholar. lib. vt. edu/theses/available/etd253982184344/unrestricted/etd. pdf [2009-10-25]

Shephard R W. 1953. Cost and production functions. Princeton University Press

Shrestha R M, Timilsina G R. 1996. Factors Affecting CO_2 Intensities of Power Sector in Asia: A Divisia Decomposition Analysis. Energy Economics, 18 (4): 283 ~ 293

Shui B, Harriss R C. 2006. The role of CO_2 embodiment in US-China trade. Energy Policy 34: 4063 ~ 4068

Smil, Vaclav. 1988. Energy in China's modernization advances and limited, New York: M. E. Sharpe

Snchez-Chliz J, Duarte R. 2004. CO_2 emissions embodied in international trade: evidence for Spain. Energy Policy, 32 (18): 1999

Soytas U, Sari R. 2003. Energy consumption and GDP: causality relationship in G27 countries and emerging markets. Energy Economics, 25: 33 ~ 37

Statistical summary of electricity power industry. 2001. Beijing: State power corporation of China

Stern D I. 2000. A multivariate cointegration analysis of the role of energy in the US macroeconomy. Energy Economics, 22: 267 ~ 283

Stern D I. 1993. Energy and growth in the USA: a multivariate approach. Energy Economics, 15: 137 ~ 150

Stern, Nicholas. 1977. The marginal valuation of income. In studies in modern economic analysis: the proceedings of the Association of University Teachers of Economics, Edinburgh 1976, ed. Artis M J, Nobay A R, 209 ~ 254. Oxford: Basil Blackwell

Sukumar Ganapati, Liu L G. 2009. The clean development mechanism in China and India: a comparative institutional analysis. Public Administration and Development, 28 (5): 351 ~ 362

Sullivan M J, Vardell T, Johnson M. 1997. Power interruption costs to industrial and commercial consumers of electricity. IEEE Transactions on Industry Applications, 33 (6): 1448 ~ 1458

Suri V, Chapman D. 1998. Economic growth, trade and energy: implications for the environmental kuznets carve. Ecological Economics 25 (2): 195 ~ 208

Tang L H, Shawkat Hammoudeh. 2002. An empirical exploration of the world oil price under the target zone model. Energy Economics, 24: 577 ~ 596

Tao Song, Tingguo Zheng, Lianjun Tong. 2008. An Empirical Test of the Environmental Kuznets Curve in China: A Panel Cointegration Approach. China Economic Review, (19): 381 ~ 392

Torvanger A. 1991. Manufacturing Sector Carbon Dioxide Emissionsin Nine OECD Countries, 1973 ~ 1987: A Divisia Index Decomposition to Changes Infuel Mix, Emission Coefficients, Industry Structure, Energy Intensities and International Structure. Energy Economics, 13 (3): 168 ~ 186

Tsay R S. 2005. Analysis of financial time series, 2nd, A John Wiley &Sons, Inc

United Nations. 1998. The system of integrated environmental and economic accounting, an operational manual. New York: United Nations

United Nations. 2000. The system of integrated environmental and economic accounting. New York. United Nations

US Department of Energy. 2002. International energy outlook 2002. Washington, DC

U. S. Department of Energy Washington, DC 20585, 2007

Varian H R. 1994. Microeconomic analysis (W. W. Norton & Company, New York)

Vatn, Arild, Input versus emission taxes: environmental taxes in a mass balance and transaction costs perspective, Land Economics, Vol. 74, No. 4 (Nov., 1998), pp. 514 ~ 525

Vine E, Rhee C H, Lee K D, 2006. Measurement and evaluation of energy efficiency programs: California and South Korea. Energy, 31: 1100 ~ 1113

Von Amsberg. 1993. Project evaluation and the depletion of natural capital, an application of the sustainability principles, Environmental Department, World Bank

Watkins G C. 1991. Short and long-term equilibria: relationship between first and third generation dynamic factor demand models. Energy Economics, 13: 2-9

Weitzman M L. 2007. A review of the stern review on the economics of climate change. Journal of Economic Literature, 45 (3): 703-724

Werner Antweiler, Brain R Copeland, Taylor M Scott. 2001. Is Free Trade Good for the Environment. The American Economic Review, 91 (4): 877-908

Windmeijier, F. 2005. Afinite Sample Correctionfor the Variance of Liner Two-Step GMMestimators. Journal of Econometrics, (126) (No. 1): 25-51

World Bank. 2007. Cost of pollution in China: economic estimates impacts-a workbook

World Bank. 1995. World bank develops new system to measure wealth of nations. Washington, DC: World Bank: 5-20

World Energy Council 2007. 2007 Survey of Energy Resources

Wu J. 2002. Serious electricity supply shortage in the last three years of the tenth-five-years plan. China Electric Sector, 11: 9-12

Wu L, Kaneko S, Matsuoka S. 2005. Driving Forces Behind the Stagnancy of China's Energy-related CO_2 Emissions from 1996 to 1999: the Relative Importance of Structural Change. Intensity Change and Scale Change. Energy Policy, 33 (3): 319-335

Wu L, Kaneko S, Matsuoka S. 2006. Dynamics of Energy-related CO_2 Emissions in China During 1980 to 2002: The Relative Importance of Energy Supply-side and Demand-side Effects. Energy Policy, 34 (18): 3549-3572

Xie J, Saltzman S. 2000. Environmental policy analysis, an environmental computable general equilibrium approach for developing countries. Journal of Policy Modeling, 22 (4): 453-489

Yang H Y. 2000. A note on the causal relationship between energy consumption and GDP in Taiwan. Energy Economics

Yu E S H, Choi J Y. 1985. The causal relationship between energy and GNP: an international comparison. The Journal of Energy and Development, 10: 249-272

Yu E S H, Hwang B K. 1984. The relationship between energy and GNP: further results. Energy Economics, 6: 168-190

Yu E S H, Jin J C. 1992. Cointegration tests of energy consumption, income and employment. Resources Energy, 14

Zhang C. 1987. Electric power economics and management. Beijing: Hydroelectricity Press

Zhang M, Mu H, Ning Y, Song Y. 2009. Decomposition of Energy-related CO_2 Emission Over 1991—2006 in China. Ecological Economics, 68 (7): 2122-2128